LE MYSTÈRE DE VIVALDI

THRILLERS DES ARCHIVES SECRÈTES DU VATICAN
VATICAN
TOME UN

GARY MCAVOY

LITERATI
EDITIONS.

AUTRES LIVRES DE GARY MCAVOY

Le secret Madeleine
Le reliquaire de Madeleine
Le voile de Madeleine

CARTE DE VENISE

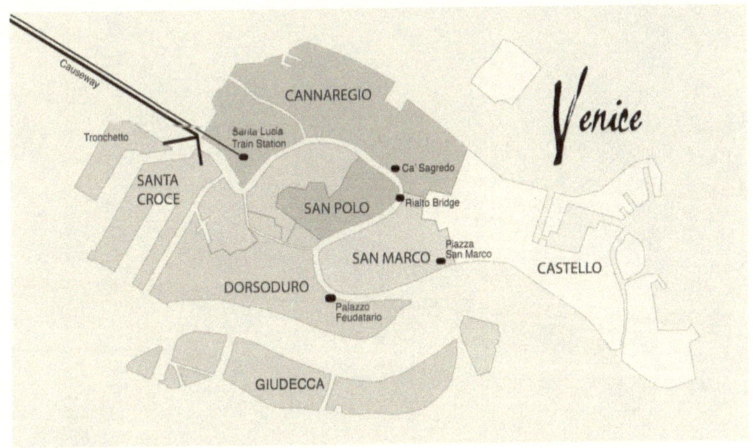

Les *Sestieri* (quartiers) de Venise

PROLOGUE
CITÉ DU VATICAN, ROME - FÉVRIER 1740

Le premier symptôme de l'empoisonnement se manifesta par de la température.

En ce huitième jour du conclave, assis au côté de soixante-sept autres cardinaux électeurs à l'une des deux longues tables drapées de soie blanche de la chapelle Sixtine, Pietro Ottoboni était sur le point de voter pour le successeur du défunt pape Clément XII.

Affaibli par la fièvre, le cardinal de soixante-treize ans s'approcha du petit autel à l'avant de la chapelle, sous la majestueuse fresque du *Jugement Dernier* de Michel-Ange, déposa son bulletin sur la soucoupe en laiton qui s'y trouvait et fit basculer cette dernière pour faire tomber le papier dans l'urne située en-dessous.

Quelques instants après avoir regagné son siège, la fièvre l'ayant vidé de son énergie, le cardinal s'effondrait sur la table. Choqués, ses collègues se levèrent pour voir ce qui lui arrivait.

Le maître des célébrations liturgiques papales suspendit le conclave le temps de transférer Ottoboni dans ses appartements, sous les soins d'un médecin du Vatican.

. . .

Longtemps considéré comme le favori parmi les *papabili* pour succéder au pape Clément, Pietro Ottoboni était né dans la Sérénissime République de Venise, au sein d'une famille riche et noble dont le membre le plus éminent était son grand-oncle, le pape Alexandre VIII.

Au cours de son illustre carrière, Ottoboni avait occupé tous les postes importants du Vatican et, en tant que cardinal-évêque de plusieurs églises d'Italie, son salaire annuel dépassait les cinquante mille *scudi* d'or, soit l'équivalent actuel de six millions de dollars.

Le cardinal Ottoboni avait été un amant prolifique et il avait accumulé un nombre incalculable de conquêtes au cours de sa vie, dont la majorité étaient mariées à de grands patriciens vénitiens. En vérité, les célèbres masques vénitiens avaient été introduits non pas pour conjurer la peste, comme beaucoup l'ont cru par la suite, mais pour dissimuler l'identité de celui qui les portait, permettant ainsi à tout un chacun, noble ou paysan, de faire et de dire ce qui lui chantait.

Grâce à cette ingénieuse permissivité, les *affari di cuore* – les affaires de cœur – étaient aussi courantes que les gondoles qui sillonnaient les canaux de la célèbre ville, et les coupables pouvaient agir en toute impunité sans craindre les conséquences de leurs actes. Profitant pleinement de ce système libéral, le cardinal Ottoboni aurait eu jusqu'à soixante-dix enfants nés de ses différentes maîtresses.

Dans ses appartements confortables au sein du Palazzo della Cancelleria de Rome, Ottoboni entretenait deux grandes passions : la musique et l'art, deux domaines dans lesquels il était connu comme un mécène généreux auprès de maîtres renommés, notamment Arcangelo Corelli, Alessandro Scarlatti, Giuseppe Crespi, Le Tintoret, Paul Véronèse et, surtout, son ami proche et protégé, le prodigieux *maestro di violino* vénitien, Antonio Vivaldi.

Sur son lit de mort, Ottoboni envoya quérir Vivaldi qui se présenta à son chevet. D'une voix basse et rauque, le cardinal confia à son ami une histoire de la plus grande importance : une opération scandaleuse menée par Niccolò Coscia, un cardinal notoirement corrompu qui agissait de concert avec une redoutable organisation secrète de la Mafia : la Camorra.

En réalité, avait-il ajouté dans un souffle difficile, il était convaincu que c'était Coscia qui, sur ordre de la Camorra, l'avait empoisonné pour l'empêcher d'intervenir. Quelques jours plus tôt, grâce aux informations glanées par l'un de ses nombreux espions, Ottoboni avait découvert le scandale qui se tramait et prévenu le cardinal Coscia que lui et sa Camorra seraient bientôt mis hors d'état de nuire, du moins au Vatican. S'il n'avait pas été contraint de rester dans le conclave papal, il y aurait mis un terme plus tôt, surtout s'il était amené à être élu pape, une ascension au pouvoir suprême qui n'aurait surpris personne.

Le lendemain, cependant, le cardinal Ottoboni succombait des suites de son empoisonnement, tué pour un secret dont seul Antonio Vivaldi avait désormais connaissance.

COMME LA PLUPART DES ITALIENS, Vivaldi vivait prudemment au sein de la sphère d'influence vénitienne de la Camorra. Les tentacules de la société secrète s'immisçaient dans la vie de chacun, et le sceau de l'*omertà* – ce code sacré du silence que l'on respectait à la lettre – garantissait la plus grande discrétion autour des activités du clan qui demeuraient exclusivement au sein de *la famiglia*.

DEPUIS LA FIN du XVIIe siècle, la Camorra avait étendu son territoire en commençant par Naples, avant de remonter vers le nord avec les régions de Lombardie et de Vénétie, où se trouvaient les villes les plus lucratives du pays : Milan et Venise. En concurrence avec la Cosa Nostra de Sicile et la 'Ndrangheta de Calabre, les activités criminelles de la Camorra incluaient la prostitution, les jeux d'argent, la contrebande, l'enlèvement et le recel d'œuvres d'art. Mais la Camorra s'était aussi spécialisée dans la production et la vente de contrefaçons de tableaux de la plus haute qualité, une niche pour le moins inhabituelle.

Sous le règne du pape Benoît XIII, qui ne se souciait guère de la gestion de son vaste royaume d'États pontificaux, le cardinal Niccolò Coscia avait supervisé les opérations du gouvernement du Vatican. Profitant de son autorité pour se livrer à des abus financiers de grande envergure, il avait pratiquement vidé le trésor pontifical. Toutefois, ses écarts de conduite avaient fini par le rattraper. En 1731, il fut accusé de corruption, jugé et condamné à dix ans de prison, et excommunié de l'Église.

Néanmoins, ce qu'il lui restait d'influence lui avait permis de faire commuer sa lourde peine en une simple amende. Par la suite, il fut mystérieusement rétabli à ses fonctions de cardinal, ce qui lui permit de participer au conclave papal de 1740, au cours duquel le cardinal Ottoboni trouva la mort.

UNE FOIS OTTOBONI ÉCARTÉ, le cardinal Niccolò Coscia put alors mener à bien son plan sans encombre. En tant que *capo* de la Camorra romaine, un rôle pas si secret que cela, Coscia avait participé au développement de la branche vénitienne du clan. Cette dernière était basée à Venise et son siège avait été établi dans le Palazzo Feudatario qui donnait sur le Grand Canal. Récemment acquis au moyen de fonds discrètement détournés des trésors du Vatican, le Feudatario était l'endroit idéal pour mener à bien son projet de falsification des plus grandes œuvres d'art du Vatican.

Niccolò Coscia était un diariste méticuleux et, étant donné toutes les affaires qu'il menait en dehors de l'Église, il avait créé le tout premier registre des activités de sa nouvelle organisation : *il giornale Coscia della Camorra in Veneto*, le journal Coscia de la Camorra de Vénétie. Il comptait y consigner secrètement tous les tableaux classés par artiste et par titre, en indiquant la provenance de chaque œuvre et la personne à qui les faux ou les originaux avaient été vendus, selon s'il choisissait de les rendre au Vatican ou non, car si plusieurs d'entre eux étaient exposés en public, la plupart étaient tout simplement renvoyés dans l'inventaire du Vatican, à l'insu de tous.

Le journal Coscia avait pour vocation à être transmis à chaque *capintesta*, chef de la Camorra de Vénétie, au fil des générations.

Malheureusement pour Coscia, les espions du cardinal Ottoboni avaient découvert non seulement l'odieux projet de contrefaçon de la Camorra, mais également l'existence du journal qui tenait le registre de telles transactions. À ce stade, il devint évident qu'Ottoboni mourrait, car il était impensable que quiconque puisse avoir connaissance d'une telle preuve.

Antonio Vivaldi, qui avait été ordonné prêtre catholique romain à l'âge de vingt-cinq ans, se trouvait désormais à la croisée des chemins. La connaissance du dangereux secret que lui avait confié son cher protecteur dans ses derniers instants l'effrayait. Non seulement se mettre en porte-à-faux avec la Camorra n'était pas une perspective des plus engageantes, car elle pouvait lui coûter la vie selon ce qu'il choisissait de faire avec les informations dont il disposait, mais le cardinal Ottoboni avait formulé une dernière requête auprès de son protégé.

Ottoboni, qui désirait par-dessus tout mettre un terme aux activités illégales du cardinal Coscia, avait supplié Vivaldi de veiller à ce que Coscia soit traduit en justice, afin qu'il paie pour ses crimes. Désemparé à l'idée de laisser mourir son ami et mentor sans la satisfaction d'une telle promesse, Vivaldi avait accepté de faire de son mieux : il veillerait à ce que les autorités soient informées, à ce que le journal Coscia soit retrouvé et à ce que l'affaire soit réglée.

. . .

APRÈS LES FUNÉRAILLES majestueuses du cardinal, Vivaldi attendit le moment propice pour accomplir sa promesse. Mais à mesure que le temps passait, son appréhension grandit. Après tout, il n'était qu'un modeste prêtre, et pas très bon de surcroît. Il avait dédié son existence au violon, et l'enseigner était l'accomplissement de sa vie. D'ailleurs, qui le croirait ? Quelles preuves avait-il ? Et que lui ferait la Camorra s'il dévoilait les crimes du clan ? Il avait été témoin du fruit de leurs représailles. Quiconque s'opposait à la Mafia était éliminé sans pitié. Les décapitations n'étaient pas rares, et ceux qui n'étaient pas décapités étaient écartelés… de leur vivant. Non, il devait trouver un moyen d'honorer sa parole sans s'exposer à d'aussi horribles conséquences.

Une idée lui vint alors. Il dissimulerait les messages au grand jour, au sein de ses compositions musicales.

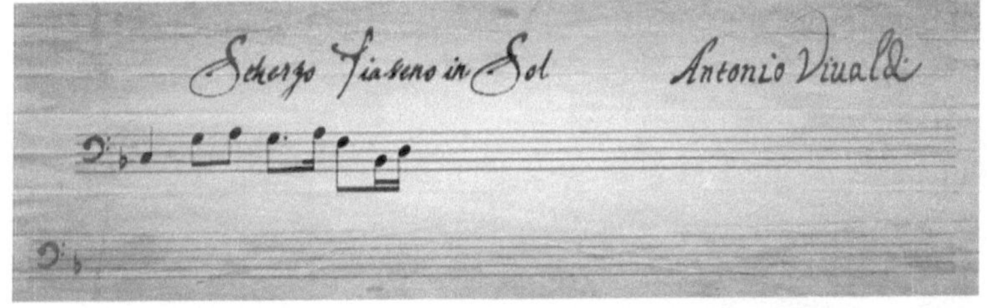

Vivaldi s'empara d'une feuille de papier à musique et entreprit de composer le premier morceau d'une longue série, son *Scherzo Tiaseno in Sol*.

~

VENISE, ITALIE – AUJOURD'HUI

Hana Sinclair et le père Michael Dominic traversaient la place Saint-Marc, au-dessus de laquelle volaient des centaines de pigeons gris et blancs qui plongeaient parfois en piqué vers les chips et les morceaux de pain que les touristes leur lançaient avec enthousiasme. Ignorant qu'il était interdit de nourrir les oiseaux en ce lieu, les enfants se régalaient du spectacle, sans craindre les représailles des quelques gendarmes qui patrouillaient sur la place et tentaient, en vain, de mettre fin à cette pratique illégale. Les experts des autorités sanitaires de la ville estimaient que plus de 130 000 pigeons avaient établi résidence dans le centre historique de Venise – une quantité largement supérieure aux recommandations officielles pour un espace public aussi restreint – et les efforts déployés par la mairie en vue de se débarrasser des volatiles avaient tous échoué misérablement, les oiseaux étant bien décidés à rester. Les dégâts causés aux bâtiments et statues de marbre étaient considérables, sans parler des potentiels risques sanitaires pathogènes.

Les habitants savaient qu'il était prudent de se couvrir la tête d'un journal ou d'un magazine en traversant la vaste *piazza*, de peur d'être victime de l'inévitable bombardement de fientes venu du ciel.

Habitué à cette pratique, et sachant qu'Hana et lui allaient devoir traverser la place pour se rendre à la Marcienne, la bibliothèque Saint-Marc, le père Dominic avait conservé dans ce but précis quelques pages du journal qu'il avait lu au petit-déjeuner.

Le directeur de la Marcienne avait demandé l'aide du Vatican dans le cadre d'un projet d'exposition de certains manuscrits conservés dans les rayons de la bibliothèque et, Michael Dominic, en tant que préfet des Archives secrètes du Vatican, avait accepté l'invitation et en avait profité pour prendre une semaine de vacances dans cette ville fabuleuse. À seulement trente-et-un ans, il avait accès à tous les manuscrits historiques de la vaste collection du Vatican, un fait qui l'étonnait encore. La Marcienne et son recueil de merveilles antiques le fascinait tout autant.

Amoureusement nommée la Sérénissime par les Italiens en

raison des merveilles naturelles et historiques « parmi les plus sereines » qui s'y trouvaient, Venise était également la ville préférée de Dominic. Il adorait son dynamisme, la richesse de son passé en tant que port de commerce international jusqu'à la fin de la Renaissance et, bien sûr, le romantisme de ses résidents et de leurs coutumes ancestrales.

— Je suis ravi que tu aies pu te joindre à moi, Hana, dit Dominic alors qu'ils traversaient la place. Tu as déjà vu le *carnevale* ?

Tenant maladroitement le journal au-dessus de son élégant chapeau de paille à bords larges, Hana poussa un petit soupir.

— Une fois, il y a des années, mais le carnaval venait tout juste de se terminer. J'ai toujours voulu revenir pour profiter des festivités dans leur intégralité, et comme mes rédacteurs en chef voulaient publier un article sur la fête dans la rubrique week-end du *Monde*, je me suis portée volontaire.

Elle leva les yeux vers le prêtre et sourit.

— Merci de m'avoir proposé de t'accompagner, Michael. J'ai conscience que tu as des choses à faire, mais cela ne me dérange pas. J'ai besoin de passer un peu de temps seule avec moi-même et je peux toujours faire un tour en gondole ou prendre des notes pour mon article, pendant que tu es occupé ailleurs.

Dominic rit en baissant le quotidien qu'il tenait au-dessus de sa tête, maintenant que le plus gros des pigeons était passé. Il prit celui d'Hana et jeta les deux journaux dans une poubelle devant la façade de la bibliothèque.

— Je t'imagine déjà en train de flotter sur le canal à bord d'une gondole noire lustrée et d'attirer tous les regards avec ce chapeau. Le rêve de tout photographe de mode.

Mais puisqu'on est là, profitons-en pour nous amuser un peu.

— D'accord. Je pourrai toujours rédiger mon article en fin de journée, acquiesça-t-elle avec un petit sourire. Alors, dis-moi, qu'y a-t-il dans cette bibliothèque qui nécessite ton expertise ?

— J'ai rendez-vous avec Paolo Manetti, le conservateur de la collection du cardinal Bessarion. Il s'agit d'une aile spécifique de la Marcienne qui contient un ensemble de livres et de manuscrits précieux datant de 1468 et ayant appartenu au fondateur de la bibliothèque. Le Vatican possède une traduction originale de l'*Iliade* d'Homère, qui accompagne l'*Odyssée*, mais c'est la Marcienne qui est en possession des textes les plus anciens de l'*Iliade*. Manetti m'a demandé de lui prêter notre version pour une exposition temporaire sur Homère. La bibliothèque possède également l'unique copie signée d'un commentaire sur l'*Odyssée* datant du XIIe siècle. L'exposition promet d'être magnifique.

Fascinée par les explications de Michael, Hana plissa les yeux sous l'effet du soleil tandis qu'une petite brise faisait voler sa jupe midi en coton blanc. Le père Dominic et elle venaient de dépasser le grand Campanile de briques et traversaient désormais la *piazzetta* séparant la Marcienne du palais des Doges, en direction de l'entrée du Grand Canal. Il n'était pas encore midi, heure à laquelle Dominic avait rendez-vous. Ils s'installèrent donc sur un banc de pierre près du *traghetto*, l'embarcadère à gondoles donnant sur la basilique San Giorgio Maggiore érigée sur l'île de l'autre côté de la lagune. Des *vaporetti*, gondoles et bateaux-taxis en bois d'acajou sillonnaient les eaux calmes devant leurs yeux, et ils restèrent un moment assis là, plongés dans leurs pensées, entre le rêve et la réalité, un effet que Venise avait sur tous ses visiteurs.

Quand les cloches du Campanile sonnèrent midi, Dominic s'étira longuement pour sortir de sa rêverie, puis se redressa et tendit la main à Hana pour l'aider à se relever. Après un dernier coup d'œil sur la lagune, ils se dirigèrent vers la bibliothèque.

CHAPITRE
UN

L'entrée de la Marcienne – deux lourdes portes en bois flanquées de statues de marbre grecques plus grandes que nature – donnait sur un vestibule opulent, où deux volées d'escalier les menèrent aux loggias supérieures.

Hana leva les yeux en longeant le couloir au sol de marbre. Au plafond, elle compta vingt-et-un médaillons : des peintures à l'huile circulaires, œuvres commandées en 1556 auprès de sept artistes renommés de la Renaissance. On aurait dit qu'elles avaient été peintes la veille, s'émerveilla Hana, captivée par leur beauté sphérique inhabituelle. Lorsqu'elle pénétra dans l'une des salles de lecture, elle fut subjuguée à la vue des rayons du soleil qui pénétraient par le haut plafond de verre, baignant la pièce de trois étages dans une lumière naturelle.

Un homme élancé élégamment vêtu s'approcha d'eux. Âgé d'une cinquantaine d'années, il avait de longs cheveux noirs et semblait ravi de les accueillir. Dominic lui sourit en retour.

— Père Michael ! C'est un plaisir de vous revoir à la Marcienne ! s'exclama-t-il en lui tendant la main, le visage rayonnant de bonheur.

— Paolo ! Comme je suis heureux de vous trouver là. Je vous

présente mon amie et collègue Hana Sinclair. Hana, voici Paolo Manetti, conservateur de la collection Bessarion.

Tous trois échangèrent des poignées de main et salutations cordiales. Puis, Manetti pivota et leur fit signe de le suivre.

— Allons dans mon bureau, nous y serons mieux pour examiner l'*Iliade*, loin des attroupements de touristes. J'ai déjà tout préparé.

Il les conduisit à travers la loggia supérieure, puis le long d'un couloir donnant sur plusieurs bureaux, et pénétra dans une pièce en coin offrant une vue imprenable sur la *piazzetta* et la lagune.

— Non seulement votre bibliothèque est splendide, *Signor* Manetti, mais j'ai l'impression que vous avez aussi le plus beau bureau de tout le bâtiment, fit remarquer Hana.

Manetti esquissa un petit sourire gêné.

— Je vous en prie, appelez-moi Paolo, Mademoiselle Sinclair. Vous avez raison, c'est un véritable privilège de travailler dans un cadre aussi magnifique. Cet endroit, c'est ma vie. Tout comme votre ami Michael, ici présent, mon amour pour les antiquités de l'ancien monde ne connaît pas de limite.

Dominic acquiesça d'un signe de tête et se tourna vers sa partenaire.

— Hana, si tu souhaites explorer la bibliothèque pendant que Paolo et moi travaillons, ne te prive pas. On devrait avoir terminé d'ici une demi-heure environ. Profite du spectacle ; cette bâtisse est un lieu historique rempli de trésors que tu ne trouveras nulle part ailleurs.

— Excellente idée, merci. Viens me retrouver quand tu auras terminé.

Sur ces mots, Hana tourna les talons et sortit du bureau en direction des salles de lecture pour aller admirer les splendides œuvres d'art et sculptures qui s'y trouvaient.

· · ·

Sur la grande table au milieu du bureau de Manetti se trouvaient plusieurs ouvrages de référence, divers accessoires pour examiner les documents – un microscope numérique, une loupe, une lumière noire, des poids en cuir – et de grands manuscrits sur parchemins, déployés avec soin. L'un d'entre eux était l'objet de cet échange : l'unique copie du commentaire sur l'*Odyssée* d'Homère, entièrement rédigée à la main par l'auteur.

Après avoir enfilé une paire de gants en latex blancs, Michael examina le manuscrit avec une précaution quasi-religieuse. La calligraphie de la main d'Eustathe de Thessalonique, cet érudit et rhéteur byzantin du XIIe siècle, était magnifique.

— Tu as devant toi notre trésor le plus précieux, Michael, déclara Manetti. C'est l'un des plus vieux joyaux de cette bibliothèque. Il tiendra une place centrale dans notre prochaine exposition. Et regarde un peu par ici.

Avec une délicatesse presque théâtrale, il se pencha au-dessus de la table et attira vers lui deux manuscrits similaires.

— Voici *Venetus A* et *Venetus B*, les plus anciennes versions de l'*Iliade* d'Homère. Dans les marges ont été griffonnés des siècles de scholies grecques.

Depuis le Ier siècle, les scholiastes, ces commentateurs des temps passés, avaient pour habitude d'insérer des notes explicatives ou grammaticales, voire des critiques, dans la marge des manuscrits. Au fil des siècles, les copistes successifs et les propriétaires des manuscrits ajoutèrent des scholies, au point de parfois saturer les marges, nécessitant alors la création d'une œuvre indépendante pour les contenir. Les photocopieuses n'existaient pas, pour alors. C'était le fruit du travail minutieux de scribes armés de crayons en roseau et de plumes d'oie qui reproduisaient patiemment des originaux uniques en leur genre.

— Ces manuscrits sont absolument extraordinaires, Paolo, déclara Dominic, les mains tremblant d'émotion tandis qu'il manipulait les parchemins. Je comprends pourquoi tu as envie de les partager au monde en les exposant. Je puis t'assurer que le Vatican est prêt à coopérer autant que faire se peut. Dès mon retour à Rome, je te ferai parvenir la traduction originelle de l'*Iliade* d'Homère par coursier. J'imagine que les mesures de sécurité nécessaires auront été mises en place.

— Bien sûr. Outre notre propre service de sécurité, les *carabinieri* fédéraux ont proposé de nous assurer une protection intégrale. Nous sommes les humbles gardiens de ces chefs d'œuvre, mais ils font partie du patrimoine italien, une responsabilité que le gouvernement prend très au sérieux. Et merci infiniment pour ta contribution, Michael. Ton *Iliade* sera entre de bonnes mains, je puis te l'assurer.

— La semaine dernière, tu as évoqué une autre pièce dont tu souhaitais me parler.

Le visage de Manetti se ferma.

— Effectivement, j'ai quelque chose à te montrer. J'aimerais connaître ton opinion. Nous avons récemment reçu un don d'une habitante de la région qui souhaite garder l'anonymat. Et bien que sa valeur soit indéniable et qu'il s'agisse d'un ajout précieux à notre collection, je reste quelque peu perplexe quant à sa signification.

Avec un soin méticuleux, le conservateur fouilla parmi les manuscrits éparpillés sur la table, déplaçant chaque document avec une précision chirurgicale, armé de ses gants en latex, jusqu'à trouver ce qui ressemblait fortement à une partition de musique autographe, avec des lignes de portée et des mesures, glissée dans une pochette protectrice en Mylar. Bien que le parchemin soit encore en relativement bon état malgré son apparente vétusté, ses coins étaient ébréchés et le papier était marqué à plusieurs endroits, comme s'il avait été plié et replié à maintes reprises. Il n'était pas bien grand, une demi-feuille de papier tout au plus.

— Voilà qui est intrigant, dit Dominic, même si je dois reconnaître que je ne m'y connais guère en musique. Qui en est l'auteur ?

Il était en train de scruter le manuscrit avec attention quand Hana, de retour de son exploration éphémère de la bibliothèque, s'avança discrètement pour se positionner à côté des deux hommes. Son regard se posa brièvement sur l'objet de leur attention, pendant que Manetti reprenait son exposé.

— Cette partition, mon cher, a été écrite de la main du célèbre *maestro di violino*, Antonio Vivaldi. Il l'a intitulée *Scherzo Tiaseno in Sol*, et il semblerait qu'il s'agisse d'un *scherzo* au sens littéral du terme, c'est-à-dire une plaisanterie ! Le morceau est plutôt correct, mais il est loin du niveau que l'on attendrait d'un maître du baroque tel que Vivaldi. Si c'est une farce, alors quelle en est la raison et qui en est le destinataire ? Il doit y avoir plus que ce que l'oreille ne perçoit, derrière ces notes. Ce que vous voyez ici est la page deux. Il existe donc une première page, quelque part. La donatrice est restée assez vague en la matière, mais Vivaldi était son arrière-grand-oncle, six générations dans le passé, alors la provenance du document est avérée.

Manetti leva les yeux et décocha un regard interrogateur à Dominic en haussant les épaules.

Hana s'immisça dans l'échange après avoir lu les notes.

— Vous avez raison, Paolo. On est très loin de ce que Vivaldi aurait composé. Et les scherzos sont normalement à trois temps, comme une valse, alors qu'ici, les barres de mesure ne sont pas bien placées. Il doit bien y avoir une raison.

— Tu sais lire une partition ? demanda Dominic, légèrement surpris.

— Évidemment, j'ai étudié la musique à Saint-Steven pendant des années. Je joue du piano et du violoncelle, répondit-elle d'un air gêné.

— Tu ne cesseras jamais de m'étonner, rétorqua Dominic, un sourire malicieux aux lèvres.

— Oh, je t'en prie, rétorqua-t-elle avec modestie. On a tous un talent caché. Ce n'est pas comme si je pouvais me trimballer partout avec un violoncelle sur le dos.

Elle se tourna vers le conservateur.

— Paolo, vous permettez que j'y jette un coup d'œil ?

— Bien sûr, *signorina*, acquiesça-t-il avec enthousiasme.

Hana s'empara de la pochette en Mylar que Dominic lui tendait et s'assit près de la fenêtre. Elle fredonna les notes au fil de sa lecture qui, mises bout à bout, n'étaient qu'une série de sons aigus, graves et moyens ne produisant aucune mélodie digne de ce nom.

— C'est vraiment bizarre. Rien ici ne semble indiquer qu'un artiste au génie de Vivaldi ait pu créer ce morceau avec l'intention d'en faire quelque chose de passable, encore moins digne de ce nom. Qu'avait-il derrière la tête ? Autant que je sache, il composait des morceaux magnifiques avec une ardeur fiévreuse. Il n'aurait jamais perdu son temps avec une bêtise pareille. Il doit bien y avoir une raison.

— Je suis entièrement d'accord avec vous, *signorina*, acquiesça Manetti en hochant la tête. Qu'allons-nous faire ? Je ne peux tout de même pas inclure ce parchemin dans notre exposition si je n'ai pas d'explication.

Une idée traversa l'esprit d'Hana.

— Paolo, pourriez-vous m'en faire une copie ? Mon amie et ancienne professeure de musique de Saint-Steven, Livia Gallo, est une experte en matière de compositeurs baroques, Vivaldi compris. Elle aura peut-être une idée de ce que ce morceau signifie.

Le visage de Manetti s'éclaira.

— Super ! Si ça peut m'aider à comprendre ce morceau, j'en serais ravi ! Mais vous devez me promettre de ne le partager avec personne hormis votre collègue. Tant que nous n'en saurons pas plus, je voudrais éviter les spéculations embarrassantes pour notre donatrice.

— Bien sûr, seule madame Gallo y aura accès. D'ailleurs, je peux me contenter de le prendre en photo avec mon iPhone, si cela vous convient.

— Encore mieux, répondit Manetti. Ainsi, nous ne prendrons pas le risque de voir une copie se perdre dans la nature. Oh, et merci d'éteindre votre flash.

Hana reposa le manuscrit sur la table, sortit son téléphone de son sac et prit un cliché du parchemin à la lumière naturelle.

— Paolo, intervint Dominic, serait-il possible que vous nous présentiez cette donatrice descendante de Vivaldi ? Peut-être qu'Hana et moi serons en mesure de lui soutirer quelques informations pertinentes qui seraient utiles à madame Gallo. Savez-vous où elle habite ?

— Ici, à Venise, dans l'un des *palazzi* qui donnent sur le Grand Canal. Je doute que la comtesse y voit un quelconque inconvénient. Elle est plutôt loquace.

— Une comtesse ? fit Hana, surprise.

— Oui, la *contessa* Donatella Vivaldi Durazzo est issue d'une lignée très noble et a épousé un homme de bonne famille. Elle doit avoir dans les quatre-vingts ans. C'est une femme charmante, et très philanthrope, en plus de cela, une mécène généreuse dans le domaine de l'art. Tout le monde l'adore. Je dirais même qu'elle est l'un des plus beaux joyaux de Venise. Elle réside au Palazzo Grimaldi dans le quartier de Dorsoduro, pas loin du musée Guggenheim. Je serais ravi de vous la présenter.

— Parfait ! Nous comptons rester toute la semaine, Paolo, et ce serait un plaisir de voir l'un de ces fameux *palazzi* du de l'intérieur, répondit Dominic avec enthousiasme. Sans parler de rencontrer la noblesse italienne.

Manetti sourit à son vieil ami.

— Nous séjournons à l'hôtel Ca' Sagredo, Paolo, dit Hana. Vous pouvez nous y joindre en passant par l'accueil, mais je vais vous laisser mon numéro de portable. N'hésitez pas à m'appeler si vous avez besoin de quelque chose.

Elle griffonna son numéro sur un morceau de papier et le tendit à Manetti.

— *Grazie, signorina.* J'appellerai la comtesse ce soir et je vous tiendrai au courant.

— Et maintenant ? demanda Hana à Dominic après avoir pris congé de Manetti et laissé la bibliothèque derrière eux.

— Pourquoi ne pas aller déjeuner au Quadri avant de faire un saut à la basilique Saint-Marc. J'aimerais dire bonjour à un vieil ami de l'époque de mon séminaire. Puisqu'on est là, ça me ferait de la peine de ne pas passer le voir.

— Je te suis, répondit Hana d'un ton joyeux en reposant son chapeau de paille à bords larges sur sa tête. J'ai une envie de fruits de mer, pas toi ?

— Et comment ! Mais prends garde aux pigeons, j'ai jeté les journaux.

CHAPITRE

DEUX

Parmi les nombreux *palazzi* bordant le Grand Canal s'en trouvait un ocre de trois étages, un peu plus discret et élancé que ses voisins, mais tout aussi impressionnant. On y pénétrait depuis le *traghetto* des gondoles par une entrée particulièrement grandiose surmontée d'un auvent noir festonné au-dessus d'un escalier de briques. Il était doté d'un balcon à chaque étage sur toute la largeur du bâtiment, avec des balustrades ornementales à chaque extrémité et des baies vitrées voûtées drapées de lourds rideaux donnant sur le canal – sans oublier plusieurs gardes armés postés à l'entour.

Quand un bateau taxi en bois d'acajou brillant s'approcha du quai, deux hommes taillés comme une armoire à glace surgirent du Palazzo Feudatario pour accueillir l'unique visiteur à bord : un prêtre appelé à administrer les derniers sacrements au maître de maison mourant, que tout Venise connaissait sous le nom de Don Lucio Gambarini, le *capintesta*, ou chef de la Camorra de Vénétie.

Homme corpulent d'une soixantaine d'années, Don Gambarini avait été victime, quelques semaines plus tôt, d'une attaque cérébrale paralysante, et son état de santé s'étant dégradé, son décès était considéré comme inévitable.

Entre-temps, les *capintriti*, les chefs des douze districts vénitiens sous la direction de Don Gambarini, s'étaient rassemblés dans la demeure du maître, prêts à se quereller pour savoir qui prendrait la tête du clan une fois que le grand *capintesta* aurait passé l'arme à gauche.

Mais Gambarini ne pensait guère à ces histoires lorsque le père Carlo Rinaldo se présenta dans la chambre principale pour entendre sa confession et lui administrer l'extrême-onction, le dernier sacrement réservé aux fidèles à l'article de la mort. Rinaldo n'avait jamais rencontré Gambarini auparavant, mais il connaissait la réputation du Don, une réputation qui méritait une confession en bonne et due forme si le *capintesta* était véritablement repentant.

Dans la grande chambre aménagée avec soin, de nombreuses personnes étaient présentes, rivalisant pour attirer l'attention du patron si jamais il décidait de nommer son successeur. Mais Gambarini exigea que tout le monde quitte la pièce, sauf le prêtre qui entendrait la confession du mourant en privé.

Un à un, chacun sortit de la pièce en échangeant des regards noirs avec ses voisins. Quand la porte fut fermée, Rinaldo passa une étole violette autour de son cou et sortit de son sac en cuir noir un crucifix, une Bible et un petit flacon d'eau bénite.

— Don Gambarini, je suis le père Rinaldo de la basilique Saint-Marc. Souhaitez-vous vous confesser ?

— Où est mon prêtre habituel, le père Viani ?

— Je crains qu'il ne soit en congé sabbatique, *signore*. Il ne reviendra pas avant un moment et m'a confié ses fonctions en son absence.

Gambarini fixa longuement le prêtre comme pour évaluer la situation, en tremblant, les yeux écarquillés. La terreur se lisait sur son visage. Ce n'était pas étonnant, pour quelqu'un aussi proche du trépas, mais il y avait quelque chose d'autre dans son regard, remarqua Rinaldo. Un lourd fardeau qui l'affligeait. Le prêtre n'eut d'autre choix que d'attendre que son pénitent fasse le premier pas.

— Mon père, je souhaiterais me confesser, commença Gambarini, mais ça ne va pas vous plaire.

— Je ne porte aucun jugement, *signore*. Je ne suis rien de plus que le serviteur du Seigneur et Lui seul peut juger. Tout dépend de la manière dont vous souhaitez quitter cette terre : en portant avec vous le sombre poids de vos transgressions ou bien absous du péché et baigné dans Sa lumière.

Il accompagna ces mots d'un geste du doigt vers le ciel.

Gambarini marqua une pause, balaya la pièce du regard, puis reporta son attention sur le prêtre.

— Avant de commencer, mon père, je dois vous demander une faveur, car mes péchés sont si grands que ma pénitence requiert une action de votre part, mais seulement après ma mort. Ce que je vais vous dire concerne un crime grave contre le Vatican, un délit qui a vu le jour il y a des siècles et qui perdure encore. J'ai bien peur de ne jamais recevoir la pleine absolution du Seigneur tant que cette affaire n'aura pas été révélée au grand jour, une bonne fois pour toutes. Et c'est à vous de divulguer l'information pour qu'elle puisse cesser. Cela vous convient-il ?

Une requête aussi inhabituelle déconcerta Rinaldo.

Jamais on ne lui avait demandé de jouer un rôle dans la pénitence d'un confesseur. Qui plus était, pour ce faire, il devait briser le sceau sacré de la confession. Le fait d'avoir reçu la permission du pénitent le libérait-il de cette contrainte ? Il allait devoir poser la question à quelqu'un de plus expérimenté que lui.

Il traversa la pièce et s'empara d'une chaise qu'il plaça au chevet de Gambarini. La situation méritait réflexion.

— Confessez-vous, mon fils. Si c'est en mon pouvoir, je ferai ce que vous me demandez.

CHAPITRE

TROIS

A utrefois chapelle privée du doge de Venise, dont le palais construit au XVe siècle se dressait fièrement à son côté, la basilique Saint-Marc était le joyau de la place Saint-Marc, une merveille ecclésiastique byzantine du IXe siècle.

Quiconque pénétrait dans la basilique ne pouvait s'empêcher de lever les yeux au plafond vers les coupoles en forme de dôme ornées de milliers de carreaux de mosaïque dorés représentant avec finesse les premiers saints et autres figures religieuses. Pas un centimètre carré de surface n'avait été laissé de côté par les mains talentueuses des nombreux artisans renommés de l'époque qui avaient décoré jusqu'au sol incrusté en marbre que les visiteurs foulaient.

Les arcades byzantines étaient recouvertes de peintures murales représentant des scènes bibliques et des images divines, presque toutes dorées à la feuille d'or, d'où son ancien surnom de *chiesa d'oro*, l'église d'or.

Submergée par la splendeur du spectacle quand Dominic et elle pénétrèrent dans l'atrium, Hana s'émerveilla devant chaque panneau en se demandant ce qu'il avait pu représenter dans l'esprit de son créateur. Il ne semblait y avoir aucun thème commun à toutes ces œuvres, hormis l'adoration universelle de l'iconographie religieuse qui occupait, à elle seule, près de 8 000 mètres carrés à l'intérieur de la basilique.

Dominic conduisit Hana à travers la foule de touristes qui déambulaient, jusqu'à une porte portant un panneau *Privato* à l'arrière de l'édifice, après la sacristie. Ils la franchirent et débouchèrent sur un long couloir de bureaux.

La secrétaire l'accueillit chaleureusement lorsqu'il annonça qu'il venait rendre visite à son vieil ami, le père Carlo Rinaldo.

— Il est au téléphone, *padre*, mais je vais l'informer de votre présence, offrit-elle.

Elle griffonna quelques mots sur un bout de papier, se leva et remonta le couloir pour s'engouffrer dans l'un des bureaux. Quelques instants plus tard, elle réapparut.

— Don Rinaldo vous rejoindra dans un moment, déclara-t-elle en utilisant le terme italien familier pour désigner un homme d'église.

Quelques minutes plus tard, un bel homme d'une trentaine d'années sortit du bureau et s'approcha de Dominic, tout sourire.

— Michael Dominic, en chair et en os ! Qu'est-ce qui t'amène à Venise ?

— Carlo ! s'exclama Dominic avec joie.

Les deux hommes s'enlacèrent sous l'œil amusé d'Hana.

Encore un prêtre beau comme un diable. Quelle scène improbable !

— Carlo, je te présente ma chère amie, Hana Sinclair. Hana, voici Carlo, mon meilleur ami rencontré au séminaire de Fordham.

— Enchantée, Carlo, dit Hana en plongeant un regard admiratif dans les yeux bleu clair du prêtre. Quelqu'un m'explique pourquoi tous les beaux messieurs se font prêtre ? Les filles ont du souci à se faire.

Carlo et Dominic s'esclaffèrent en se tenant par les épaules, visiblement heureux de se retrouver.

— Je vous en prie, venez dans mon bureau, proposa Rinaldo en ouvrant la marche. Je vous offre quelque chose à boire ? Thé ? Café ?

Hana et Dominic déclinèrent l'un comme l'autre et prirent place sur de vieux fauteuils à oreilles en cuir brun.

— Pour répondre à ta question, Carlo, nous sommes ici pour prendre quelques jours de vacances. Hana est une amie de longue date, journaliste au journal *Le Monde* à Paris. On a décidé de profiter du *carnevale* pendant notre séjour, une expérience qu'elle n'a pas encore eu l'occasion de connaître. Je viens de rendre visite à Paolo Manetti à la Marcienne, de l'autre côté de la *piazzetta*. Le Vatican va prêter l'un de ses manuscrits à la bibliothèque pour leur prochaine exposition, alors je voulais en discuter avec lui. Et avec un peu de chance, nous rencontrerons également la comtesse Vivaldi dans le courant de la semaine.

— Ah, oui, cette charmante Donatella, confirma le prêtre. Ses dons généreux envers la basilique Saint-Marc sont très appréciés. Vous vous trouverez tous deux en agréable compagnie, j'en suis sûr. Elle habite un superbe *palazzo* sur le Grand Canal. Vous n'aurez pas pu rêver mieux pour découvrir Venise, Hana. Tout ce qui vaut la peine d'être vu en une seule visite ! Peu de touristes ont la chance de voir les magnifiques *palazzi* de notre ville de l'intérieur. Vous séjournez où ?

— Au Ca' Sagredo, répondit-t-elle d'un ton détaché.

— Je vois que l'on profite déjà de ce que Venise a de meilleur à offrir, taquina-t-il gentiment. Et toi, Michael ?

— J'ai pris une chambre là-bas aussi.

Les sourcils de Rinaldo se haussèrent de surprise.

— Le Vatican paye bien de nos jours !

Dominic rougit et jeta un coup d'œil à Hana.

— C'est aux frais d'Hana. Son style habituel. Elle sera certainement la dernière à l'avouer, mais être issue d'une famille aisée a ses avantages.

— Dites-moi, Carlo, interrompit Hana en changeant de sujet, depuis combien de temps travaillez-vous à la basilique Saint-Marc ?

— Cela va faire deux ans, maintenant, et c'est un honneur. Je suis tombé amoureux de Venise dès ma première visite.

J'avais tout juste dix-neuf ans, à l'époque, et je servais dans l'armée de l'air américaine à la base aérienne d'Aviano. Je suis ravi d'avoir pu poser mes valises ici. Je suis né à New York, mais j'ai la double nationalité puisque mes parents sont tous deux italiens.

Le téléphone sonna et Rinaldo leva une main pour indiquer à ses invités de patienter pendant qu'il répondait à l'appel. Il écouta attentivement son interlocuteur et son expression passa de la joie au sérieux. Après avoir pris congé d'un ton respectueux, il raccrocha. Pendant un moment, il ne dit rien, perdu dans ses pensées. Puis il leva les yeux vers Dominic et soutint son regard comme s'il n'était pas certain de la marche à suivre.

— Hana, c'est un peu délicat, mais auriez-vous la gentillesse de nous laisser seul à seul quelques minutes, Michael et moi ? J'aimerais aborder une question spirituelle importante avec lui. Je ne voudrais pas être impoli, mais...

— Pas du tout, Carlo, s'empressa-t-elle de répondre. Je vais en profiter pour visiter votre magnifique basilique et je reviendrai plus tard.

Elle se leva et sortit de la pièce.

— De quoi s'agit-il, Carlo ? demanda Dominic. Je peux t'aider ?

— C'était le cardinal Abruzzo au téléphone, le patriarche de Venise que tu connais sous son titre d'archevêque. Je l'ai contacté un peu plus tôt dans la journée dans l'espoir de régler un problème épineux, puisqu'il s'agit de briser le sceau de la confession, mais il n'a pas pu me répondre, me laissant le soin de prendre la décision finale.

— Attends, je ne te suis pas, l'interrompit Dominic en clignant des yeux, confus. Tu as bien dit « briser le sceau de la confession » ? Cet acte interdit ? Et que craint l'archevêque ?

— Sous peine d'excommunication, je vais commencer par le commencement...

Rinaldo entreprit alors de lui raconter la confession que le chef de la Mafia, Lucio Gambarini, lui avait faite sur son lit de mort.

— Depuis le XVIIIe siècle, la Camorra s'adonne à des actes de vols et de falsification d'œuvres d'art du Vatican dans lesquels sont impliqués nombre de complices corrompus en interne. L'idée même de tels agissements est inconcevable à mes yeux. Le fait qu'un délit aussi ignoble n'ait pas été exposé depuis tout ce temps… Ou peut-être que ça l'a été, mais que les informateurs potentiels ont accepté de se joindre au complot ou ont connu un destin funeste s'ils se sont montrés récalcitrants. La Camorra est une véritable pieuvre, Michael. Un monstre dont les actes criminels sont divers et variés. Elle détient sous son joug de nombreux dirigeants politiques et religieux présents dans toute l'Italie, à l'instar de la Mafia sicilienne et de la 'Ndrangheta dans leurs régions respectives. C'est un fait connu du grand public, mais la plupart des gens détournent le regard en se disant que c'est la routine, au Vatican. La confession de Don Gambarini a cela d'unique qu'il a fait ce qui était en son pouvoir pour dénoncer cette pratique avant de trépasser, par crainte de provoquer la colère éternelle du Seigneur. Et il a demandé que je lui serve d'exécuteur testamentaire dans cette affaire ! Comme je le disais plus tôt, je me suis tourné vers le patriarche pour lui demander conseil, et il vient à l'instant de rejeter catégoriquement ma demande. Peut-être ne souhaite-t-il pas connaître les détails de cette histoire, ni le nom du pénitent. Qui sait ?

Rinaldo baissa les yeux sur son téléphone au souvenir de la conversation en se tordant les mains de détresse.

Réalisant que son ami avait terminé, Dominic resta sans voix, abasourdi par l'énormité de la situation. Il comprenait désormais que la permission du pénitent ayant été accordée, les règles de la confession avaient peut-être été quelque peu assouplies. Mais tout de même, il restait dubitatif.

Rinaldo enchaîna.

— Si je te fais part de tout cela, c'est pour plusieurs raisons,

Michael. Premièrement, tu es le seul ami vers lequel je peux me tourner pour obtenir des conseils ecclésiastiques francs. Deuxièmement, tu fais partie du Vatican et je suppose que tu as une certaine influence sur les crimes de longue date qui pourraient encore s'y dérouler. Le fait que le musée du Vatican soit encore impliqué dans ce délit à ce jour ne te laisse certainement pas indifférent. C'est en tout cas mon cas. Enfin, l'homme est mourant. J'ai donc conscience que je devrai bientôt tenir ma promesse et révéler ses secrets. Alors ? Qu'est-ce qu'on fait ?

Initialement surpris par l'usage du « on », Dominic prit un moment pour réfléchir à la situation. Les mains croisées sous son menton, il s'adossa dans le fauteuil en cuir. Il connaissait la réputation de la Camorra et ne voulait surtout pas se retrouver sur leur route. C'était un sort qu'il ne souhaitait à personne, d'ailleurs.

Si cette histoire était vraie – et il avait vraiment du mal à croire que cette pratique ait pu perdurer pendant des siècles – alors oui, il fallait y mettre un terme.

— Tu as parlé de contrefaçons d'œuvres d'art, Carlo. Gambarini a-t-il donné des précisions à ce sujet ? Par exemple, les œuvres qui ont été volées ou celles qui ont été remplacées par des répliques.

— Non, rien de précis. Mais tu imagines bien à quel point une telle information pourrait nuire à la crédibilité du Vatican, qui possède l'un des musées les plus prestigieux du monde. On parle de milliers d'œuvres d'art des plus grands maîtres de l'histoire. Michel-Ange, Léonard de Vinci, Raphaël, Le Caravage, la liste est longue. Nul doute que de telles merveilles ont dû finir dans les collections les plus privées du monde. Jamais elles n'auraient pu être mises en vente sur le marché.

— Oui, ou alors elles ont été stockées dans des ports francs, où de nombreux collectionneurs fortunés conservent leurs trésors les plus précieux pour des raisons de fiscalité et de sécurité.

Dominic repensa à l'affaire Zharkov et au voile de Marie-Madeleine, ce qui ne fit que le conforter dans son idée : il était fort probable que les aveux de Gambarini soient vrais.

— Laisse-moi le temps d'y réfléchir, Carlo. Gambarini a dit de ne rien faire de son vivant, n'est-ce pas ? Je ne vois donc aucune raison de prendre une décision à la va-vite. Le temps joue en notre faveur, dans tous les cas. Je n'arrive toujours pas à croire que cette histoire dure depuis des siècles. Il s'agit peut-être d'une légende inventée par la Camorra pour asseoir sa réputation. Après tout, c'est la plus vieille Mafia d'Italie.

— Peut-être, mais cela ne signifie pas pour autant qu'il faille se tenir à l'écart sans rien faire. Reste à savoir comment mettre un terme à cet ignoble complot.

CHAPITRE

QUATRE

Avec sa splendide terrasse panoramique donnant sur le Grand Canal, le restaurant L'Alcova de l'hôtel Ca' Sagredo était l'endroit idéal pour terminer la journée. De l'autre côté de la rive se dressait le célèbre marché Rialto, rempli de locaux à l'affût de denrées fraîches pour préparer le dîner.

Hana et Dominic avaient tous deux commandé un martini à la vodka Punzoné, qu'ils sirotaient en lisant la carte.

— Je suis affamée, mais il y a tellement de choix ! s'enthousiasma Hana. Qu'est-ce qui te tente ?

— Le thon albacore me fait de l'œil, répondit Dominic. « Fraîchement pêché ce matin au large des côtes siciliennes. » Pas étonnant qu'il soit si cher.

— On est au Ca' Sagredo, Michael. Tout est hors de prix, ici. Mais ça en vaut la peine, assura-t-elle. Et n'oublie pas que c'est à mes frais.

Gêné par la générosité d'Hana, Dominic se rassura en se disant qu'elle avait toujours aimé faire plaisir à ses amis.

— Je crois que je vais opter pour le thon, moi aussi, décida Hana.

Après que le serveur eut pris leurs commandes, les deux

amis soupirèrent de satisfaction et se tournèrent vers le canal. Des gondoliers vêtus de t-shirts à rayures rouges et blanches et de chapeaux de paille enrubannés glissaient sur les eaux calmes armés de leur rame, leurs gondoles noires élégantes transportant des visiteurs sans destination précise venus admirer les magnifiques *palazzi* qui bordaient le Grand Canal. Les *vaporetti*, ces bus aquatiques plus spacieux, convoyaient des hordes de touristes d'un arrêt à l'autre, laissant dans leur sillage de larges vagues mousseuses que les gondoliers évitaient avec expertise.

Le serveur revint bientôt avec leurs plats. Chaque assiette était un véritable chef d'œuvre : d'épaisses tranches de thon jaune fraîchement pêché saisies à la poêle, agrémentées de touches colorées d'aïoli au citron vert et de sauce soja au gingembre, surmontées d'une unique tomate Poire Rouge et de fines tranches de mandarine, le tout accompagné d'asperges cuites à la vapeur avec du beurre à l'ail.

Les deux amis admirèrent leur assiette d'un air émerveillé, puis relevèrent les yeux l'un vers l'autre en souriant.

— Le meilleur de la gastronomie vénitienne, commenta Hana.

Dominic opina en silence et ils entamèrent leur repas.

Ils mangèrent en silence, savourant chaque bouchée entre deux gorgées du Pinot noir du Nouveau Monde fruité que le sommelier leur avait recommandé pour accompagner le poisson épicé.

Quelques coups d'œil en direction de Dominic suffirent à Hana pour se rendre compte que son ami était distant, qu'il avait l'esprit ailleurs.

— Tout va bien, Michael ?

Dominic releva brusquement la tête, comme si elle l'avait interrompu dans ses pensées. Il balaya les environs du regard pour s'assurer que personne ne se trouvait à proximité, puis se pencha vers elle.

— Tu te souviens que Carlo a voulu me parler en privé à Saint-Marc ? murmura-t-il.

— Bien sûr, répondit-elle à voix basse. J'ai l'habitude d'aller jouer les touristes pendant tes rendez-vous professionnels.

Elle esquissa un petit sourire malicieux à cette plaisanterie que seul lui pouvait comprendre.

— Oui, pardon. Normalement, je n'ai pas le droit de parler de ce genre d'affaire, mais la situation est particulière et les règles habituelles ne s'appliquent pas. Carlo m'a avoué avoir recueilli la confession d'un mourant auquel il a administré les derniers sacrements. Mais il ne s'agit pas de n'importe qui. Ce type est le *padrino* de la Mafia, chef du clan de la Camorra de Vénétie. Je t'en parle dans le plus grand secret, Hana, et uniquement parce que le pénitent a autorisé Carlo à transmettre certaines informations à autrui. Cet homme lui a révélé une opération de recel d'œuvres d'art au sein même du Vatican qui durerait depuis des centaines d'années ! Inconcevable, je sais. Et pourtant, craignant pour la survie de son âme, le parrain a tout avoué avant de mourir.

Hana reposa son couteau et sa fourchette, croisa les bras sur la table et se pencha vers Dominic.

— Tu es en train de me dire que ça fait des siècles que le Vatican est victime de vol ? Je ne vois pas comment c'est possible, à moins qu'il n'y ait des complices à l'intérieur depuis des générations ! Tu as raison, c'est inconcevable.

— J'ai beaucoup de mal à y croire, je te l'avoue, dit Dominic en secouant la tête. Comment se fait-il que personne n'ait tenté, à un moment ou à un autre, de mettre un terme à ces manigances ?

Quelqu'un avait bien dû se rendre compte de la disparition de ces œuvres inestimables. Mais après tout, le Don avait fait mention de contrefaçons remplaçant les originaux. Ce n'était pas impossible. Il existait des faussaires de talent qui savaient berner les plus grands experts.

— J'ignore que faire devant une telle situation, avoua Dominic. Par où commencer ? Carlo a très bien senti qu'interrompre les opérations de la Camorra pouvait se révéler dangereux. Si on se retrouve impliqué, ce n'est pas quelque chose à prendre à la légère.

— « On » ?

Dominic se mordit la langue. Il venait de faire à Hana le même coup que Carlo lui avait fait, quelques heures plus tôt, en lui exposant la situation. Mais il savait que la réaction de son amie serait la même que la sienne.

— Tu m'as demandé ce qui me tracassait. Maintenant que tu es au courant, comment pourrais-tu détourner les yeux d'une affaire aussi intrigante ? dit-il avec un petit sourire en coin.

— Tu me connais bien.

— Imagine un peu. Si ce qu'il raconte est vrai – et je ne suis pas encore certain de le croire lorsqu'il affirme que cette histoire dure depuis des siècles – alors le mécanisme sous-jacent doit être extrêmement bien huilé et impliquer des gens au sein du Vatican qui y prennent part ou se contentent de fermer les yeux. Comment allons-nous découvrir de qui il s'agit et surtout, comment allons-nous y mettre un terme ? Je me doute que la Camorra ne sera pas enchantée d'apprendre que nous fouillons dans ses affaires. C'est un pari risqué.

— Si je comprends bien, ce parrain de la Mafia habite ici, à Venise. Cette ville doit être leur siège. S'il est mourant, ou mort, quelqu'un va prendre sa succession. Je suggère de commencer par fouiller un peu, pour voir ce qu'il en est.

— Regarde-toi, on dirait une gangster en train de comploter.

— Et tu n'as encore rien vu…, poursuivit Hana en se glissant dans la peau de son personnage.

— Au fait, tu as réussi à contacter ton amie au sujet du manuscrit de Vivaldi ?

Le visage d'Hana s'éclaira.

— Ah, oui ! Je lui ai envoyé la photo par mail et elle a dit qu'elle reviendrait vers moi d'ici la fin de la journée.

Elle baissa les yeux sur sa montre et ouvrit son application de messagerie sur son smartphone. Il y avait un message non lu de Livia Gallo. Elle cliqua dessus et le lut à haute voix : « *Quel mystère ! C'est fascinant ! Je suis ravie que tu aies décidé de m'en faire part. J'ai bien ma petite idée sur ce que tout cela signifie, mais je préférerais t'en parler en personne. Je peux venir te voir à Venise demain ? Il y a un train qui part de Rome et arrive à 13 h 00. Tu as des adresses d'hôtels à me recommander ? »*

— Je crois qu'on a réussi à titiller sa curiosité, dit Hana en souriant à Dominic. Je vais lui prendre une suite à l'hôtel.

Elle tapa une réponse sur son téléphone pour confirmer à Livia qu'elle serait la bienvenue et qu'elle lui réserverait une chambre au Ca' Sagredo.

— Je me demande pourquoi elle veut venir jusqu'ici pour en discuter plutôt que de t'en parler au téléphone, s'interrogea Dominic.

— Je la connais, elle veut voir l'original de ses propres yeux. Ce genre d'opportunité ne se présente pas à tous les coins de rue, tu sais. Surtout que là, c'est nous qui lui demandons de nous accorder une faveur.

— C'est vrai. Je comprends parfaitement l'envie qu'on peut ressentir de voir un tel artefact en personne, surtout étant donné son âge. Je ne pense pas que Paolo y verra d'inconvénient, d'autant qu'elle aura peut-être une solution à nous proposer. J'imagine que si elle fait le voyage, c'est qu'elle a quelque chose derrière la tête. Mais revenons-en à la Camorra et son opération de recel d'œuvres d'art. J'aimerais bien appeler le cardinal Petrini pour lui en toucher deux mots. Il aura certainement un avis sur le sujet.

— Et comment ! Si j'étais lui, je serais furieux ! Cela dit, je ne suis pas très à l'aise avec l'idée de m'immiscer dans les affaires de la Camorra, Michael. Tu ne veux pas lui demander de nous envoyer Karl et Lukas, juste au cas où ?

Dominic réfléchit un instant. S'ils se mettaient à fouiner, il n'était pas impossible qu'ils en subissent les conséquences. Mieux valait faire venir Karl et Lukas, en supposant que Petrini soit d'accord. Et puis, ses deux amis seraient sûrement ravis de passer un peu de temps à Venise. Il avait fait appel à eux par le passé et leurs capacités et leur jugement n'étaient plus à prouver.

— Bonne idée, je l'appellerai.

Au même instant, le téléphone de Dominic vibra pour annoncer un SMS entrant. Il l'ouvrit.

— C'est Paolo. La *contessa* Vivaldi nous invite à passer chez elle demain soir ! Quelle journée, dis donc !

— Tu m'en diras tant ! Et demain promet d'être tout aussi exceptionnel.

— En attendant, qu'est-ce qu'il y a comme dessert ?

CHAPITRE
CINQ

Au terme d'un voyage de quatre heures, le TGV Frecciarossa rouge pomme en provenance de Rome qui venait de quitter Venise-Mestre traversa la chaussée longeant la lagune pour venir s'arrêter à Santa Lucia, la gare donnant sur le Grand Canal.

Livia Gallo récupéra sa valise et sa sacoche d'ordinateur et attendit que la locomotive atteigne le butoir pour débarquer.

À peine était-elle descendue qu'une voix parmi la foule la héla. Elle releva la tête et aperçut son ancienne étudiante, Hana Sinclair, qui s'approchait en compagnie d'un prêtre.

— Cela t'arrive souvent d'amener un prêtre à des retrouvailles avec une vieille connaissance ? plaisanta Livia une fois à leur hauteur.

Tous trois s'esclaffèrent et Hana fit les présentations.

— Michael est au cœur de notre mystère baroque, expliqua Hana une fois que les mains furent serrées et les politesses échangées. C'est un expert en manuscrits anciens et un très bon ami. Il est aussi préfet des Archives apostoliques du Vatican.

Elle conclut sa tirade en jetant un coup d'œil admiratif à l'intéressé, ravie de le présenter à son ancienne professeure.

— Si ça ne te dérange pas, je préfère aller poser mes valises à l'hôtel avant de m'attaquer au vif du sujet, proposa Livia.

— La soirée va te plaire, Livia, poursuivit Hana. On a rendez-vous avec la comtesse Donatella Vivaldi Durazzo, descendante directe d'Antonio Vivaldi.

— Ce n'est pas vrai ! Comment as-tu réussi un truc pareil ?

— Le conservateur de la Marcienne, Paolo Marcetti, nous a mis en contact. C'est la *contessa* qui a fait don du manuscrit à la bibliothèque et Paolo dit qu'elle est prête à nous fournir de plus amples informations sur son origine. Et c'est tant mieux, parce qu'il va nous en falloir, si l'on veut comprendre pourquoi Vivaldi a écrit un morceau aussi étrange.

— J'ai bien ma petite idée de ce qu'il avait derrière la tête, avoua Livia. C'est pour ça que j'ai amené mon ordinateur avec moi. On pourra en discuter une fois que j'aurais déposé mes affaires à l'hôtel.

UNE FOIS confortablement installée dans la suite réservée par son ancienne élève, Livia prépara son ordinateur portable sur la table de réunion et envoya un message à Hana et Dominic pour qu'ils la rejoignent dans sa chambre.

Quelques minutes plus tard, on frappait trois coups à la porte. Livia ouvrit et les invita à entrer.

— Avant toute chose, ma chère Hana, je te remercie d'avoir choisi une aussi belle chambre, et au Ca' Sagredo, en plus de cela. Tu as du goût !

— C'est le moins que je puisse faire, Livia. Après tout, tu as pris sur ton temps pour venir jusqu'ici, rétorqua Hana. Mais dis-moi, il est magnifique, ton ordinateur. Je ne savais pas qu'ils en faisaient en bois, maintenant.

— Je l'ai fait faire sur mesure. C'est du padouk africain. J'aime bien, ça donne de la chaleur à la froideur des appareils électroniques. Maintenant, passons aux choses sérieuses. Je pense avoir trouvé la solution à cette énigme. Au premier abord, le scherzo de Vivaldi semble être un morceau tout ce qu'il y a de plus normal, mais il renferme des excentricités subtiles qui font office d'indices. Je suis prête à parier qu'il a composé ce morceau avec ce que l'on appelle une cryptographie musicale, c'est-à-dire qu'il a inclus des styles de notes qui transmettent un message secret. Pour vous donner un peu plus de contexte, la cryptographie musicale est une pratique qui date du IXe siècle, mais ce n'est qu'à l'époque baroque qu'elle a été utilisée à plus grande échelle. Et comme vous le savez, le baroque, c'était l'époque de Vivaldi. On sait que de nombreux compositeurs, comme Bach, Brahms, Schumann, et j'en passe, ont intégré des motifs cryptographiques dans certaines de leurs compositions. La plupart du temps, c'était pour s'amuser ou en guise de plaisanterie d'ordre personnel à l'intention d'un ami ou d'un amant. Quand on regarde le manuscrit de Vivaldi, on croirait qu'il s'agit d'un morceau comme les autres, mais ce qui m'a attiré l'œil, c'est l'utilisation du mot *tiaseno* dans le titre.

— Je me suis aussi posé la question, intervint Dominic. Je n'avais jamais entendu ce mot avant. Est-ce un terme technique dans le monde de la musique ?

— Non, ça n'est pas un mot. Ce sont les sept lettres les plus utilisées dans les langues européennes. Vivaldi espérait probablement que son code soit déchiffré par un *cifristo*, c'est-à-dire un cryptologue professionnel.

— Alors le scherzo consistait à faire croire au public qu'il s'agissait d'une simple plaisanterie, tandis que *tiaseno* était là pour indiquer à ceux qui s'y connaissent qu'il y avait un message caché dans la partition ?

— Mais tu n'es pas cryptologue, Livia, nota Hana. Comment as-tu découvert le pot aux roses ?

— J'ai reconnu *tiaseno* parce qu'il y a le même mot dans le code Solfa, un autre cryptogramme musical sur lequel je suis tombée par hasard, il y a des années de cela, en inspectant un manuscrit. Le code Solfa fait correspondre les lettres de l'alphabet aux tons d'une gamme majeure : T-I-A-S-E-N et O, c'est l'ordre des sept premières notes. Vivaldi devait utiliser une version antérieure du système.

— Vous êtes en train de nous dire qu'il y a vraiment un message caché dans ce manuscrit ? s'exclama Dominic, surexcité.

— Patience, répondit Livia d'un air malicieux. Tout d'abord, pour traduire les notes en italien, on doit savoir quelle gamme Vivaldi utilisait. Heureusement pour nous, il nous a laissé un indice dans sa « plaisanterie ». La partition semble avoir été écrite en *fa* majeur, ce qui n'a aucun sens puisqu'elle s'intitule *scherzo tiaseno in sol*.

— Ouah, s'extasia Dominic. Ça veut dire que la clé, au sens propre comme au figuré, se trouve dans le titre. C'est brillant !

Livia sortit une feuille de papier à musique vierge de son sac.

— Exactement ! Je vais vous montrer.

Elle se mit à griffonner les notes.

— Regardez, si l'on change la clé et la tonalité au début de chaque portée en ajoutant un dièse, on trouve les lettres correspondantes et le message se dévoile à mesure que je les note sur le manuscrit.

— Qu'en est-il du reste de l'alphabet ? demanda Hana. Il n'y a que sept notes dans une gamme majeure.

— Tu as raison. Dans le code Solfa, T-I-A-S-E-N-O apparaît toujours sur les temps ; les autres lettres utilisent ces sept notes, mais tombent à contre-temps.

— Ça explique pourquoi les barres de mesure ne correspondent pas à un scherzo normal en 2/4, poursuivit Hana. Vivaldi voulait montrer au lecteur où placer les temps pour en extraire le message.

— Parfaitement, confirma Livia. C'est le troisième indice de cette plaisanterie musicale ! Par exemple, ces notes correspondent aux lettres R-C-H et U.

— Je commence à déchiffrer quelques mots, s'exclama Dominic. *Chiunque trovi…* « Quiconque trouve ». Et le reste ? Vous arrivez à le lire ?

À l'aide de son logiciel de composition, Livia avait superposé les portées, les clefs et les notes de Vivaldi par-dessus la photo qu'Hana lui avait envoyée, et assigné chaque note à son degré sur l'échelle musicale. L'écran de l'ordinateur affichait donc une strophe de quatre vers créant une suite ininterrompue de mots italiens :

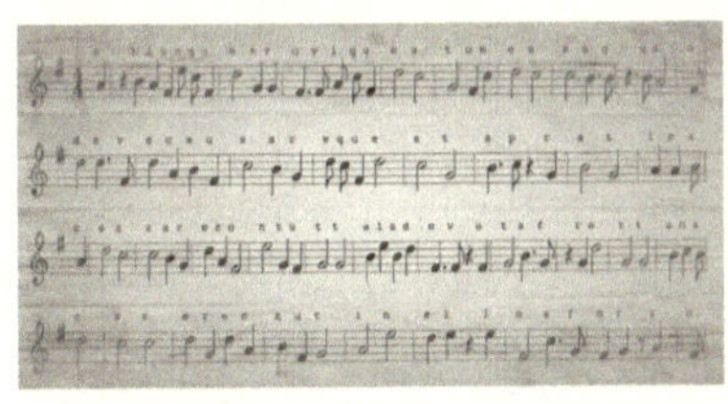

— Découper cette suite de lettres en mots n'a pas été une mince affaire, relata Livia, mais une fois que j'ai réussi à comprendre, le message est apparu et il est cohérent.

chiunque trovi questo messaggio
deve causare questa pratica
cessare con tutta la dovuta fretta ma
essere cauti nello sforzo

— Après cela, il a suffi de traduire le texte en français.

Elle entreprit de lire la traduction à voix haute :

> *quiconque trouve ce message*
> *doit s'assurer que cette pratique*
> *cesse au plus vite mais ce faisant*
> *doit rester prudent dans cette quête*

— C'est génial, Livia ! Bien joué ! s'émerveilla Hana, pourtant experte en énigmes.

— Je dois beaucoup à mon expérience, rétorqua Livia avec humilité. Et puisque le morceau en lui-même ne représentait absolument pas ce que l'on attendrait de la main de Vivaldi, cela m'a fait penser à la cryptographie sténographique : une information cachée au sein d'une autre. Personne ne connaît l'origine du code Solfa mais je me demande si Vivaldi n'en était pas l'auteur. À ma connaissance, il n'existe pas de preuve de son utilisation plus ancienne que celle-ci. Et je crois qu'il nous a laissé un autre indice dans le manuscrit. La première tonalité de ce *scherzo* est en *sol*, mais l'autre tonalité majeure, c'est le...

— Fa ! interrompit Hana avec jubilation. Mais bien sûr ! *Sol* et *fa* !

Stupéfait par cette découverte, Dominic secoua la tête d'un air admiratif. Il posa ensuite la question qui lui brûlait les lèvres.

— Si l'on a sous les yeux la deuxième page de la partition originelle de Vivaldi, où se trouve la première ? Cette traduction devrait prendre tout son sens une fois rattachée à ce qui vient avant.

— Avec un peu de chance, la *contessa* pourra nous aiguiller à ce sujet, espéra Livia. Vous n'imaginez pas à quel point je suis impatiente de la rencontrer. Cela fait des années que je ne me suis pas autant amusée.

CHAPITRE
SIX

Dominic mit pied à terre le premier, puis tendit la main pour aider ses deux compagnes à descendre du bateau. Il régla la course et les trois amis grimpèrent les quelques marches jusqu'aux portes du *palazzo*.

Quelques minutes plus tard, un majordome âgé de petite taille leur ouvrit. Francesco, se présenta-t-il. Il les invita à entrer dans le superbe vestibule de la demeure.

— Bienvenue au Palazzo Grimaldi. La *contessa* est occupée mais elle vous rejoindra très vite. Elle m'a demandé de m'occuper de vous en attendant. Si vous voulez bien me suivre jusqu'au salon pour un rafraîchissement.

Bien que construit des siècles auparavant, le palais était très bien entretenu et décoré avec goût. Une pléthore de peintures à l'huile délicates et de tapisseries ornaient les murs, de somptueux tapis persans et orientaux recouvraient le vieux plancher et de magnifiques chandeliers de verre de Murano étaient suspendus au plafond de toutes les pièces. D'antiques appliques éclairaient les couloirs et les hautes fenêtres voûtées drapées de voilages blancs diaphanes laissaient entrer en abondance une douce lumière naturelle.

Le salon spacieux était doté de deux coins détente

confortables, séparés par un grand piano à queue blanc poli Fazioli qui occupait la majeure partie de la pièce. Contre un mur latéral se tenait un bar en acajou richement sculpté, avec un miroir antique en arrière-plan.

— Puis-je vous proposer un cocktail ? offrit Francesco. Nous avons de quoi ravir tous les palais.

Quand les convives eurent fait leur choix, Francesco passa derrière le bar pour préparer les boissons tout en leur racontant l'histoire du palais dans une performance visiblement longuement préparée, ou du moins, maintes fois répétée.

— Vous serez peut-être surpris d'apprendre que Charles II, seigneur de Monaco, a construit ce *palazzo* en 1578 en guise de résidence secondaire, sa demeure principale étant basée à Monte Carlo. La bâtisse est restée dans la famille Grimaldi pendant des générations jusqu'à ce que les ancêtres de la *contessa* en fassent l'acquisition en 1872. La *signora* y a vu le jour et l'habite depuis lors. Les *palazzi* qui bordent le Grand Canal sont d'époques et de styles variés – byzantin, gothique, baroque, néoclassique, Renaissance – et les plus anciens datent du Ve siècle. Nombreux sont encore debout mais ont dû être méticuleusement restaurés. Le Palazzo Grimaldo, quant à lui, nous vient de la Renaissance et a été construit selon les anciennes coutumes classiques grecques et romaines.

De toute évidence, ce n'était pas la première fois que le majordome prononçait ce discours. La *contessa* recevait probablement régulièrement des visiteurs, et Francesco endossait alors le rôle de barman mais aussi de guide, pendant que la maîtresse de maison se préparait à accueillir ses invités.

Francesco était en train de distribuer les cocktails de chacun lorsque la comtesse fit son entrée, vêtue d'une superbe veste Armani à col rond en gabardine mauve clair, assortie d'un pantalon palazzo pincé et de ballerines Ferragamo chics.

— Bonjour à tous. Pardonnez mon retard, j'avais un petit truc à terminer qui m'a pris plus de temps que prévu. Je manque à tous mes devoirs de courtoisie.

— Pas du tout, Madame la comtesse, rétorqua Dominic en souriant. Francesco était en train de nous raconter l'histoire de votre somptueux *palazzo*. Vous avez une demeure magnifique.

— Vous êtes trop aimable, père…

— Dominic. Michael Dominic, se présenta-t-il en lui tendant la main. Et voici mon amie et collègue Hana Sinclair, et Livia Gallo qui nous arrive de Rome pour nous apporter son aide sur votre manuscrit de Vivaldi.

La *contessa* leur serra la main à chacun, en posant la main gauche par-dessus la leur dans un geste gracieux à chaque échange. Debout à côté d'elle, Francesco attendait, un Negroni rouge rubis sur son plateau. Quand elle eut terminé les salutations, elle s'empara du verre et Francesco quitta la pièce, sa mission désormais achevée.

— Je suis ravie de faire votre connaissance, dit la comtesse. Avant de commencer, aimeriez-vous que je vous montre ma collection d'œuvres d'art ? J'adore la peinture et c'est toujours un plaisir de faire découvrir mes tableaux à mes invités.

Observatrice, Hana estima que la *contessa* devait être octogénaire, mais encore en pleine forme. Mince, le pas et l'esprit vifs, elle s'habillait avec goût et élégance.

Hana remarqua également une bague ornée d'un gros rubis à son annulaire gauche.

— C'est une pierre magnifique que vous avez là, Madame la comtesse, commenta-t-elle. Quelle est son histoire ?

La vieille femme baissa les yeux sur son bijou, un air de réminiscence attendrie sur le visage.

— Mon mari, le comte Durazzo, me l'a offerte pour nos fiançailles. Il ne se passe pas un jour sans que je ne lui en sois reconnaissante, et hormis lorsque je fais le ménage, elle ne me quitte jamais. À présent, si vous voulez bien me suivre.

Elle les conduisit à travers plusieurs pièces au rez-de-chaussée du *palazzo*, s'arrêtant devant de nombreux tableaux qu'elle affectionnait particulièrement pour leur offrir un bref résumé de l'histoire de chacun. Raphaël, Le Caravage,

Le Tintoret, Titien… Nombre des artistes les plus renommés d'Italie avaient trouvé une place dans la demeure de la comtesse.

Pour finir, elle attira leur attention sur une impressionnante peinture à l'huile accrochée au-dessus d'un âtre gigantesque dans la bibliothèque : une représentation de la crucifixion du Christ marquée de coups de pinceau audacieux ayant créé des traits rugueux qui allaient et venaient entre la silhouette du Christ agonisant et les observateurs terrifiés au pied de la croix, le tout baigné dans des contrastes de clair-obscur plongés dans une lumière froide.

— *La crucifixion avec les Apôtres* a connu une histoire fascinante, confia la vieille dame avec émotion. D'abord attribuée à l'excentrique Giovanni Battista Piazzetta en 1740, il s'est avéré qu'elle avait été peinte par une artiste vénitienne du nom de Giulia Lama, une femme intelligente et instruite, également poétesse et versée en mathématiques comme en philosophie. Dans ce monde dominé par les hommes qu'était le XVIIIe siècle, les travaux de Giulia Lama étaient sophistiqués et hautement convoités, mais avec le temps, ils ont été faussement attribués à ses concurrents masculins : des hommes qui refusaient de voir une femme, surtout une femme au physique aussi ingrat, être mieux rémunérée qu'eux. Comme si l'apparence avait quoi que ce soit à voir avec le talent.

Elle leva les yeux au ciel à ces mots en chassant cette idée absurde d'un geste dédaigneux de la main.

— Nombre de ses œuvres ont été considérées comme ayant été peintes par Piazzetta, et les chercheurs ont compris plus tard que pas moins de vingt-six de ses tableaux et quelque deux-cents dessins avaient été initialement attribués à tort à d'autres artistes de renom. D'ailleurs, Giulia Lama était très proche de mon ancêtre, Antonio Vivaldi. C'est lui qui lui a enseigné le violon à l'orphelinat où il officiait. Giulia était une élève très douée. Une femme aussi talentueuse, traitée avec un tel mépris par ses homologues masculins. C'est bien triste, mais c'était ainsi, à l'époque. C'est justement pour cela que ce tableau figure parmi mes préférés. Je l'ai acheté récemment dans une galerie de la région et je suis ravie d'avoir découvert cette artiste.

— Vous avez une superbe collection, Madame la comtesse, commenta Hana avec admiration. Merci de nous avoir fait découvrir le parcours de Giulia Lama. Elle a dû surmonter des défis de taille. Heureusement, les temps ont changé.

— Pas assez, ma chère, marmonna la *contessa* d'un ton exaspéré. Nous avons encore du chemin à parcourir. Mais passons au manuscrit de *Signor* Vivaldi, si vous le voulez bien.

Pendant que la petite troupe suivait la vieille femme jusqu'au salon, Hana resta un instant en arrière pour observer le Giulia Lama. Admirative, elle sortit son téléphone et prit une photo de l'œuvre avec dans l'idée de la contempler ultérieurement.

CHAPITRE
SEPT

L a *contessa* les conduisit jusqu'au salon, où Francesco était de retour derrière le bar, prêt à rafraîchir tout le monde. Pendant qu'il préparait les cocktails, Dominic entama la discussion.

— Comme vous le savez, Madame la comtesse, Paolo Manetti m'a convié à la Marcienne pour me montrer ce qui m'a tout l'air d'être la deuxième page de votre manuscrit de Vivaldi. Sauriez-vous où se trouve la première page ?

— Bien sûr, mon père. Elle est en sécurité dans mon coffre, avec d'autres partitions et lettres du maître. Aimeriez-vous y jeter un coup d'œil ?

Dominic se sentit soudain surexcité à l'idée de mettre la main sur la deuxième page du manuscrit, mais aussi d'avoir la chance de lire d'autres écrits de Vivaldi.

— *Gentile signora,* j'en serais absolument ravi ! C'est très aimable à vous.

— Tout le plaisir est pour moi, répondit la dame. Patientez, je vous prie. Je ne serai pas longue.

Et elle sortit de la pièce.

— Je n'arrive pas à croire que j'aie la chance de participer à toute cette aventure, s'exclama Livia, les yeux brillant d'impatience. Je vous dois une fière chandelle, à tous les deux. Merci de m'avoir invitée. Vivement que je puisse retranscrire la première page du morceau. Sans parler de tenir sa correspondance entre mes mains !

— Si vous n'y voyez pas d'inconvénient, Livia, contra Dominic, je préfère les manipuler moi-même avec des gants de conservation, et vous les montrer ainsi. La peau sécrète du sébum qui risque d'endommager le papier.

Il plongea une main dans sa poche et en sortit une paire de gants blancs qu'il enfila.

Quelques minutes plus tard, la *contessa* réapparut, une grande mallette noire à la main. Elle la déposa sur la grande table basse en cuir marqueté devant Dominic et s'assit à côté de lui pour l'ouvrir.

— Ces manuscrits appartiennent à mes ancêtres depuis 1780. C'est mon arrière-arrière-arrière-arrière-grand-père, le comte Giacomo Durazzo, qui en avait fait l'acquisition auprès d'un sénateur vénitien qui les avait lui-même achetés au frère de Vivaldi après la mort de ce dernier.

Dominic remarqua que la famille de la comtesse avait eu la prudence d'insérer chacun des documents dans une pochette en Mylar individuelle dépourvue de substances acides, une méthode conforme aux procédures d'archivage qui rendait la manipulation des manuscrits plus sûre, sans pour autant nécessiter de gants.

Le premier manuscrit qu'il saisit était une lettre d'une page datée de 1735 que Vivaldi avait adressée à Alvise Pisani, le doge de Venise en exercice. Il la lut à voix haute en traduisant à vue depuis l'italien. Visiblement, l'échange était houleux et concernait la loi somptuaire de la ville.

— Pendant la Renaissance, Venise était une véritable puissance commerciale, expliqua-t-il à ses compagnons. À tel point que les nobles et les marchands dépensaient une grande partie de leur fortune en produits de luxe vaniteux : boissons, mets, tenues ostentatoires, ornements pour leurs *palazzi* voire pour leurs gondoles. Les femmes patriciennes, en particulier, étaient pointées du doigt pour leur style vestimentaire tapageur et le régulateur dut intervenir pour tempérer leurs ardeurs. Il interdit entre autres choses aux courtisanes de porter des perles. C'est à cette époque que le *carnevale* a pris de l'importance car les lois somptuaires étaient suspendues pour l'occasion et les gens pouvaient se vêtir comme il leur plaisait. Le traditionnel masque, d'ailleurs, servait à dissimuler le statut de l'individu qui le portait, ce qui permettait aux nobles de se mêler aux gens du peuple sans que personne ne le sache. Dans cette lettre, il semblerait que *Signor* Vivaldi s'exprime contre cette loi pour plusieurs raisons. C'est un spécimen intéressant, mais sans grande valeur en soi.

Il le tendit à Livia qui s'empara de la lettre du *maestro* avec empressement.

Dominic parcourut le reste de la mallette jusqu'à y trouver plusieurs partitions. Conscient de la chance qu'il avait de pouvoir observer de tels artefacts, il y regarda de plus près, à la recherche de la page qui viendrait compléter le morceau de Vivaldi.

— La voilà ! s'exclama-t-il en l'apercevant.

Signée de la main de Vivaldi en personne, la page était tout aussi pliée et chiffonnée que sa sœur, mais il l'aplatit dans sa pochette et la tendit à Livia qui l'examina, les yeux brillant de bonheur.

— Madame la comtesse, puis-je emprunter votre piano ? demanda-t-elle.

— Bien sûr, Madame Gallo. Je vous en prie.

Livia s'approcha du Fazioli, prit place sur le banc et posa la partition sur le pupitre. Les doigts tremblants, elle joua les premières notes et la mélodie qui en sortit était exactement ce à quoi elle s'était attendue : une suite de notes tonales à mille lieux du style de Vivaldi. Elle sourit.

La comtesse, en revanche, était médusée.

— Est-ce vraiment un morceau de Vivaldi ? Je ne joue pas de piano et je serais bien incapable de déchiffrer une partition, mais j'ai l'oreille, et ce que vous venez de jouer me paraît très… étrange.

Dominic lui raconta la réaction similaire qu'ils avaient eu en lisant la seconde page du manuscrit dont elle avait fait don à La Marcienne. Quand Hana l'avait chantonnée, la mélodie leur avait aussi semblé anormale.

— C'est pourquoi nous avons envoyé une copie à Livia Gallo qui s'y connaît bien en cryptographie musicale, et elle a déchiffré le message secret que Vivaldi a dissimulé dans les notes.

Visiblement surprise mais surtout très excitée à l'idée de découvrir le mystère laissé par son ancêtre, la comtesse écarquilla les yeux.

— Vraiment ? Vous l'avez traduit ? Que dit-il ?

Livia plongea la main dans son sac et en sortit la production de son logiciel, ainsi que la traduction.

— C'est tout bonnement extraordinaire ! s'exclama la *contessa* après l'avoir lu. Mais qu'est-ce que cela signifie ? Quelle est cette pratique qui doit cesser ? Et pourquoi faudrait-il se montrer prudent ?

— C'est justement ce que nous espérons découvrir grâce à la première page de la partition, poursuivit Dominic en priant pour que la comtesse morde à l'hameçon.

— Est-ce qu'on peut faire de même avec la première page ?

Dominic se retint de sauter de joie et ferma discrètement le poing sur ses genoux en signe de victoire.

— J'espérais que vous me poseriez la question ! intervint Livia, les yeux brillant d'excitation. La réponse est oui !

Elle sortit son téléphone, prit une photo du document et la transféra sur son ordinateur portable qu'elle avait posé sur la table basse. Elle répéta le processus dans le logiciel de composition qui déchiffra le code Solfa pour finalement produire quatre vers qui s'affichèrent sur l'écran :

IN UN VERGOGNOSO ATTO DI ARROGANZA: IL VATICANO VIENE DERUBATO.

Cieco dalla Camorra in collaborazione
con Cardinale Niccolò Coscia.

Elle traduisit le texte à voix haute :

PAR UN ACTE D'ORGUEIL DISSIMULÉ: LE VATICAN VOIT SES BIENS DÉROBÉS

Aveugle aux méfaits de la Camorra
De concert avec Niccolò Coscia.

Le silence retomba dans la pièce tandis que chacun s'imprégnait de ces mots.

Stupéfaits, Dominic et Hana réalisèrent qu'ils avaient devant les yeux la preuve que ce que le père Rinaldo avait entendu de la bouche de Don Camorra était bel et bien vrai. Une supercherie vieille de plusieurs siècles ! Ils échangèrent un regard entendu.

La *contessa*, quant à elle, était perplexe.

— Voilà une accusation de taille, mon père, bafouilla-t-elle. Des biens aveuglément dérobés au Vatican ? De quoi s'agit-il ? Je connais la Camorra, bien sûr ; ils sont encore actifs à Venise, même à ce jour. N'est-ce pas fascinant tout ce que l'on peut apprendre d'un document historique comme celui-ci ? Que comptez-vous en faire ?

Circonspect, Dominic préféra en révéler le moins possible.

— Oh, je ne doute pas que toutes sortes de filouteries avaient lieu à l'époque entre l'aristocratie et l'Église. La mention de la Camorra est surprenante, cela dit. Tout cela est passionnant, ne trouvez-vous pas ?

Il sourit comme pour indiquer que cela ne revêtait aucune importance. Après un bref coup d'œil à Hana, il secoua la tête de manière presque imperceptible pour lui faire passer le message. *Ne pas insister pour le moment.*

— Si vous le permettez, j'aimerais examiner le reste de votre collection, dit Dominic à la *contessa* pour changer de sujet.

Il s'adossa au canapé et fouilla parmi les autres manuscrits, faisant un commentaire de temps à autre sur l'un d'eux, avant de le passer à ses compagnons pour que tout le monde l'examine.

— C'est le plus bel assortiment de Vivaldi que j'aie jamais vu, complimenta-t-il. Et j'ai eu devant les yeux des choses remarquables, croyez-moi. Merci infiniment d'avoir partagé tout cela avec nous.

— Le plaisir est pour moi, mon père, répondit la comtesse en rangeant les documents dans la mallette. Je vous en prie, joignez-vous à moi et à mes invités pour notre *carnevale* annuel qui aura lieu dans deux jours, ce samedi. De nombreux Vénitiens de renom seront présents : le maire, la plupart du conseil municipal, quelques célébrités, plusieurs évêques et cardinaux. Vous vous sentirez comme chez vous, père Dominic. Et n'hésitez pas à amener vos amis. Ma maison est ouverte à tous, à cette occasion. En attendant, je vous souhaite la *buona sera*. Francesco vous a appelé un taxi qui vous attend à l'entrée.

Elle se leva et les conduisit jusqu'au vestibule. Quand elle ouvrit la porte, une gondole les attendait, amarrée devant le *palazzo*.

— Merci infiniment pour votre temps et votre générosité, Madame la comtesse, dit Hana au nom de tout le monde en faisant *il bacio* à la vieille dame. J'ai été ravie de faire votre connaissance et nous nous ferons un plaisir de venir à votre fête du *carnevale* !

SUR LE CHEMIN du retour vers le Ca' Sagredo, les cloches du campanile de la Piazza San Marco retentirent à 19 h 48, ce qui, étant donné l'heure étrangement inhabituelle, ne pouvait vouloir dire qu'une chose : une figure célèbre de Venise était décédée.

Ni Dominic ni Hana ne comprirent la signification de ce son funèbre, mais la nouvelle se répandit comme une traînée de poudre silencieuse à travers la ville : Don Lucio Gambarini s'était éteint. Malgré son association avec la Camorra, l'homme était un personnage important dans la ville et on le respectait, comme tout autre Vénitien haut placé.

Si certains poussèrent un soupir de soulagement en

entendant les cloches, d'autres s'inquiétèrent de savoir qui allait prendre la relève de Gambarini. Le nouveau *capintesta* serait-il une âme bienveillante qui veillerait sur ses concitoyens à travers les affaires de la Camorra ? Ou un homme aux penchants violents ne tolérant ni rien ni personne se dressant sur son chemin ?

~

DE RETOUR dans sa chambre d'hôtel, Dominic passa un coup de fil au cardinal Enrico Petrini, le secrétaire d'État du Vatican, pour le tenir au courant des dernières nouveautés et lui demander une faveur. Bien qu'il n'ait appris que récemment que le cardinal était son père biologique, il s'adressait à lui, d'un commun accord avec l'intéressé, selon les usages de leur profession.

— Votre Éminence, j'ai quelque chose d'important à vous communiquer.

Il lui relata l'intégralité de la situation : son rendez-vous avec Paolo Manetti à La Marcienne, la révélation surprise du père Rinaldo sur la confession choquante de Don Gambarini, la découverte des manuscrits d'Antonio Vivaldi et la générosité de la *contessa*. Sans oublier le fait que la Camorra était toujours dans le tableau et ne verrait probablement pas d'un très bon œil que Dominic fasse éclater la vérité au grand jour.

Il fallait bien admettre qu'ils n'avaient aucune preuve, outre l'accusation de Vivaldi cachée dans les lignes d'une partition vieille de plusieurs siècles et la confession d'un mourant. D'ailleurs, comment Vivaldi avait-il été mis au courant de ce fait, à l'époque ? Et si ce crime avait bel et bien eu lieu pour alors, se pouvait-il qu'il soit toujours en cours ? Pourtant, la coïncidence temporelle entre la confession du Don et la découverte du manuscrit de Vivaldi était troublante… Michael était en train de se faire cette réflexion lorsque le cardinal Petrini soupira au bout du fil, signe qu'il partageait son sentiment : était-ce le signe d'une intervention divine ? Un hasard aussi puissant ne pouvait pas être ignoré. Et un mourant sur son lit de mort n'aurait jamais inventé une confession aussi scandaleuse. Il devait donc y avoir une part de vérité dans cette histoire. Mais y avait-il des preuves ?

— Est-ce là ce que tu souhaites, Michael ? Dévoiler et faire cesser ce comportement aberrant ?

— Je me fais simplement du souci pour les inestimables trésors historiques du Vatican, Votre Éminence. Ce genre de délit ne peut pas perdurer. Si c'est avéré, alors cela veut dire que nous avons une ou plusieurs taupes parmi nos rangs, et que la Camorra de Vénétie a des agents en place à Venise comme à Rome. Nous nous devons de faire ce qui est en notre pouvoir pour découvrir ce qui se cache derrière tout ceci et y mettre un terme. Je vais avoir besoin de passer un peu plus de temps que prévu à Venise. Pourriez-vous en toucher un mot à mon assistant aux Archives ?

Le cardinal réfléchit en silence un moment.

— Aussi difficile à croire qu'elle soit, cette histoire doit être creusée jusqu'au bout. Mais je ne t'autorise à poursuivre sur cette voie que sous la protection des deux gardes suisses qui devront t'accompagner partout où tu iras. Leurs services te seront probablement utiles dans ta quête, Michael. Entendu, prends tout le temps qu'il faudra.

Dominic éclata de rire.

— C'est exactement ce que j'allais vous demander. J'attendrai avec impatience la venue du sergent Karl Dengler et du caporal Lukas Bischoff. Mes méthodes de travail ne leur sont pas inconnues.

— C'est comme si c'était fait. Ils prendront le train à la première heure demain matin.

— Oh, pourriez-vous leur dire d'amener une tenue de soirée et des vêtements de civil. Nous sommes invités chez la *contessa* Vivaldi pour la soirée du *carnevale* qui se tiendra dans son *palazzo*. Karl et Lukas vont adorer, mais je vous promets qu'ils seront de service 24 h/24, s'empressa-t-il d'ajouter pour appuyer le sérieux de leur mission.

— Prends garde à toi, Michael, le prévint Petrini. Je ne voudrais pas qu'il arrive malheur à qui que ce soit, quoi qu'il puisse se tramer avec les œuvres d'art du Vatican.

— Promis, Votre Éminence. Merci pour tout.

Sur ces mots, ils raccrochèrent.

Quelques instants plus tard, Dominic reçut un SMS de Carlo Rinaldo sur son portable : ***Don Gambarini est décédé.***

HUIT

Juste à côté du pont Rialto, au centre du Grand Canal, se trouvait le très chic Studio Canal Grande. De nombreux *palazzi* se dressaient fièrement dans le *Sestiere* de San Polo, nom que les habitants donnaient à leur quartier. L'un d'entre eux faisait même office de local commercial et de galerie d'art exposant les plus grands artistes d'Italie, tant des vieux maîtres que des artistes contemporains de l'école de peinture à l'huile vénitienne.

Son propriétaire, *Signor* Renzo Farelli, était l'incarnation même de cette esthétique à l'italienne ô combien prisée que l'on nommait *la bella figura*. C'était un homme élégant à la présence imposante. On ne le voyait jamais sans une *sciarpa* autour du cou qui drapait le haut des costumes italiens raffinés qu'il affectionnait. En hiver, l'écharpe le protégeait du froid ; dans la chaleur étouffante de l'été, elle servait à éponger la sueur de son front. Tous les matins, Farelli sélectionnait sa tenue avec soin, se parant pour impressionner les clients fortunés avec lesquels il avait rendez-vous ce jour-là.

Debout devant son miroir de plein pied, Farelli jeta un coup d'œil à sa montre Patek Philippe. Son tailleur personnel arriverait bientôt pour lui préparer un costume sur mesure à l'occasion de la soirée du *carnevale* de la *contessa* Vivaldi. C'était l'événement incontournable de la saison. Pour rien au monde il ne l'aurait manqué, car les amis de la comtesse étaient des prospects de choix pour son commerce d'art florissant.

~

Avant de mourir, Don Lucio Gambarini nomma son successeur au poste de *capintesta* : un certain Angelo Gallucci qui avait fait un travail admirable en tant que sous-chef de Don Gambarini. Malgré leurs différences de personnalité, sa promotion ne surprenait personne.

Mais l'on craignait plus que l'on aimait Don Gallucci, et le nouveau chef laissa clairement entendre, dans les premières heures qui suivirent la succession, que son style de direction différerait de celui de son prédécesseur. Durant ses vingt années de règne, Gambarini s'était amolli avec la vieillesse et il se laissait facilement influencer, ce qui avait donné lieu à une performance financière loin d'être optimale à l'échelle de l'organisation. Ses plus proches assistants reconnaissaient que l'homme semblait plus préoccupé par son héritage spirituel que par sa position au sein d'un clan pourtant vieux de plusieurs siècles. Certaines rumeurs suggéraient même qu'il aurait confessé des choses qu'il n'aurait pas dû dire au père Rinaldo lors des derniers sacrements.

Angelo Gallucci, en revanche, ne se laisserait pas aller à ce genre de faiblesses. Après avoir pris possession du Palazzo Feudatario, le siège de la Camorra de Vénétie depuis des centaines d'années, le nouveau Don convoqua son *consigliere* et ses nouveaux sous-chefs pour discuter stratégie et réorganisation. Les changements promettaient d'être radicaux. Premier point à l'ordre du jour : découvrir ce que le prêtre confesseur savait et décider de comment le faire taire.

Un jour nouveau se levait sur la belle Sérénissime.

KARL DENGLER et Lukas Bischoff venaient tout juste d'arriver à la gare ferroviaire de Santa Lucia en cette fin d'après-midi, au terme d'un voyage Rome-Venise qu'ils avaient effectué à bord de la Frecciarossa : la « flèche rouge ». Ayant été informés qu'Hana leur avait réservé une chambre au Ca' Sagredo, ils récupérèrent leurs affaires et embarquèrent à bord du *vaporetto* qui remonta le Grand Canal en direction de l'hôtel de luxe.

— On en a de la chance de faire ce travail, tu ne trouves pas ? demanda Karl à Lukas en inspirant à pleins poumons pour se délecter des effluves marines qui flottaient dans l'air.

Son partenaire lui décocha un regard affectueux et sourit. Accoudés à la rambarde sur le pont, ils observaient les allées et venues sur le canal.

— Et comment ! C'est la première fois que je viens à Venise et l'on m'invite déjà à une soirée dans le *palazzo* d'une *contessa*. La vie est belle, Karl !

— Il n'empêche que nous sommes là dans un but précis, rétorqua Karl avec sérieux. Décidément, ma cousine et son ami le père Michael ont le don de se mettre dans des situations délicates au cours de leurs missions.

Lukas prit un air pensif.

— C'est vrai que Michael a tendance à fouiner. J'admire son courage et son sens de l'aventure, mais sa curiosité lui joue souvent des tours. Et Hana n'est pas en reste. Je suis reconnaissant au cardinal Petrini de nous avoir fait confiance pour assurer leur sécurité. Notre rôle est de faire en sorte qu'il ne leur arrive rien. En attendant, profitons du voyage ! conclut-il en décochant un sourire à son partenaire de la Garde suisse.

CHAPITRE

NEUF

L'intérieur en boiseries et cuir Stalwart du fameux Harry's Bar, à l'ouest de la place Saint-Marc, était l'endroit idéal pour dîner entre amis. Assis à une table à côté d'une fenêtre donnant sur le Grand Canal, Dominic, Hana, Karl et Lukas avaient vue sur le coucher de soleil qui dardait ses rayons lumineux sur les façades orange et jaune foncé des bâtiments de l'autre côté de la lagune.

Ayant jadis servi de repaire à de grands noms – Ernest Hemingway, Truman Capote, Alfred Hitchcock et autres figures célèbres, dont les portraits ornaient désormais les murs du petit restaurant – l'établissement au décor des années trente et aux serveurs en livrée blanche dégageait une atmosphère littéraire qui plaisait tellement aux Vénitiens qu'il avait été désigné patrimoine national par le Ministère de la Culture italien.

Karl et Lukas venaient tout juste d'arriver mais les deux autres étaient éreintés après une longue journée passée à participer aux divertissements du *carnevale*. Tout le monde avait faim et ils étudièrent la carte généreuse tout en sirotant le célèbre cocktail d'Harry : du Prosecco à la pêche. Parmi la liste des plats qu'ils commandèrent se trouvaient des scampis avec une fricassée de champignons finferli sur lit de risotto, des tagliatelles vertes au pesto, un saint-pierre accompagné de sauce curry et de riz pilaf, ainsi que du bar chilien. En attendant leurs mets, ils dégustèrent un plateau apéritif joliment agencé de cubes de melon et de fines tranches de jambon de Parme.

— Je n'ai jamais rien mangé d'aussi délicieux, s'extasia Hana. Les ingrédients sont simples, pourtant. Harry doit avoir un secret.

— C'est peut-être juste la faim, la taquina Karl. Tout est bon quand on a le ventre vide. Cela dit, c'était marqué sur la carte que le prosciutto est vieilli pendant trois ans. Ça doit être ça, le secret : du temps, tout simplement.

— Alors, Michael, demanda Lukas avec intérêt. Tu ne nous as toujours pas dit pourquoi on est là. Le cardinal Petrini a parlé de protection, mais de qui doit-on te protéger ?

— Il ne s'agit peut-être que de pas grand-chose, répondit Dominic, mais je suis content que vous soyez là. On a du pain sur la planche.

Il leur résuma les événements de ces deux derniers jours expliquant leur présence à Venise : leur rendez-vous avec Paolo à la bibliothèque, l'entretien au domicile de la *contessa* Vivaldi et les documents qu'elle leur avait montrés, la découverte phénoménale de Livia Gallo sur le secret des partitions de Vivaldi et l'étrange confession du *capintesta* de la Camorra.

— Son Éminence pense que la Camorra risque de se braquer si nous commençons à poser des questions au sujet des derniers mots de Don Gambarini. Si ces accusations sont fondées, ce qui semblerait être le cas au vu du manuscrit de Vivaldi, il faut que l'on découvre si cette pratique est toujours d'actualité et ce qu'on peut faire pour y mettre un terme.

Karl était abasourdi.

— Tu ne vas tout de même pas me faire croire que des vols ont lieu depuis tout ce temps. Le système de sécurité en place autour des œuvres d'art du Vatican est pratiquement impénétrable. Notre service en prendrait un coup, si ces accusations se révélaient véridiques.

— Nous partirons du principe que c'est le cas, Karl, mais j'espère que non. Dans tous les cas, on y fera face le temps venu. En attendant, j'ai demandé au cardinal Petrini d'en toucher deux mots à Marcello Sabatini, le conservateur du musée du Vatican, pour jauger sa réaction.

— Je vois mal *Signor* Sabatini être de mèche avec un acte aussi honteux. J'ai travaillé avec lui à plusieurs reprises, par le passé. C'est un homme bien, dévoué à son travail.

— Il se peut qu'un membre de son personnel soit complice, rétorqua Dominic. C'est justement ce qu'on doit découvrir. La grande question, c'est comment.

Deux serveurs apparurent, chacun portant deux assiettes de plats fumants sur les bras qu'ils déposèrent devant chaque convive. Karl se pencha en avant pour humer les effluves qui se dégageaient de son saint-pierre pêché le jour-même, poché sur un lit d'algues et de foin, et surmonté de câpres marinées saisies à la poêle.

Lukas grimaça à la vue du plat.

— C'est le poisson le plus laid que j'aie jamais vu.

— Pas faux, répondit Karl, le visage rayonnant, mais c'est aussi le plus délicieux. L'habit ne fait pas le moine, mon cher.

Chacun se pencha sur son assiette. Entre deux bouchées de scampi et de risotto crémeux, Hana fit une suggestion.

— Pourquoi on n'irait pas au musée Guggenheim après manger ? Ils doivent bien faire quelque chose pour le carnaval.

— Excellente idée, se réjouit Dominic. On n'aura qu'à prendre une gondole pour traverser le canal.

CHAPITRE

DIX

Le soleil couchant de Rome projetait de longues ombres sur les jardins pontificaux du Vatican, dans lesquels le cardinal Enrico Petrini et le conservateur du musée Marcello Sabatini se promenaient.

Le visage rouge et fermé, Sabatini releva le menton d'un air catégorique.

— C'est tout simplement impossible, Votre Éminence.

— Je ne vous accuse de rien, Marcello, expliqua Petrini à son interlocuteur visiblement perturbé par la nouvelle.

— Vous n'avez aucune preuve, aucun indice permettant de corroborer une allégation aussi impensable.

Petrini hocha la tête.

— C'est vrai, mais si ce que le père Dominic me dit est véridique, la tâche qui nous attend est gargantuesque et doit être traitée au plus vite et avec la plus grande délicatesse.

— Je ne saurais même pas par où commencer, se plaignit Sabatini. Aucune pièce ne manque à notre inventaire. De nombreux mécanismes fiables sont en place pour éviter ce genre de situation. Nous exposons quelque 20 000 œuvres qui sont solidement fixées dans toutes nos galeries. Les 50 000 autres sont stockées en toute sécurité. Chaque article dispose d'un code-barre et tous les transferts sont suivis à la trace. Le seul moment où on les déplace, c'est quand on change d'exposition, quand il faut les envoyer en restauration ou quand on les prête à des institutions partenaires. Je n'arrive pas à concevoir comment quiconque pourrait mettre en place une machination aussi corrompue. Je vous le répète : c'est tout simplement impossible.

Petrini se tut un instant pour laisser au conservateur le temps de recouvrer son calme.

— Depuis combien de temps êtes-vous à ce poste ? demanda-t-il avec douceur.

Sabatini prit une grande inspiration et soupira en réalisant qu'il ne pourrait pas échapper à la requête du cardinal, aussi difficile soit elle.

— Une dizaine d'années seulement. Je vous accorde que j'ignore ce qui a pu se tramer avant mon arrivée.

Au même moment, le téléphone de Petrini tinta, signalant un message entrant. Il le lut, une expression pensive sur le visage.

— Allons dans mon bureau, Marcello. Mademoiselle Sinclair, une collègue du père Dominic, vient de m'envoyer une photo des manuscrits de Vivaldi sur lesquels ils viennent de mettre la main à Venise. J'aimerais les examiner de plus près sur mon ordinateur.

PETRINI PRIT place à son bureau tandis que Sabatini se tenait debout derrière lui et les deux hommes attendirent que l'écran de l'ordinateur s'allume. Le cardinal ouvrit l'e-mail d'Hana et cliqua sur chaque pièce jointe une à une pour lire la transcription de la partition de Vivaldi préparée par Livia Gallo.

— Incroyable, murmura Petrini. Cette découverte, combinée à la confession présumée de Lucio Gambarini au père Rinaldo, semble confirmer l'existence d'un stratagème de longue date. Qui est cette *contessa* Vivaldi Durazzo ? Vous la connaissez ?

— Oui, Votre Éminence, je la connais bien. Elle préfère utiliser le nom de Vivaldi, pour des raisons évidentes. C'est l'une des collectionneuses d'art les plus éminentes de Venise. La collection de sa famille est légendaire. Je l'ai rencontrée à plusieurs occasions et je suis sûr qu'elle se souviendra de moi.

Petrini cliqua sur la troisième pièce jointe. L'instant d'après, une grande peinture religieuse s'affichait à l'écran.

Sabatini retint un petit cri de surprise, pâlit et se mit à trembler.

— Votre Éminence ! C'est une œuvre du Vatican ! *La crucifixion avec les apôtres* de Giulia Lama, une artiste vénitienne méconnue. Je m'en souviens bien parce que c'est l'une des rares peintres femmes de notre assortiment et je ne la qualifierais certainement pas de vieux maître. Ce que vous me montrez là est tout bonnement choquant !

L'image éveilla la curiosité de Petrini.

— Incroyable ! Comment est-ce possible ? Il faut absolument que je pose la question à Hana.

Il prit son téléphone et lui passa un coup de fil. Quelques secondes plus tard, Hana décrocha et Petrini la mit sur haut-parleur.

— Hana. C'est Enrico Petrini. Je suis avec Marcello Sabatini, le conservateur du musée du Vatican qui vous entend.

— Je suis ravie d'avoir de vos nouvelles, Votre Éminence, répondit Hana avec entrain. Que puis-je faire pour vous ?

— Tout d'abord, merci de m'avoir envoyé les photos du manuscrit de Vivaldi. Je dois avouer qu'elles sont plutôt convaincantes et viennent renforcer les dires de Michael. D'ailleurs, je me demandais pourquoi vous m'aviez envoyé la photo du tableau ?

— *Un tableau* ? Oh, je vous prie de m'excuser, j'ai dû l'ajouter par mégarde. C'est une photo que j'ai prise hier, au *palazzo* de la *contessa*. N'y faites pas attention.

— Au contraire, Hana : nous ne pouvons pas nous permettre de l'ignorer ! *Signor* Sabatini ici présent l'a reconnu comme étant une œuvre appartenant au Vatican ! C'est une peinture de Giulia Lama, n'est-ce pas ?

— Euh, oui, c'est bien un Lama, répondit Hana, surprise. Vous êtes sûr qu'il s'agit du même tableau ? Peut-être que l'artiste l'a peint en plusieurs exemplaires.

Sabatini objecta en secouant la tête.

— *Signorina*, ici Marcello. Oui, c'est absolument la même œuvre. Et non, il est peu probable qu'un peintre ait réalisé plusieurs tableaux identiques à l'époque. C'est à n'y rien comprendre.

— Bon, commença Petrini en levant les yeux vers le conservateur, la question, c'est comment un tableau peut-il se trouver en deux endroits à la fois. Marcello, je vous suggère de vous pencher sur cette histoire au plus vite. Sortez cette œuvre de nos archives. Une fois qu'on l'aura localisée, on aura peut-être une partie de la réponse à ce mystère.

— Entendu, Votre Éminence. Je m'en occupe sur-le-champ.

Sabatini prit congé d'Hana, puis quitta la pièce.

— Hana, serait-il possible que Marcello vous rejoigne à Venise demain pour jeter un coup d'œil au Lama de la *contessa* ? S'il parvient à trouver celui qui est censé être dans notre inventaire, il pourra comparer les deux plus en détail.

— Ça tombe bien, la comtesse nous a invités à son gala de carnaval annuel, demain soir. Les festivités auront lieu à son domicile au Palazzo Grimaldi et elle nous a dit de venir accompagnés. Donc oui, je suis sûre que *Signor* Sabatini sera le bienvenu.

— Parfait, déclara Petrini. C'est très aimable à elle, et cela nous permettra peut-être de démêler la situation. Sabatini et la *contessa* se sont déjà rencontrés, m'a-t-il dit. Sa requête sera donc probablement un peu moins… intrusive.

— Oh, effectivement, oui. Ça aide. Et n'oubliez pas de lui dire de venir costumé sur le thème du carnaval, ou du moins, d'amener un masque. Il peut en acheter un à son arrivée ; il y a des boutiques de masques partout, ici.

— Je le préviendrai. Merci pour tout, Hana. Comment vont Michael et les gars ?

— Tout se passe bien. Cette enquête sur les œuvres d'art du Vatican a attisé notre curiosité et nous sommes bien décidés à suivre les pistes pour voir où elles nous mènent.

La conversation que le cardinal avait eue plus tôt avec son vieil ami le baron Armand de Saint-Clair lui revint en mémoire.

— Au fait, j'ai parlé à votre grand-père, ce matin. Je l'ai informé de vos avancées. Il se fait du souci pour votre sécurité, comme toujours. Alors, prenez soin de vous, Hana. On se tient au courant.

— Merci bien, Votre Éminence. À très vite.

Marcello Sabatini était ensuite retourné à son bureau dans l'aile administrative du musée du Vatican et avait lancé une recherche sur l'œuvre de Giulia Lama. Après avoir pris note de la côte et de la localisation du tableau dans les archives, il quitta son bureau et emprunta l'ascenseur qui descendait dans l'entrepôt souterrain, sous la cour du Belvédère.

Des milliers de tableaux non exposés étaient stockés dans cet immense lieu climatisé, suspendus à de grands racks coulissants modernes en acier inoxydable qui s'étendaient à perte de vue. Conservés ici depuis des centaines d'années, ils étaient classés par artiste.

Sabatini vérifia le numéro qu'il avait griffonné sur un bout de papier et se dirigea vers l'emplacement désigné. Il trouva le rayonnage et le fit coulisser vers lui, révélant plusieurs œuvres d'art splendides réalisées par de vieux maîtres de l'époque ou des artistes relativement inconnus.

S'attendant à ne pas trouver le Lama, Sabatini fut stupéfait lorsqu'il leva les yeux et aperçut exactement la même œuvre que celle qu'il avait vue sur la photo d'Hana. Impossible ! Il ne pouvait pas en exister deux !

Et pourtant, devant lui, nichée dans un cadre en bois méticuleusement doré, se trouvait *La crucifixion avec les Apôtres*, dont les jeux de clair-obscur étaient visibles même sous la faible lueur des lampes du sombre entrepôt.

Le tableau était stupéfiant. Le mystère, choquant.

Il sortit son téléphone de sa poche et prit une photo de sa trouvaille pour la partager avec le cardinal Petrini.

De toute évidence, il y avait un problème.

ONZE

Dans l'illustre atelier d'Antonia Sautter en plein cœur du *Sestiere* San Marco, Hana se sentait comme un poisson dans l'eau au milieu de tous ces magnifiques costumes du carnaval taillés sur mesure et dans les règles de l'art.

Émerveillées, elle et Livia parcouraient la pièce en quête de la perle rare pour la soirée de la *contessa*. Partout où leur regard se portait, elles tombaient sur les étoffes et les articles qui avaient bâti la renommée d'Antonia Sautter et qui faisaient fureur à Venise : velours épais, damas, brocart, soie vénitienne, chaussures d'époque, perruques, chapeaux, gants, éventails, bijoux, et bien évidemment, les masques.

L'un des costumes en particulier attira l'attention d'Hana au point qu'elle se voyait déjà le revêtir : une magnifique robe de soie d'un rouge vif écarlate au décolleté brocardé et aux manches mi-longues, assortie d'une cape tombant en cascade jusqu'au sol.

Livia, quant à elle, jeta son dévolu sur une robe ivoire plus modeste au bustier brocardé d'or et une perruque de longs cheveux auburn bouclés surmontée de quelques plumes d'autruche d'un blanc immaculé.

Toutes deux optèrent pour un loup assorti à leur tenue.

. . .

DE L'AUTRE côté de la ville, au cœur du Dorsoduro, dans le célèbre atelier de masques Ca' Macana, Dominic, Karl et Lukas étaient en quête de masques faits main, produit phare de cette boutique. Les deux soldats avaient apporté, en guise de costume, leur uniforme de gala coloré au style Renaissance de la Garde Suisse, une initiative probablement contraire au règlement, mais après tout, ils étaient en mission sur ordre du cardinal Petrini. Il ne leur manquait plus que des masques et leur choix se porta sur les traditionnels Bauta noirs au menton proéminent pointé vers l'avant, couvrant entièrement le visage. Ils avaient laissé leur cuirasse au Vatican et, plutôt que de coiffer leur casque à plume, optèrent pour leur béret noir, plus informel (et bien plus facile à transporter).

Dominic, qui avait initialement prévu de se présenter sans costume, décida de venir déguisé… en prêtre ! Rien de bien surprenant. Mais ses amis le tannèrent tant et si bien qu'il finit par accepter d'endosser un *zendale* en satin noir et voile macramé, cette pèlerine d'épaule traditionnelle accompagnée d'un tricorne, avec un long manteau vénitien, une cape et un masque Bauta blanc. À contrecœur, Dominic céda et loua le costume.

QUAND LA FRECCIAROSSA finit par s'immobiliser, Marcello Sabatini descendit avec inquiétude les quelques marches et atterrit d'un pas instable sur le quai de Santa Lucia. Les deux martinis qu'il avait bus à bord commençaient à se faire sentir, mais son hôtel, le Boscolo Bellini, n'était pas loin de la gare. Tirant sa valise à roulettes derrière lui, il se dirigea vers le nord-est et parcourut les quelque deux cents mètres qui le séparaient du hall d'entrée du Bellini, où il avait réservé deux nuits. Une fois ses affaires déballées dans sa chambre, il redescendit au bar.

Bien que compétent dans son travail de conservateur du musée du Vatican, Sabatini était un homme nerveux. La quarantaine et de petite taille, il était obsédé par les détails mais doutait souvent de lui lorsque ses compétences étaient remises en question. Et bien que le Cardinal Petrini ait géré la situation avec bienveillance, compte tenu de la situation inhabituelle dans laquelle ils se trouvaient, Sabatini n'était pas certain du rôle qu'il était supposé jouer, ici à Venise. Qu'était-il censé faire s'il se retrouvait face à un tableau identique de Giulia Lama ? Accuser la famille de la *contessa* de contrefaçon ? Peut-être que c'était le Vatican qui était en possession d'une contrefaçon ! Ses tourments étaient tels qu'il se trouvait incapable de profiter pleinement du charme unique de la Sérénissime, une situation d'autant plus regrettable qu'un tel dépaysement aurait pu l'aider à se changer les idées.

— Un gin martini, *per favore*, marmonna-t-il au barman en tendant la main vers le bol de bretzels sur le comptoir.

CHAPITRE

DOUZE

Une petite procession de gondoles noires patientait sagement devant l'entrée du Palazzo Grimaldi, leur élégante lanterne en laiton jetant des reflets scintillants sur les eaux sombres du canal, au son de la musique classique qui s'échappait des fenêtres de l'édifice.

D'un pas sûr, les gondoliers – membres du personnel vêtus de perruques poudrées et de vestons noirs au-dessus de hauts-de-chausses dorés et de bas blancs – se tenaient sur le quai où ils accueillaient les invités qui débarquaient, en veillant tout particulièrement à la sécurité des dames enveloppées dans leurs robes volumineuses.

Debout dans l'entrée, la *contessa* Donatella Vivaldi saluait personnellement chaque convive. Son costume, une création éblouissante du célèbre atelier Nicolao, consistait en une robe en brocart lampasso blanc et or au corsage ajusté et au décolleté carré, ornée de perles blanches posées sur un fond doré brodé de pierres précieuses et de paillettes blanches. Dans sa main gauche, elle tenait un éventail Charleston fait de soyeuses plumes de marabout noires.

Le grand salon était rempli de convives bigarrés engoncés dans des costumes d'époque spectaculaires, la plupart rappelant

71

la splendeur de la Renaissance. D'autres étaient plus communs et ressemblaient à ce que l'on aurait normalement trouvé dans un bal de carnaval vénitien. D'une diversité remarquable, les masques attiraient tous les regards : le Volto au long bec, conçu à l'origine pour contenir des herbes et des fleurs censées filtrer l'air et masquer les odeurs des victimes de la peste du XIVe siècle, ou encore des figures emblématiques des pièces de théâtre de la *commedia dell'arte* : Polichinelle le tordu et boiteux, Le Docteur, Pantalon et Scaramouche. Tous dissimulaient l'identité de leur porteur – les fortunés et les célébrités comme les gens du commun – et chacun cherchait à briller par l'élégance de son choix vestimentaire.

Dominic, Hana et Livia Gallo étaient déjà là, accompagnés de Karl et de Lukas, qui attiraient beaucoup l'attention avec leur carrure imposante et leur uniforme de gala de la Garde suisse, le visage dissimulé derrière d'énigmatiques masques Bauta noirs. Les cinq compagnons étaient debout autour de l'une des grandes tables rondes garnies de montagnes de fruits, figues, noix, fromages et autres amuse-bouche, entre deux sculptures de glace.

— Vous ai-je dit à quel point vous étiez éblouissante ce soir, *Signorina* Sinclair ? commenta Dominic d'un ton courtois.

— Oh, c'est très aimable à vous, *padre*. Vous-même êtes particulièrement séduisant, ce soir. Cette cape noire et ce masque blanc confèrent une touche indéchiffrable à votre air naturellement mystérieux, ronronna-t-elle en se glissant dans la peau de son personnage, tout en mettant son décolleté en avant de manière provocante.

Au même instant, un séduisant étranger au charme sombre s'approcha dans le dos de Dominic et plongea son regard dans celui d'Hana telle une étreinte visuelle sensuelle.

— Mademoiselle Sinclair, je présume ? demanda l'inconnu avec un accent français des plus suaves.

Dominic se retourna pour saluer le nouvel arrivant, un grand type taillé comme un soldat, à la posture bien droite, vêtu d'une culotte courte en satin noir et de bas blancs sous un long manteau de style brocart aux manchettes élaborées.

Hana rougit, légèrement perturbée que l'homme l'ait reconnue alors qu'elle-même ignorait l'identité de son charmant interlocuteur, dont la silhouette athlétique se devinait sous son costume moulant.

— Et à qui ai-je l'honneur ? demanda-t-elle, surprise.

L'homme ôta son masque d'un geste théâtral avec un sourire.

— Marco ! s'exclama-t-elle.

— Monsieur Picard, pour vous servir, dit-il en s'inclinant dans une révérence formelle.

— Marco ! lâchèrent Karl et Lukas d'une seule voix en tendant la main pour le saluer.

— Qu'est-ce que vous faites là ? Qui vous a invité ?

— Je suis ici sur ordre de votre grand-père, avoua le garde du corps. Il a entendu dire que vous aviez besoin d'aide en toute discrétion pendant votre séjour à Venise. Le baron et la *contessa* se connaissent de longue date, paraît-il. Je me ferai invisible, bien sûr. Vous ne remarquerez même pas ma présence.

Il esquissa un sourire malicieux, tout en balayant les alentours du regard.

— J'imagine que le cardinal Petrini a joué un rôle là-dedans, marmonna Hana. Il a dû informer pépé de ma présence ici.

— C'est un plaisir de vous revoir, Marco ! s'exclama Karl avec enthousiasme. Votre arrivée est vraiment la cerise sur le gâteau. Combien de temps avez-vous prévu de rester à Venise ?

— Le temps qu'il faudra, répondit prudemment l'intéressé en échangeant une poignée de main avec Dominic.

— Je suis ravi que vous soyez venu, Marco, s'enthousiasma ce dernier. Nous n'avons aucune idée de ce qui nous attend pour l'instant, mais je ne dirais pas non à une autre paire de bras musclés.

Et pas qu'une paire de bras, songea Hana, incapable de détacher son regard du séduisant Français, fascinée à la vue de ses longs cheveux noirs ondulés légèrement décoiffés sous son superbe tricorne, de ses yeux d'un bleu profond aussi pénétrants que dans ses souvenirs et de ce sourire captivant. Telle une adolescente sous le charme, elle le fixa rêveusement un moment tandis que son imagination partait vers des contrées inconnues.

Jusqu'à ce que quelqu'un lui donne un petit coup de coude.

— Allô, Hana ? Ici la Terre, la taquina Dominic avec un regard en coin. Notre hôtesse arrive.

Hana lui adressa un petit sourire pincé. Était-ce de la jalousie qu'elle entendait dans les mots du prêtre ?

La *contessa* se frayait un chemin à travers la foule en direction de leur petit groupe, accompagnée d'un homme dans un costume éclatant. Une fois à leur hauteur, elle fit les présentations.

— Père Dominic, permettez-moi de vous présenter *Signor* Renzo Farelli, un éminent marchand d'art de la Sérénissime. Il souhaitait vous rencontrer, dit-elle d'un air entendu avant de s'en retourner vers d'autres invités.

— Enchanté, *signore*, fit Dominic en lui tendant la main.

— De même, *padre*. Alors comme ça, vous êtes le préfet des Archives apostoliques ? La *contessa* me dit que vous êtes ici pour le travail. Une affaire passionnante, selon elle.

Bien que légèrement contrarié que son « affaire » soit devenue de notoriété publique, Dominic accepta de répondre à son interlocuteur.

— Oh, ce n'est qu'un petit mystère au sujet d'Antonio Vivaldi, un ancêtre de la *contessa*. Une histoire de partition et d'œuvres d'art, rien de bien intéressant. Mais où sont mes manières, ajouta-t-il pour changer de sujet. Permettez-moi de vous présenter mes collègues, Hana Sinclair et Livia Gallo.

On se salua, on se serra la main et l'on complimenta son voisin sur son choix de costume. Karl, Lukas et Marco s'étaient discrètement écartés, préférant passer inaperçus pour l'instant.

— Des œuvres d'art, vous disiez ? reprit Farelli. Justement, c'est mon rayon ! Si vous avez besoin d'aide pour démêler votre « petit mystère », comme vous dites, n'hésitez pas à faire appel à moi. Je suis propriétaire de la galerie d'art Studio Canal Grande dans le *Sestiere* de San Polo. Vous y êtes tous les bienvenus.

Un homme à lunettes un peu plus âgé s'approcha d'eux. Dominic l'avait aperçu un peu plus tôt en train d'examiner les tableaux accrochés aux murs.

— Voici mon collègue, Giuseppe Franco, annonça Farelli. C'est le conservateur en chef du Palazzo Feudatario. Il a l'œil pour tout ce qui touche aux beaux-arts.

Le nouveau venu lui tendit la main et Dominic la serra.

— C'est un plaisir de faire votre connaissance, Giuseppe. J'imagine que c'est vous qui vous cachez derrière la restauration minutieuse des œuvres du Vatican.

Giuseppe rougit en esquissant un petit sourire timide.

— *Sì*, père Dominic. C'est un grand honneur de travailler sur les trésors inestimables du Vatican et j'en suis très fier.

Il balaya la pièce d'un regard nerveux, comme s'il ne se sentait pas à sa place et que sa présence dans ce lieu étranger risquait d'être découverte d'un moment à l'autre.

Pendant que les hommes poursuivaient leur conversation, Hana et Livia s'éloignèrent pour admirer le *palazzo* et s'imprégner de la splendeur historique des lieux. Un ensemble à cordes, dans un coin de la salle de bal, interprétait des œuvres classiques, parmi lesquelles de nombreux chefs-d'œuvre d'Antonio Vivaldi, dont *Les quatre saisons* et *L'invention harmonique*.

Tout en grimpant les marches du grand escalier menant à l'étage supérieur, Livia remarqua plusieurs manuscrits magnifiquement encadrés sur les murs. Derrière la vitre se trouvaient des partitions originales, signées de la main de compositeurs célèbres : Bach, Beethoven, Liszt et Pachelbel, parmi tant d'autres. L'une d'entre elle attira son attention.

— Hana, regarde ! D'autres morceaux de Vivaldi !

Elle l'examina de plus près et fredonna quelques mesures. Les notes ressemblaient à celles des œuvres précédentes sur lesquelles elle s'était penchée. Aucun doute : ce morceau avait été créé d'après le code Solfa.

Ravie d'avoir découvert une autre page de Vivaldi, elle plongea la main dans une petite poche de sa tenue et en sortit son téléphone pour prendre une photo, impatiente de pouvoir la déchiffrer. Pourquoi la *contessa* n'en avait-elle pas fait mention ?

De l'autre côté de la salle, Karl scruta les alentours à la recherche d'Hana et de Livia. Les apercevant sur le grand escalier, il fut rassuré. C'est alors qu'il vit un autre invité s'approcher des deux femmes.

L'homme, plus âgé, descendait l'escalier dans leur direction. Il portait un costume noir de *medico della peste*, ce fameux médecin de la Renaissance avec son horrible masque au long bec, son long manteau et son tricorne. Instinctivement, Hana lui trouva une aura antipathique ; peut-être était-ce son allure arrogante ou la façon dont il fixait ouvertement son décolleté. Sous ses yeux masqués ridés, elle distingua son sourire narquois qui révéla des dents gâtées par l'âge. Et par le tabac, supposa-t-elle.

— *Buona sera, bella donna*, salua-t-il en s'arrêtant sur la marche juste au-dessus de celle où Livia et Hana se tenaient, les surplombant de toute sa hauteur.

— *Mi chiamo Don Angelo Gallucci. E Lei chi è ?*

— Nous étions sur le point de partir, répondit Hana en français. *Non parliamo italiano… ci scusi.*

Espérant que l'inconnu ne parlait pas français, elle tira Livia par le bras pour continuer leur route vers l'étage supérieur.

L'homme se retourna en silence pour les suivre du regard.

Don Gallucci parlait parfaitement français, mais il n'insista pas. Que faisaient ces deux femmes à Venise, si ce n'était pour le carnaval ?

Nul besoin de creuser pour l'instant. Leurs chemins se croiseraient de nouveau.

Karl, qui avait observé la scène de loin, se promit de garder un œil sur ce type.

CHAPITRE
TREIZE

— **P**ourquoi tu l'as renvoyé aussi méchamment ? demanda Livia.

— Je ne sais pas trop, répondit Hana en grimaçant. Il m'a paru louche. Et puis « Don », ce n'est pas le titre que l'on donne au *capo* de la Mafia ?

— Si, mais on l'utilise aussi pour s'adresser à un prêtre.

— Je mettrais ma main à couper que ce type n'est pas prêtre. Il avait les yeux rivés sur mon décolleté.

Livia gloussa, puis les deux femmes éclatèrent de rire, faisant s'envoler la tension qui s'était accumulée pendant l'échange.

DANS LE GRAND SALON, Dominic était tombé sur une vieille connaissance : le père Carlo Rinaldo. Les invités avec lesquels son ami était en train de discuter avaient fini par se disperser.

— Hé, Carlo, que dirais-tu d'aller se prendre une bière pour rattraper le temps perdu ?

— Bonne idée. Il y a un bar dans le coin de la pièce, là-bas.

Il désigna l'endroit d'un geste du menton et les deux hommes entreprirent de se frayer un chemin parmi la foule. Une fois leur bouteille de *birra* Moretti à la main, ils sortirent sur le portique et s'accoudèrent à la balustrade de béton surplombant le Grand Canal pour admirer les festivités qui avaient lieu sur l'eau.

— Quelle soirée !

— Je ne te le fais pas dire ! Hana et Livia s'amusent comme des petites folles. J'imagine qu'elles n'ont pas souvent l'occasion d'enfiler des tenues aussi magnifiques et de se mêler à l'aristocratie italienne. Moi non plus, d'ailleurs, même si j'aurais préféré rester chez moi avec un bon livre.

Il adressa un sourire à son ami et but une gorgée de bière.

Rinaldo jeta un regard par-dessus son épaule à travers les grandes fenêtres voûtées et désigna l'un des invités.

— Tu vois ce type là-bas, habillé en cardinal ? Ce n'est pas un costume. C'est le cardinal Salvatore Abruzzo, le patriarche de Venise, un homme très influent dans la région. Tu devrais aller lui dire bonjour et faire les présentations ; il pourrait t'être utile dans ton travail ici. Au fait, je célèbre la messe à Saint-Marc demain à onze heures. Je serais ravi que toi et tes amis viennent y assister, si vous arrivez à vous lever assez tôt, termina-t-il avec un petit sourire moqueur.

— Bien sûr ! On y sera. D'ailleurs, si tu as besoin d'aide, je peux même te prêter main forte.

— Excellente idée. Tu pourrais concélébrer à mes côtés. Et après, on peut aller déjeuner, si ça te dit.

— Et comment ! répondit Dominic avec enthousiasme. Je suis sûr que tout le monde sera ravi.

— Puisqu'on est là, Michael, est-ce que tu as eu l'occasion de réfléchir à ce dilemme qui me taraude ? Maintenant que Don Gambarini n'est plus, je suis d'avis qu'il faut agir, mais j'avoue que je crains les répercussions de la Camorra. Don Angelo Gallucci a pris le relais en tant que *capintesta* et il n'a pas bonne réputation, ce qui risque de s'aggraver, à présent qu'il a été promu. Je l'ai aperçu dans la salle, il y a quelques minutes, en train de parler avec Hana et Livia dans l'escalier. Tu dois la prévenir : il faut qu'elle évite cet homme à tout prix.

— Hana est parfaitement capable de se débrouiller toute seule, et puis nous ne sommes pas sans protection. Les deux types déguisés en gardes suisses que tu as dû apercevoir dans la foule avec leurs haut-de-chausses bariolés, ce sont de vrais membres de la Garde suisse et des amis à moi. Et le grand-père d'Hana a envoyé son garde du corps personnel pour veiller sur elle. J'espère que la situation ne l'exigera pas, mais on ne sait jamais.

Dominic marqua une pause avant de poursuivre.

— Il y a autre chose que tu dois savoir.

Et il lui raconta dans le détail l'histoire du manuscrit crypté de Vivaldi et la confirmation de la confession de Don Gambarini.

— Alors il date bien d'il y a des siècles ! s'exclama Rinaldo, stupéfait par une telle révélation. Je vais me répéter, mais comment est-ce possible ?

— C'est justement ce que j'ai l'intention de découvrir, mon cher.

Au même instant, Dominic se retourna vers la fenêtre de la salle de bal et aperçut quelqu'un de sa connaissance. L'homme était simplement vêtu d'un costume-cravate noir auquel il avait ajouté, pour faire bonne mesure, un masque noir standard.

Dominic suggéra à Rinaldo de le suivre pour aller le saluer.

— Marcello ! Qu'est-ce que tu fais là ?

Surpris d'avoir été reconnu, Sabatini observa avec attention le type qui s'approchait de lui, incapable de mettre un nom dessus. Dominic souleva son masque, révélant un sourire chaleureux.

— Père Dominic ! Enfin une tête que je connais ! Je suis ici à la demande du cardinal Petrini pour en apprendre plus sur le tableau de Giulia Lama que vous et vos collègues avez trouvé dans la collection de la *contessa*.

Il jeta un regard alentour et baissa la voix.

— Je peux le voir ? murmura-t-il.

— Bien sûr. C'est vrai que le cardinal nous a dit que vous étiez en chemin. Mais d'abord, je vous présente le père Carlo

Rinaldo, un vieil ami de l'époque de mon séminaire qui est, lui aussi, impliqué dans cette affaire, si je puis dire.

Les deux hommes échangèrent une poignée de main.

— Bon, fit Dominic, allons trouver mes amis et on ira voir ce tableau tous ensemble.

Il sortit son téléphone de sa poche et envoya un message à Hana pour lui demander où elle était. L'instant d'après, il reçut sa réponse : **On est en train de papoter au calme, dans la bibliothèque.**

Parfait !

— Suivez-moi.

La petite troupe prit la direction de la bibliothèque située au premier étage, à l'autre extrémité du *palazzo*. Une fois rendus, Dominic fit les présentations. Un mélange de crainte et d'émerveillement sur le visage, Sabatini contempla l'œuvre de Giulia Lama.

— Stupéfiant ! Il a l'air parfaitement identique.

— Identique à quoi, Marcello ? s'enquit Hana, perdue.

— À celui qu'on a au musée du Vatican.

QUATORZE

— Comment est-ce possible ? demanda Hana, incrédule.

— De quoi parlez-vous ? s'enquit une voix féminine dans leur dos.

Tout le monde lâcha la peinture des yeux pour se tourner vers l'encadrement de la porte, où la *contessa* Vivaldi et Renzo Farelli venaient d'apparaître.

— *Signor* Sabatini ! s'exclama la comtesse en reconnaissant Marcello. Comme je suis contente de vous revoir, et si loin de Rome, en plus de cela ! Vous êtes venu avec le père Dominic ?

Jaugeant la situation en un clin d'œil, Dominic répondit pour lui.

— *Sì*, Madame la comtesse, j'ai invité Marcello à venir admirer votre charmante collection. En tant que conservateur du musée du Vatican, il ne s'est pas fait prier. Nous étions en train d'examiner cette œuvre de Giulia Lama. Je m'apprêtais à lui raconter tout ce que vous m'avez généreusement appris sur son histoire.

— Parfait. J'ai bien peur d'être trop occupée en ce moment pour la lui raconter moi-même, dit-elle en lui adressant un sourire chaleureux avant de jeter un coup d'œil aux autres convives qui requéraient son attention dans la salle. Mais je suis sûre que *Signor* Farelli ici présent sera ravi de vous mettre au courant. Après tout, c'est dans sa galerie que j'ai acheté ce tableau.

Elle plaça une main amicale sur l'épaule de Farelli, puis tourna les talons et sortit de la pièce pour aller s'occuper de ses autres invités.

Pris au dépourvu, Farelli pâlit. De nature prévenante, il avait l'habitude d'être prêt à tout et n'appréciait guère les embuscades.

— Je vous prie de m'excuser, marmonna-t-il à la hâte en se tournant vers la porte. Je ne voudrais pas être impoli mais je dois aller retrouver un prospect important avant qu'il ne quitte la fête. Si cela ne vous embête pas, nous continuerons cette discussion plus tard.

Sans attendre de réponse, il quitta la pièce.

Tout le monde resta là, bouche bée.

— Euh… Je suis la seule à avoir trouvé ça étrange ? demanda Hana après plusieurs secondes de silence.

— Pas du tout ! répondit Livia en soupirant bruyamment. Autant qu'il sache, on aurait très bien pu être des prospects importants, nous aussi.

Sabatini fixa un moment la porte du regard.

— Je connais ce *Signor* Farelli. Il tient le Studio Canal Grande dans le quartier de San Polo. C'est un éminent marchand d'art, certes, mais il est aussi connu pour ses pratiques, dirons-nous, peu orthodoxes. Vous croyez que son départ précipité a quelque chose à voir avec notre intérêt pour ce tableau ? Peut-être ne souhaite-t-il pas que l'on découvre sa provenance.

— Marcello, poursuivit Hana, juste avant que Farelli et la comtesse n'arrivent, vous étiez en train de nous parler de tableaux identiques ?

Exaspéré, Sabatini leva les mains en l'air.

— C'est bien le problème. Je n'arrive pas à me l'expliquer ! Ils se ressemblent comme deux gouttes d'eau. J'ai vu la même peinture au Vatican pas plus tard qu'hier. L'un d'entre eux doit forcément être une contrefaçon. J'en mettrais ma main à couper. Reste à savoir lequel.

Il approcha son visage à quelques centimètres de la toile et examina attentivement un coin du tableau avant de pointer une série de fissures dans le pigment.

— Dans les peintures de la Renaissance italienne, on appelle « craquelures » ce genre de petits motifs qui ressemblent à des briques en désordre, comme vous voyez là. Regardez bien *Mona Lisa* de Léonard de Vinci et vous verrez la même chose. En comparaison, les fissures des tableaux français ont l'air de toiles d'araignées avec des ramifications qui s'éloignent d'un noyau central. Chez les artistes flamands ou néerlandais, c'est encore différent. Selon le lieu et la période, les signes de l'âge prennent un aspect particulier en fonction des huiles et des toiles qu'on utilisait à l'époque ; même l'air de l'environnement joue un rôle là-dedans. Les défauts naturels que je vois ici correspondent aux attentes. Je compte bien sûr les comparer avec notre exemplaire à Rome, mais d'abord, il me faut un échantillon…

Intrigués par ce mystère, Hana, Livia, Dominic et Rinaldo tentèrent d'apercevoir la craquelure par-dessus l'épaule du conservateur, qui jeta un coup d'œil méfiant vers la porte, puis vers Dominic, tout en plongeant une main dans sa poche. Il sortit un petit trousseau en cuir et l'ouvrit, révélant un ensemble de pinces Dumont en acier inoxydable, et en choisit une à l'extrémité de laquelle était attachée une loupe miniature.

Comprenant l'intention de Sabatini, Dominic se posta à l'entrée de la pièce pour monter la garde. Il échangea un regard entendu avec le conservateur, qui se pencha sur le tableau pour en extraire une particule de pigment vert si infime que son absence passerait inaperçue aux yeux d'un observateur lambda et n'endommagerait pas la toile. Il sortit ensuite un mouchoir blanc et y déposa le minuscule grain de peinture, avant de replier soigneusement le mouchoir en quatre et de le glisser dans sa poche.

. . .

Vêtu de son sinistre costume à long bec, Don Angelo Gallucci se tenait en bas de l'escalier de la salle du bal, scrutant la foule à la recherche de la personne avec qui il souhaitait s'entretenir. Apercevant sa proie lorsque leurs yeux se croisèrent, il lui fit signe de le rejoindre.

Renzo Farelli se fraya un chemin à travers la foule jusqu'à atteindre les premières marches et Don Angelo le conduisit jusqu'à un coin reculé du grand salon.

— Alors, Renzo, commença-t-il en balayant les invités du regard, mes hommes me disent que Don Gambarini aurait décidé de *jittari li virmiceddi* devant le père Rinaldo sur son lit de mort. Ça vous parle ?

Farelli fronça les sourcils. Son sens raffiné de la culture italienne n'avait jamais vraiment apprécié cette vieille expression de la Mafia sicilienne, qui se traduisait littéralement par « vomir les pâtes » et signifiait divulguer des secrets.

— C'est ce que j'ai entendu dire, Don Gallucci. Les nouvelles vont vite.

— Qu'allons-nous faire de ce Rinaldo ? Le sceau de la confession suffira-t-il à protéger l'opération Scambio ?

— Je l'ignore, *signore*. Il va falloir que je me renseigne, répondit Farelli dans un murmure. Il y a des gens attroupés dans la bibliothèque en compagnie du père Rinaldo. Ils étaient en train d'examiner le Giulia Lama que j'ai vendu il y a peu à la *contessa* lorsque je suis entré dans la pièce. Ils m'ont posé des questions mais j'ai évité le sujet. Il y avait parmi eux quelqu'un du musée du Vatican dont la présence me préoccupe. Je n'aime pas que l'on s'approche de trop près de notre travail.

Bien que connu sous sa casquette de marchand d'art respecté, Renzo Farelli exerçait un autre métier bien connu, ce que beaucoup de gens ignoraient : celui de *capo* de la Camorra du quartier de San Polo, ou *capo di sestiere*. Il excellait tout particulièrement, et fort à propos, dans la vente et l'acquisition d'œuvres d'art, légales ou illégales. Et les affaires allaient bon train dans ces deux branches.

— Tout ceci me déplaît fortement, Renzo, marmonna le Don d'une voix dans laquelle pointait la colère. C'est votre domaine. Je m'attends à ce que vous repreniez le contrôle de la situation. Et que vous me fassiez un rapport de vos progrès au plus vite.

CHAPITRE

QUINZE

À la demande des domestiques du Palazzo Grimaldi qui firent le tour de la pièce, tous les convives furent sommés de sortir sur le balcon surplombant le canal pour admirer les feux d'artifice que la *contessa* avait organisés en guise de bouquet final de la soirée.

Hana et Livia étaient accoudées à la balustrade, Dominic d'un côté, Karl, Lukas et Marco de l'autre. Marcello Sabatini avait déjà pris congé et quitté la fête, impatient de rentrer à Rome pour analyser la particule de pigment qu'il avait prélevée sur le Lama. Après avoir jeté un coup d'œil à l'entour pour tenter d'apercevoir Carlo Rinaldo, Dominic conclut que ce dernier devait être parti, lui aussi.

Des exclamations émerveillées retentirent parmi la foule chaque fois qu'une fusée, lancée depuis une barque au milieu du Grand Canal, explosait dans le ciel vénitien.

UN PEU PLUS TÔT, quand les invités étaient sortis sur le balcon, deux hommes à l'allure athlétique vêtus d'un masque blanc et d'une cape noire de style Bauta s'étaient approchés du père Rinaldo et l'avaient prié de les suivre pour une « urgence religieuse ».

Déconcerté par leur requête, mais de nature conciliante, Rinaldo avait accompagné les individus jusqu'à une petite allée derrière le *palazzo* et, face à leur insistance, était monté à bord du bateau à moteur qui les attendait.

— Où allons-nous, *signori* ? demanda-t-il en s'installant sur un banc à la poupe. Puis-je savoir de quoi il retourne ?

Les inconnus gardèrent le silence tandis que le bateau à moteur s'élançait le long du canal sombre, à la lueur des reflets colorés des feux d'artifices qui éclairaient les bâtiments silencieux bordant l'étroit cours d'eau.

À mesure que l'embarcation progressait le long du canal en passant sous de bas ponts, s'éloignant de plus en plus des zones habitées, et face au silence de ses interlocuteurs, le prêtre sentit l'angoisse gonfler en lui. Son instinct lui intimait de se défendre ou de fuir. Pris de panique, Rinaldo se pencha légèrement pour scruter les eaux d'un noir d'encre qui défilaient sous la barque. Immédiatement, l'homme qui était assis à côté de lui pressa le canon d'un pistolet contre sa tempe droite. Impossible de s'échapper en sautant dans le canal.

Le père Carlo Rinaldo réalisa, trop tard et avec effroi, qu'il se trouvait entre les mains de Dieu, et il implora sa clémence.

Une fois le spectacle pyrotechnique terminé, le public applaudit et remercia la *contessa* pour cette soirée éblouissante, avant de se diriger lentement vers la sortie, où une flottille de gondoles et de taxis-bateaux les attendait.

— Tout le monde s'est bien amusé ? demanda Dominic en se tournant vers ses amis, désormais démasqués.

— C'était absolument fantastique, père Michael ! s'exclama Lukas. Quelle merveilleuse façon de découvrir Venise pour la première fois. C'est vraiment une ville romantique.

Il jeta un coup d'œil à Karl qui lui prit la main.

— Je suis on ne peut plus d'accord, acquiesça ce dernier. Je doute que l'on trouve mieux que ça, la prochaine fois qu'on reviendra.

— Au fait, lança Dominic, Carlo nous a invités à la basilique Saint-Marc pour la messe, demain en fin de matinée. On a décidé de déjeuner ensemble après la cérémonie. Ça vous va ?

Hana le dévisagea en souriant.

— On ne peut tout de même pas venir à Venise sans assister à la messe de Saint-Marc. Je suis partante.

— Moi aussi, ajouta Livia. J'aime bien le père Rinaldo. Il me fait un peu penser à vous, Michael : élégant, séduisant… et inaccessible.

Le petit groupe s'esclaffa et s'inséra dans la file d'attente des gondoles et taxis.

Quelques minutes plus tard, le téléphone de Dominic vibra. Il décrocha.

— Michael, c'est Carlo, dit ce dernier à la hâte. J'ai besoin d'un service.

— Carlo ! Tu as raté le feu d'artifice ! Où étais-tu passé ?

Il y eut un long silence, puis Rinaldo reprit la parole.

— Michael, j'ai besoin que tu célèbres la messe de demain à ma place. Je sais que c'est une faveur de taille, mais tu pourrais faire ça pour moi ?

La tension dans la voix de son ami n'échappa pas à Dominic. Rinaldo avait l'air de souffrir.

— Tout va bien, Carlo ?

— Euh… oui, je… ça va, balbutia-t-il avec difficulté. C'est comme une messe standard, mais puisque c'est le Carême, demande au chœur de chanter *Gloria in excelsis Deo*. Tu sais, la composition RF-590 de Vivaldi.

Il insista sur les lettres R-F en les prononçant.

Le cœur de Dominic manqua un battement lorsqu'il comprit la peur dissimulée dans les paroles de son ami. Avec précaution, il pesa ses mots avant de répondre.

— Bien sûr, Carlo, je te remplacerai avec plaisir. Est-ce que tu nous retrouveras pour déjeuner après, comme prévu ?

Il tendit l'oreille pour tenter d'entendre les bruits en arrière-plan du côté de Carlo, mais les bavardages de ses compagnons l'empêchèrent de distinguer quoi que ce soit.

— Il faut que j'y aille, Michael. Prends soin de…

La connexion fut interrompue.

Dominic fixa son téléphone, accablé par le sentiment qu'un désastre imminent se préparait. Il se pencha vers Hana et lui chuchota anxieusement à l'oreille.

— Je suis persuadé que Carlo court un grave danger.

— Qu'est-ce qui te fait dire ça ?

Il lui résuma brièvement la conversation.

— Peut-être qu'il est tout simplement malade. Une indigestion arrive vite, suggéra-t-elle.

— Hana, on ne chante pas le *Gloria* pendant le Carême ! Ce serait même totalement hors sujet. C'est un chant que l'on réserve pour les fêtes de Noël, et Carlo le sait parfaitement.

L'esprit en ébullition, Michael tenta de trier les incohérences dans le récit de Carlo.

— Et puis, il a mal cité la composition 590 de Vivaldi : non seulement elle s'intitule RV-590, et non RF-590, mais qui plus est, le RV-590 est réputé perdu ! Personne n'en connaît la tonalité, puisque la seule mention qui en est faite se trouve dans une obscure référence dans l'ancien catalogue Kreuzherren. Et il a bien insisté sur R-F, mais pourquoi ? Ces lettres viennent du catalogue Ryom-Verzeichnis, d'où leur nom, R-V, une référence extrêmement commune.

— J'ai l'impression qu'il essayait de nous faire passer un message, en déduisit Hana, toujours prête à résoudre des énigmes. Mais pourquoi R-F ? Tu es sûr d'avoir bien entendu ? Et pourquoi évoquer un morceau de musique en pareille circonstance ?

Ce fut leur tour de monter à bord du bateau-taxi ; Dominic aida Hana et Livia à embarquer, suivi de près par Lukas, Karl et Marco. À l'abri des oreilles indiscrètes du gondolier à l'intérieur de la cabine couverte, Dominic informa ses compagnons de la situation pendant qu'ils voguaient vers l'hôtel Ca' Sagredo.

— Comme je m'apprêtais à le dire à Hana, l'allusion de Carlo au *Gloria* ne peut signifier qu'une chose : la situation est critique ! Je crains pour sa vie. La Camorra a dû avoir vent de la confession de Don Gambarini.

— Il faut donc partir du principe qu'ils savent que nous sommes au courant, dit Marco. Il est impératif de renforcer nos protocoles de sécurité.

CHAPITRE

SEIZE

L a matinée du dimanche s'ouvrit sur un soleil éclatant lorsque Dominic ouvrit les rideaux de l'énorme fenêtre voûtée de sa chambre au saut du lit.

Il avait mal dormi, tellement il se faisait du souci pour Carlo. Une fois douché et habillé, il composa le numéro de la chambre d'Hana.

— Café ?

— J'arrive. Rendez-vous en bas dans dix minutes ?

— Entendu, à tout de suite.

Il raccrocha. Tout en se dirigeant vers le vieil ascenseur d'époque conduisant à l'étage inférieur, Dominic essaya de nouveau d'appeler le portable de Carlo. À chaque tentative, il tomba directement sur la messagerie. Et à chaque tentative, son inquiétude grandit un peu plus.

Une fois descendu dans l'élégante salle de bal parée de fresques majestueuses où l'on servait le petit-déjeuner, Dominic prit place près de la fenêtre en attendant qu'Hana le rejoigne et laissa son regard se perdre de l'autre côté de la vitre où il admira le ballet des embarcations sur le canal. Un serveur s'approcha, un thermos de café italien à la main, et lui en versa une tasse. Quand Dominic releva le regard, il croisa celui d'Hana.

— Des nouvelles de Carlo ? s'enquit-elle en s'asseyant.

— Non. Pas un mot. J'ai même contacté l'église, mais en vain. Je suis mort d'inquiétude, Hana. J'ai horreur de me retrouver ainsi impuissant. D'une certaine façon, je me dis que je suis responsable de ce qui lui arrive.

— Ne culpabilise pas, Michael. C'est le père Rinaldo qui a recueilli la confession de ce mafieux de la Camorra, pas toi. Peut-être aurait-il dû garder le silence.

— Certes, mais il m'en a fait part. Et je ne peux m'empêcher de me sentir coupable d'avoir diffusé l'information, malgré le secret de la confession. Les circonstances sont exceptionnelles, mais j'ai quand même ma part de responsabilité…

— Est-ce que quelqu'un aurait pu entendre cette confession ?

— Je n'y étais pas, mais j'imagine que ce n'est pas impossible, avec tous ces gangsters corrompus. Ils ont peut-être planté un mouchard dans la chambre du boss. Qui sait ? Sans compter que le Don craignait tellement la colère divine qu'il a explicitement demandé à Carlo de mettre fin à cette pratique. C'était sa dernière volonté, pour laver son âme d'une existence tout entière de méfaits.

— Hum, j'ai beau avoir été élevée dans la foi catholique, tu sais bien que je reste sceptique quant à l'existence du paradis et de l'enfer, commenta Hana qui se considérait agnostique.

Dominic lui offrit un sourire complice en trempant ses lèvres dans son café.

— Ne prends pas trop tes aises. Nous trouverons bien un moyen de te faire revenir dans la lumière…

Détournant les yeux d'Hana, il aperçut Karl et Lukas qui approchaient.

— Salut, les gars, salua Hana avec légèreté. Alors, bien dormi ?

Les deux gardes échangèrent un regard complice et se contentèrent de sourire.

— Un petit café ne nous ferait pas de mal.

Ils s'assirent à la table voisine et firent signe au serveur.

— Vous avez vu Marco, ce matin ? s'enquit Hana.

— Il a quitté l'hôtel tôt, confia Karl. Il avait des trucs à vérifier, a-t-il dit. Il m'impressionnera toujours, ce Marco. Je ne serais pas étonné qu'il ait déjà résolu l'affaire de la disparition du père Rinaldo et ce trafic d'œuvres d'art. Des nouvelles de Carlo, Michael ?

— Toujours pas, répondit Dominic avec une mine sombre qui en disait long.

— La messe est à quelle heure ? s'enquit Lukas.

— Onze heures, répondit Dominic d'un air perdu, plongé dans ses pensées. J'essaye encore de comprendre ce que peuvent bien signifier les lettres « R-F ». Je suis persuadé qu'il a voulu me faire passer un message. Peut-être un truc en lien avec l'église. Je poserai la question une fois sur place, quelqu'un saura peut-être me mettre sur la voie.

Pendant que deux enfants de chœur aidaient le père Dominic à revêtir son vêtement sacerdotal dans la sacristie, le sacristain remplit les burettes de cristal de vin rouge et d'eau, et s'assura que le calice, le ciboire, la patène et les autres ustensiles sacrés nécessaires étaient propres et prêts pour la liturgie.

L'heure venue, Dominic, escorté de ses deux assistants, entama la procession à travers la basilique jusqu'à l'autel. Le chœur entonna *Attende Domine*, un plain-chant empreint de solennité, marquant ainsi le début de la cérémonie.

Dominic avait toujours adoré les rites ancestraux de la messe, et il les célébrait d'ordinaire en état de quasi-transcendance. Mais bien que s'étant vu confier l'immense honneur de présider la liturgie dans l'illustre basilique Saint-Marc, il avait l'esprit ailleurs.

Ce jour-là, bien qu'il observât à la lettre les actes rituels, il le fit sans la joie qui accompagnait habituellement cette célébration du Saint Sacrement, tout préoccupé qu'il était par le sort de Carlo Rinaldo.

Après le rite de la consécration, Dominic invita l'assemblée à participer à l'Eucharistie et les fidèles se levèrent de leur siège pour venir s'agenouiller l'un après l'autre sur le banc de communion.

Le chœur entama un autre hymne, et Dominic et ses assistants remontèrent lentement la file de communiants en présentant à chacun une hostie sacrée, accompagnée des mots « *il corpo di Cristo* ». Ce faisant, Dominic reconnut plusieurs visages qu'il avait croisés la veille, à la soirée de la *contessa*.

La personne suivante, agenouillée devant lui, était ce marchand d'art ventripotent qui avait quitté la bibliothèque à la hâte. Comment s'appelait-il déjà ? Ah, oui. Renzo Farelli.

Dominic sursauta, comme touché par une décharge électrique, et lâcha malencontreusement l'hostie qui retomba sur la patène dorée que tenait l'enfant de chœur. Le jeune garçon releva les yeux vers le prêtre d'un air interrogateur mais Dominic n'y prit pas garde.

Renzo Farelli.

R. F.

Recouvrant son calme, Dominic s'excusa doucement, puis s'empara d'une nouvelle hostie dans le ciboire et la plaça sur la langue de Farelli d'une main tremblante.

C'était sûrement cela ! Carlo avait voulu lui dire que Renzo Farelli est impliqué dans sa disparition !

Le regard froid et calculateur de Farelli s'arrêta sur Dominic tandis que sa langue – presque noire par manque d'hygiène et des années passées à fumer le cigare – acceptait l'hostie d'un blanc immaculé. Son expression était sans équivoque : « Occupez-vous de vos oignons. »

Dominic aurait voulu le dénoncer sur-le-champ et l'obliger à rendre des comptes pour la disparition de Carlo, mais il avait des obligations sacrées à remplir. Sans réfléchir, il accéléra le service de la communion, impatient de mettre un terme à la messe pour pouvoir partager cette nouvelle avec les autres.

Ils avaient du pain sur la planche.

CHAPITRE

DIX-SEPT

À Rome, Marcello Sabatini venait tout juste de sortir de la basilique Saint-Pierre où l'on avait célébré la messe et il se dirigeait vers son laboratoire situé près des bureaux administratifs du musée du Vatican.

Comme c'était dimanche, le bâtiment était désert et il pouvait accéder à loisir à tout l'équipement nécessaire pour analyser la minuscule particule de peinture verte qu'il avait prélevée sur le Giulia Lama de la *contessa*.

Il prit place devant le microscope optique du laboratoire et sortit délicatement de sa poche le mouchoir contenant l'échantillon. Armé d'une pince, il déposa le fragment sur une lame de verre qu'il introduisit sous l'objectif du microscope et vint placer ses yeux devant l'oculaire. Après l'avoir examinée avec attention, il retira la lame, surpris par les résultats et en proie à une inquiétude grandissante.

Il décida de transférer l'échantillon dans l'analyseur de fluorescence X pour y déceler la présence de plomb, un élément souvent employé par les peintres de l'époque, qui ignoraient alors les dangers d'une telle utilisation. L'absence de plomb dans une œuvre de cette ère conduirait inévitablement à s'interroger sur son authenticité.

Les tests de l'analyseur XRF terminés, la présence de plomb fut confirmée.

Impossible !

Perturbé, Sabatini descendit dans l'entrepôt sous la cour du Belvédère. Il retrouva sans peine le rayonnage où était accrochée *La crucifixion avec les apôtres*, fit coulisser le support mural en acier, sortit une petite lampe à LED et une pince de sa poche, puis se pencha sur le même endroit du tableau d'où il avait prélevé un échantillon sur la toile de la *contessa*. Avec minutie, il gratta un minuscule fragment de peinture et le fit tomber dans un petit flacon de verre circulaire.

De retour au laboratoire, il soumit cet échantillon au même processus.

Cette fois, l'analyse XRF ne détecta aucune trace de plomb. Des gouttes de sueur commencèrent à perler sur le front de Sabatini.

Il avait encore besoin de faire un dernier test. Il s'approcha du spectromètre Raman, inséra l'échantillon dans la chambre d'analyse afin d'observer les interactions spectroscopiques dans trois gammes : ultraviolette, visible et proche de l'infrarouge. Quelques minutes plus tard, l'analyse révéla la présence de vert de phtalocyanine G, un pigment synthétique moderne de la famille des phtalocyanines que les peintres de la Renaissance n'auraient jamais pu se procurer.

Dévasté, Sabatini resta là, les bras ballants et les mains tremblantes.

Le tableau du Vatican était un faux ! La comtesse Vivaldi détenait l'original.

ADOSSÉ à un mur de stuc, les pieds fermement ancrés sur les pavés, Marco Picard maintenait fermement le cou du voyou dans une clé d'étranglement pour l'obliger à répondre à sa question.

Le corps de la victime se débattait, cherchant à se libérer de l'étreinte de fer de l'ancien béret vert, mais en vain. Dans cette ruelle malodorante de la Giudecca, cette île industrielle de Venise, il y avait peu de chance que quelqu'un les surprenne.

Le délinquant, un homme trapu mais baraqué, finit par manquer d'air et par frapper le bras de son adversaire dans un geste de désespoir. Ce n'est qu'alors que Marco le laissa retomber au sol.

— Je ne le répéterai pas, Enzo, menaça Marco en tirant l'homme par les cheveux. Où est le père Rinaldo ?

— Don Gallucci me tuera si je parle !

— Et je te tuerai si tu ne craches pas le morceau, gronda Marco en appuyant sur le cou du type avec son pied tout en lui faisant une clé de bras.

— D'accord ! D'accord ! gémit sa proie en grimaçant de douleur. On a déposé le prêtre devant un petit entrepôt sur le Rio del Vin, à l'est de la basilique Saint-Marc. Deux gars sont sortis pour le faire entrer ; je ne sais pas qui d'autre était dans le bâtiment. Notre mission consistait juste à le transporter là.

— Et c'est qui, ce Don Gallucci ?

Enzo lança à Marco un regard terrifié.

— Je... Je n'aurais jamais dû m... mentionner son nom, balbutia-t-il en jetant des coups d'œil nerveux autour de lui pour s'assurer que personne ne l'avait entendu.

— Qui... est... Gallucci ? grogna Marco avec colère en appuyant un peu plus fort sur le cou de sa victime.

Enzo hurla de douleur quand son bras faillit se déboîter de son épaule.

— C'est... c'est le chef de la Camorra ! C'est tout ce que je sais. Je vous le jure !

— Ce n'est pas poli de jurer, sermonna Marco en libérant le bras de l'homme qui gisait sur le pavé, avant de lui décocher un coup de pied vicieux. Maintenant, tire-toi. Si jamais il arrivait du mal à mes amis, je reviendrai chercher des réponses. Et je peux t'assurer que les questions ne seront pas à ton goût.

Enzo se leva d'un pas chancelant, puis s'éloigna le plus vite possible en boitillant, son bras blessé serré contre son torse.

Du plat de la main, Marco lissa sa veste et repoussa ses longs cheveux en arrière, puis il se dirigea vers le bateau à moteur en acajou qu'il avait loué et garé sur un quai à proximité. Il démarra le moteur, fit pivoter l'embarcation vers le Grand Canal et fila le long de la lagune en direction de l'hôtel Ca' Sagredo.

En approchant de l'entrée du Grand Canal, il aperçut plusieurs bateaux de police regroupés à l'est de la place Saint-Marc, leur mât surmonté d'un gyrophare bleu clignotant. Après avoir sorti une carte de Venise de sa poche, il confirma qu'ils étaient bien rassemblés à l'embouchure du Rio del Vin.

Tout ceci ne lui disait rien qui vaille.

Bientôt, le bateau du *medico legale* arriva sur place. Imitant les badauds autour de lui, Marco ralentit pour observer la scène. Il passa le moteur au point mort en voyant le corps sans vie d'un homme être repêché et placé sur un brancard sur la vedette du médecin légiste. La victime portait une tenue noire dont le col blanc était clairement visible à la lueur des gyrophares des *carabinieri*.

Le père Carlo Rinaldo.

Discrètement, Marco sortit son téléphone et prit une photo. Il fit demi-tour et remonta le long du Grand Canal, direction l'hôtel.

CHAPITRE
DIX-HUIT

Les six *capi* de la Camorra, un pour chaque *sestiere* de Venise – San Marco, Cannaregio, San Polo, Dorsoduro, Santa Croce et Castello – s'était réunis au Palazzo Feudatario à la demande de Don Angelo Gallucci, en compagnie d'un autre invité.

— Mes amis ! déclara Gallucci d'une voix sombre. Nous avons réglé le cas du prêtre indiscret qui a entendu la confession de Don Gambarini et brisé notre sacro-sainte *omertà*. Malheureusement, le mal est fait. J'entends par là, la confession, bien sûr.

Les six hommes rirent doucement, mal à l'aise, pendant que le Don balayait la tablée d'un regard d'acier, scrutant chacun des chefs présents.

L'un d'entre eux prit la parole.

— C'est mes gars qui ont enlevé Rinaldo pendant la soirée de la *contessa*, mais ils étaient réticents à l'idée de s'attaquer à un homme d'église. Apparemment, le prêtre avait promis de tout leur révéler s'ils l'autorisaient à passer un coup de fil, ce qu'ils ont accepté. Il a appelé un autre prêtre du nom de Dominic pour lui demander de célébrer la messe à sa place, le lendemain.

Après cela, il ne leur était plus d'aucune utilité, alors ils s'en sont débarrassés.

— On ignore si Rinaldo a parlé à d'autres gens de cette affaire, continua Gallucci, mais j'ai croisé, disons, deux de ses connaissances à la soirée de la comtesse : deux femmes, dont une particulièrement impertinente, comme le sont souvent les femmes. Cela dit, il paraît qu'il a d'autres associés.

— Tout à fait, ajouta Renzo Farelli. Parmi eux, il y a un prêtre extrêmement maladroit qui serait incapable de tenir une hostie sans la faire tomber, même si sa vie en dépendait.

Un nouveau rire étouffé parcourut l'assemblée.

— Salvatore, lança Gallucci en se tournant vers un homme imposant vêtu d'une soutane noire aux liserés rouges et d'une calotte écarlate, ça te dit quelque chose ?

Le cardinal Salvatore Abruzzo, patriarche de Venise, réfléchit un instant et prit une grande inspiration avant de répondre.

— C'est le père Michael Dominic, préfet des Archives apostoliques du Vatican, que vous connaissez peut-être sous le nom d'Archives secrètes. Il est ici en vacances, m'a-t-on dit. C'est un homme inoffensif, toujours le nez plongé dans ses bouquins, mais il entretient des relations proches avec des gens importants au sein de l'Église. Notamment son parrain, le cardinal Petrini, secrétaire d'État du Vatican. Je te conseille de faire attention à lui. Il est venu avec une amie journaliste pour *Le Monde*. Et j'ai remarqué pendant la soirée de la *contessa* que deux soldats de la Garde suisse les escortaient. Je dois avouer que leur présence ici est pour le moins inhabituelle ; elle a forcément dû être approuvée par Petrini. Quant au but de leur séjour à Venise, qui sait ?

Gallucci réfléchit un instant.

— Je n'aime pas ça, mais ils n'ont encore rien fait qui mérite qu'on s'attarde sur leur cas, alors laissons-les tranquilles pour le moment. Gardez un œil sur eux.

Il parcourut la tablée du regard pour s'assurer que le message était bien passé.

— Bon, en ce qui concerne la prochaine livraison en provenance de Rome : Salvatore, quand est-ce que tes gars nous ramènent le Raphaël ? Lundi ?

— Oui, Angelo. Tout est prêt. Notre homme de la Pinacothèque du Vatican a tout arrangé, comme d'habitude. Aucun problème à l'horizon.

— Parfait. Voilà un truc qui fait plaisir à entendre. Les artistes et restaurateurs ont préparé tout le matériel nécessaire à l'étage, et ils sont impatients de travailler sur leur prochain chef-d'œuvre.

— Ils pourront commencer dès demain, confirma le cardinal.

APRÈS AVOIR AMARRÉ SON BATEAU, Marco remonta le quai jusqu'à l'entrée du Ca' Sagredo. En pénétrant dans le hall, il tomba sur Karl, qui s'apprêtait à sortir faire un footing.

— Attends, Karl, l'arrêta-t-il en levant la main. Il faut qu'on se voie. Ça ne peut pas attendre. Michael et Hana sont là ?

— Oui, ils sont en train de déjeuner avec Lukas, à l'étage. Viens, on va prendre l'ascenseur.

La dureté dans le regard de Marco et la tension dans son cou n'échappèrent pas à Karl. Les nouvelles n'étaient pas bonnes.

L'ascenseur les emmena lentement jusqu'à la terrasse du restaurant sur le toit et les deux hommes rejoignirent la table de leurs amis.

— Quelle bonne surprise, s'exclama Dominic en reposant sa fourchette pour s'essuyer la bouche avec sa serviette. Vous avez faim ?

Marco et Karl tirèrent des chaises de la table voisine inoccupée et prirent place.

Après avoir jeté un coup d'œil alentour, Marco se pencha en avant. Les autres l'imitèrent.

— Je crains que le père Rinaldo ne soit mort. J'ai vu la police sortir son corps de l'eau et le mettre sur la vedette du médecin légiste.

Hana poussa un cri étouffé en portant une main à sa bouche.

Les yeux brillants, Dominic fixa Marco, visiblement choqué par cette terrible nouvelle.

— Les salauds ! cracha-t-il.

Il se leva, jeta sa serviette sur sa chaise et s'approcha de la balustrade. Le visage tourné vers le ciel, il laissa les rayons du soleil réchauffer sa peau, puis baissa la tête et adressa une prière silencieuse, incapable de retenir les larmes qui roulèrent sur ses joues.

Hana alla le rejoindre et posa une main sur son épaule.

— Michael… Je suis désolée.

Dominic se tourna vers elle, puis la prit dans ses bras en pleurant en silence.

— Carlo était l'un de mes rares amis proches, parvint-il à dire entre deux sanglots. On faisait partie de la même équipe de natation à l'université. C'était un nageur accompli ; il n'a pas pu se noyer…

Marco s'avança.

— Si tu veux mon avis, je pense que c'est la Camorra qui a commandité la mort de Rinaldo. J'ai croisé un de leurs hommes de main sur l'île de la Giudecca qui a participé à son enlèvement. Reste à savoir pourquoi.

Dominic revint à table et dévisagea ses amis un par un. Dans son regard, la détermination avait remplacé le chagrin.

— Je suis sûr que c'est lié à la confession de Don Gambarini. Il a dû lui révéler quelque chose d'important et ils ont voulu le faire taire. Je ne suis pas du genre revanchard, ajouta-t-il d'une voix calme et ferme, mais ils paieront pour ce qu'ils ont fait.

Après la messe, Lukas avait escorté Livia jusqu'à sa chambre pour qu'elle puisse se rafraîchir avant le déjeuner. Au souvenir de la superbe soirée de la *contessa*, Livia repensa pour la première fois depuis la veille au manuscrit de Vivaldi, celui qui était encadré sur le mur de l'escalier du *palazzo*. Elle ouvrit l'application Photos sur son téléphone et zooma sur l'image pour mieux la voir, puis se mit au travail.

Après avoir envoyé un texto à Hana pour la prévenir qu'elle avait des choses à faire et qu'elle les rejoindrait plus tard, elle fit livrer un repas dans sa chambre, puis lança le logiciel de composition musicale sur son ordinateur portable.

C'était le même programme qu'elle avait utilisé pour transférer l'image et déchiffrer le code Solfa. À l'instar des deux morceaux précédents, celui-ci contenait deux strophes de quatre vers signées de Vivaldi en haut de la page. Le parchemin était en excellent état, compte tenu de son âge, ce qui expliquait probablement pourquoi la *contessa* l'avait fait encadrer, tant pour le conserver que pour l'exposer.

La traduction du texte italien la laissa perplexe.

Almeno un cardinale ribelle
e due cospiratori vaticani
condussero l'operazione Scambio
I dipinti selezionati sono preparati per il restauro
poi spediti a Palazzo Feudatario a Venezia
per la riproduzione per mano di grandi falsari
Tutto questo è dettagliato nel Giornale di Coscia
Dio, perdona loro i modi corrotti, non posso

Au minimum un cardinal dissident
Avec deux conspirateurs du Vatican
Ont commandité l'opération Scambio
Des tableaux à restaurer sont envoyés
À Venise au Palazzo Feudatario
Où des contrefacteurs vont les imiter
Tout est détaillé dans le journal Coscia
Que Dieu leur pardonne car je ne peux pas

Fascinant, songea Livia, ces mots mettaient en lumière toute la supercherie dans sa quasi-totalité. Elle était plongée dans ses réflexions lorsqu'on frappa à la porte et une voix d'homme annonça le *room service*.

Elle ouvrit et se retrouva face à un serveur souriant derrière un chariot recouvert d'une nappe blanche.

— *Buona sera, signora*. Votre déjeuner.

— *Buona sera, sì, grazie*, répondit Livia pendant que l'homme entrait dans la pièce en poussant son chariot de service devant lui. Il l'arrêta devant la fenêtre près du bureau, ôta la cloche en argent qui recouvrait le plat et glissa le dôme sur l'étagère inférieure.

— Je reviens, je vais chercher mon sac dans la chambre, dit Livia en italien.

Le jeune homme la regarda quitter la pièce, puis se pencha sur son ordinateur pour examiner son travail. Il plongea une main dans sa poche et en sortit son portable, éteignit le son et prit deux photos : une de son écran et une de ses notes étalées sur le bureau, puis rangea son téléphone dans sa veste.

Livia revint dans le salon et lui tendit un pourboire généreux. Il l'accepta, la remercia et sortit de la suite.

De retour à son poste de travail avec sa salade niçoise, Lisa passa en revue les documents qu'elle avait sous les yeux pour s'assurer d'avoir bien transcrit les paroles.

Michael allait être ravi du résultat, pensa-t-elle avec satisfaction.

CHAPITRE

DIX-NEUF

Située dans le palais apostolique adjacent à la place Saint-Pierre, la Pinacothèque du Vatican, aussi connue sous le nom de Galerie des Tableaux, abrite un grand nombre de peintures et fresques très précieuses aux yeux de l'Église, parmi lesquels *L'enterrement de sainte Lucie* du Caravage, *La Vierge à l'Enfant entre les Saints* du Pérugin, *Saint-Jérôme dans le désert* de Léonard de Vinci et *La Vierge de Foligno* de Raphaël, et bien d'autres. La galerie avait initialement élu domicile dans les appartements Borgia, du XVe siècle à 1932, année où il fut décidé de transférer l'inventaire dans un lieu plus facile à gérer et offrant une meilleure protection.

Les mesures de sécurité, ici comme dans le reste du Vatican, sont des plus strictes. Gardée jour et nuit par les *carabinieri* du Vatican en uniforme, cette force de police interne à la ville, les œuvres sont pour ainsi dire immunisées contre le larcin. Les galeries de cette nature de par le monde se préoccupent rarement du risque de vol, car leur seule véritable appréhension est d'être victime d'un complot magistral fomenté par quelqu'un de l'intérieur, quelqu'un qui connaîtrait les faiblesses et les lacunes de leur système de sécurité, raison pour laquelle le personnel des musées est souvent passé au peigne fin, avec vérification du casier judiciaire, voire établissement d'un profil psychologique détaillé.

Mais aucun signe ne met la puce à l'oreille lorsque tout se passe comme sur des roulettes et que les plans se déroulent comme prévu.

La restauration d'art ne fait pas exception. Bien que le musée du Vatican dispose d'un scientifique employé à temps plein qui, épaulé par plusieurs membres du personnel, élabore des plans de conservation sur mesure, les spécialistes du Vatican externalisent depuis des siècles la restauration d'œuvres peintes sur toile aux experts de confiance de l'entreprise de restauration Feudatario, basée à Venise. Les partenariats de longue date comme celui-ci sont très prisés dans le monde de l'art, tout comme le sont ceux passés avec d'autres entreprises commerciales, car la confiance et la foi mutuelles que l'on se porte remontent à de nombreuses années, voire, dans ce cas précis, à plusieurs siècles.

Les experts du Feudatario excellent à la fois dans la restauration et la conservation d'œuvres d'art précieuses, la première activité impliquant la rénovation ou la réparation des œuvres endommagées ou s'étant altérées avec le temps dans le but de rendre à une œuvre son état d'origine, et la seconde consistant en la préservation de l'état d'origine afin de protéger l'œuvre des dégâts et de la détérioration.

L'UN DES tableaux en particulier, *La Vierge de Foligno* du très prolifique Raphaël, attendait d'être restauré depuis un moment déjà. Peint pour la première fois en 1512 sur un panneau de bois, il figurait parmi les nombreux trésors ayant été pillés au Vatican et emmenés à Paris lors du siège de Rome par Napoléon en 1799, où, trois ans plus tard, il fut restauré et transféré sur une toile. Après la bataille de Waterloo en 1815, l'œuvre fut restituée à Rome et exposée dans la Pinacothèque vaticane.

Le lundi matin, deux hommes vêtus d'une blouse blanche et

de gants en coton blanc retirèrent avec précaution le Raphaël de son emplacement sur le mur de la galerie, le déposèrent de biais sur un chariot vertical tapissé et l'attachèrent pour ne pas qu'il bouge pendant le transport.

Sans se presser, ils poussèrent le chariot jusqu'à l'entrepôt adjacent et entreprirent de préparer le conteneur d'expédition : une boîte en bois aux normes archivistes contenant suffisamment de matériau absorbant pour éviter les chocs externes.

Quand tout fut prêt, la boîte fut scellée, adressée et dotée d'un code-barres, puis chargée à bord d'un camion blindé équipé d'un GPS et surveillé de l'intérieur par deux agents de sécurité armés.

Outre les responsables de la documentation d'expédition du Vatican, les seules personnes à être au courant du transfert étaient les destinataires du tableau : les membres du Palazzo Feudatario qui attendaient la livraison pour le lendemain.

CHAPITRE
VINGT

— **S**ignore, expliqua Aldo à Renzo Farelli, tout ce que j'ai vu, ce sont des partitions et des notes au sujet d'un cardinal dissident, de deux conspirateurs au Vatican et d'une certaine opération Scambio. Regardez, j'ai pris des photos de son travail.

Aldo montra à Farelli les clichés sur son portable.

Nerveux, le *cugine* de la Camorra – dont l'activité professionnelle principale avait été de travailler comme serveur au Ca' Sagredo jusqu'à ce qu'il soit « initié » et admis dans le clan, et avait donc terminé sa période d'essai – se tenait debout devant Farelli, à qui il racontait sa rencontre avec Livia Gallo.

— Envoie-les-moi, Aldo. Il faut que je regarde ça de plus près.

Le jeune homme lui transféra les deux images par e-mail.

— Comme vous le voyez, sur l'écran de la *signora*, il y a une vieille partition. Et sur son bloc-notes, il y avait aussi le nom de Vivaldi, décrivit Aldo, le visage rayonnant de la satisfaction du travail bien fait.

— Vivaldi ? marmonna Farelli dans sa barbe. Qu'est-ce que Vivaldi a à voir là-dedans ?

— Je l'ignore, *signore*.

109

Les dents serrées, le *capo* se creusa la cervelle. Un cardinal dissident ? Des conspirateurs au Vatican ? Qu'est-ce que tout cela pouvait bien vouloir dire ? La situation était critique. Leur opération encourait un grave danger. Comment ces gens avaient-ils pu apprendre l'existence de l'opération Scambio ?

— Je veux que tu me ramènes cet ordinateur, Aldo, ordonna Farelli d'un ton sans équivoque. Et le plus vite possible.

— Entendu, *signore*. Je vais essayer de le récupérer.

Farelli lui décocha un regard sévère.

— Euh… je veux dire… Oui, monsieur. C'est comme si c'était fait, s'empressa-t-il de corriger.

La mort de Carlo Rinaldo avait jeté une ombre sur le petit groupe qui s'était retrouvé dans la suite de Livia en cette fin de journée. Dominic était particulièrement affecté et ne cessait de faire les cent pas dans la pièce en se remémorant les récents événements.

— Pourquoi ils l'ont tué, bordel ? lança-t-il à la ronde. Ces types n'ont aucune pitié ! Aucune conscience ! On risque de tous finir comme lui !

Abattu, il s'assit.

— Je crois qu'il vaut mieux abandonner cette quête insensée, soupira-t-il. Je ne voudrais pas vous mettre en danger, vous aussi. Laissons tomber.

Marco, toujours aussi combatif, prit la parole.

— Michael, la perte de Carlo est terrible, mais si on arrête maintenant, sa disparition aura été en vain. Il aurait certainement voulu que tu finisses ce qu'il a commencé. N'est-ce pas la raison pour laquelle il t'a parlé de la confession du Don ? Personnellement, je veux voir le bout de cette histoire. Tu as une équipe formidable qui t'entoure et qui s'intéresse à cette mission. C'est la nôtre autant que la tienne ! On est allé trop loin pour reculer maintenant. Au diable ces enfoirés ! Ils vont voir de quel bois je me chauffe.

— Marco a raison, Michael, acquiesça Karl avec conviction. On n'a jamais reculé devant la difficulté, auparavant. Et si tu te souviens bien, nos chances de gagner la partie étaient encore plus minces, pour alors. Tu peux compter sur moi.

Il balaya la pièce du regard.

— Sur moi aussi, annoncèrent Lukas et Hana à l'unisson.

Dominic leva les yeux, l'émotion assombrissant son visage. Il se redressa sur ses pieds et tendit la main vers Marco.

— Merci, dit-il en serrant fermement la poigne de Marco. Merci à vous tous. Je ne pourrais pas rêver d'une meilleure équipe. C'est juste que la situation est devenue pesante, mais je suis d'accord avec vous : la mort de Carlo aura été inutile si l'on cessait de se battre maintenant. Bon, quelle est la prochaine étape ?

Livia trouva le moment opportun pour mentionner sa dernière découverte.

— J'ai peut-être quelque chose. Hana, tu te souviens du manuscrit de Vivaldi encadré sur le mur de l'escalier chez la *contessa* ? Celui que j'ai pris en photo ? Il s'avère que c'est encore un autre code Solfa !

— Un autre Vivaldi ? demanda Dominic, surpris, avant de se tourner vers Hana. Tu ne m'en avais pas parlé.

— J'ai oublié. Sûrement la faute au vieux pervers avec son horrible masque au long bec qui me reluquait les seins.

— Ah oui, c'est vrai, se rappela Livia. Don Angelo Gallucci, qu'il a dit qu'il s'appelait.

— *Gallucci ?* lâchèrent Marco et Dominic d'une seule voix.

Marco parla le premier.

— C'est le chef de la Camorra locale. Il est ami avec la *contessa*, apparemment.

Il se tourna vers Dominic d'un air sérieux.

— On doit se montrer extrêmement vigilants, reprit-il. Ces gens ne sont pas n'importe qui. Et ils se cachent en plein jour.

Toutes les personnes que vous croisez sont potentiellement à la solde de la Camorra.

— Carlo m'a brièvement parlé de Gallucci pendant la soirée, à peu près en ces termes, confirma Dominic. Il disait craindre les représailles suite à la confession de Gambarini si la Camorra était mise au parfum. De toute évidence, c'est le cas.

Marco balaya la pièce du regard.

— Bon, ça répond à peu près à ma question. Désormais, chacun de nous doit faire très attention à qui il parle et ne jamais se déplacer seul. S'ils peuvent assassiner un homme aussi connu que le père Rinaldo… je n'ai pas besoin de vous faire un dessin.

— Si je puis me permettre, continua Livia au bout d'un moment, j'aimerais en revenir au manuscrit de Vivaldi. Je pense que ce message est d'une importance capitale ; il contient des détails intrigants qui pourraient s'avérer utiles. Je l'ai retranscrit.

Elle lut les versets à voix haute :

> *Au minimum un cardinal dissident*
> *Avec deux conspirateurs du Vatican*
> *Ont commandité l'opération Scambio*
> *Des tableaux à restaurer sont envoyés*
> *À Venise au Palazzo Feudatario*
> *Où des contrefacteurs vont les imiter*
> *Tout est détaillé dans le journal Coscia*
> **Que Dieu leur pardonne car je ne peux pas**

— Nom de Dieu ! s'exclama Dominic. C'est une mine d'informations compromettantes, ce poème. Alors comme ça, cette opération a un nom : *Scambio*, qui veut dire « échange » en italien. Si je comprends bien, Rome envoie ses tableaux à restaurer à Venise, dans un *palazzo* qu'ils appellent Feudatario et qui produit une contrefaçon. Et le journal Coscia devait être celui du cardinal Niccolò Coscia. Je me demande s'il existe encore aujourd'hui. Quel plan diabolique ! Et en même temps brillant.

— Tu crois que leur machinerie a toujours cours ? s'interrogea Hana.

— J'aurais tendance à dire oui, puisque Carlo est mort, répondit Marco.

— Livia, commença Dominic, si vous n'aviez pas eu la présence d'esprit de prendre cette photo à la soirée, nous n'aurions jamais eu accès à cette information. Nous vous devons une fière chandelle.

Livia rougit en souriant avec modestie.

— Et maintenant ? Qu'est-ce qu'on fait ? s'enquit-elle.

— D'abord, il nous faut trouver le Palazzo Feudatario et déterminer s'il est encore en activité, déclara Marco. Ensuite, Michael, je pense que tu devrais prévenir le cardinal Petrini de ce que nous avons découvert. Il faut qu'il prenne les mesures nécessaires de son côté pour s'assurer que le personnel interne et les prestataires extérieurs qui travaillent sur la restauration des œuvres du Vatican sont fiables et dignes de confiance. La mention d'un cardinal « dissident » est d'autant plus inquiétante. Et pour finir, j'irai rendre visite aux *carabinieri* demain pour voir s'ils ont des pistes sur la mort de Carlo. Karl, tu ferais mieux de rester ici avec Michael et Hana pour que tout le monde soit en sécurité.

— Entendu. Lukas tiendra compagnie à Livia.

— Pendant que Marco s'occupe de tout cela, Hana, Karl et moi pouvons nous mettre en quête de ce Palazzo Feudatario, suggéra Dominic. Mais d'abord, allons dîner. Qui a faim ?

Tout le monde répondit présent et ils sortirent de la suite en direction de L'Alvoca Ristorante.

Au même instant, Aldo du *room service* qui patientait contre le mur dans le couloir fit semblant de sortir d'une chambre voisine.

Il arrêta son chariot pour laisser passer la petite troupe et leur souhaita une bonne soirée en les regardant s'éloigner. Juste avant que la porte ne se referme, il glissa son pied dans l'entrebâillement. Tout occupés qu'ils étaient à bavarder, personne dans le groupe ne remarqua son geste.

Quand tout le monde fut entré dans l'ascenseur et que les portes se furent refermées sur eux, Aldo frappa à la porte.

— *Room service*, annonça-t-il avant de frapper une seconde fois.

Quand il fut certain qu'il n'y avait personne à l'intérieur, il pénétra dans la suite de Livia.

Un rapide coup d'œil alentour lui confirma que l'ordinateur portable était toujours ouvert sur le bureau. Il le referma, débrancha le chargeur de la prise murale, l'enroula autour du boîtier et glissa le tout sous son chariot, avant de repartir d'où il était venu.

Après le dîner, tout le monde regagna sa chambre, hormis Hana qui se joignit à Livia pour un pousse-café dans sa suite.

La professeure de musique sortit une petite bouteille de Martini et une autre de Rossi Bitter Amaro du minibar, en servit deux verres, et les deux amies s'assirent pour siroter leur digestif.

— Dis-moi, commença Hana, les yeux brillants. Qu'est-ce que tu penses de Marco ?

Livia sourit.

— Je me disais bien aussi. Tu ne l'as pas lâché du regard de tout le dîner.

— Il est charmant, non ?

— Si j'avais trente ans de moins, je t'aurais volontiers concurrencée. Oui, c'est un homme séduisant. Tu comptes tenter ta chance ?

— Je crois qu'il y a un truc entre nous. S'il ne fait pas le premier pas prochainement, je prendrai les choses en main.

À ces mots, elle eut une pensée pour Michael et pour ce qui ne pourrait jamais exister.

— Allô, Hana ? Tu es toujours avec moi ? lança Livia en

voyant le regard de son amie se perdre au loin. À quoi tu penses ? À Michael ?

— Tu lis en moi comme dans un livre ouvert, confessa Hana en rougissant. Mais ça ne marchera jamais. Si les choses étaient différentes, oui, peut-être que…

Elle ne finit pas sa phrase.

Livia sourit, heureuse d'avoir deviné le dilemme d'Hana.

— Si tu veux mon avis, tu as tes chances avec Marco, alors fon…

Elle s'interrompit brusquement quand son regard tomba sur le bureau vide.

— Hana ! Mon ordi ! Il a disparu ! s'exclama-t-elle en bondissant sur ses pieds pour le chercher dans la pièce. Il était là avant qu'on aille manger. Il n'a pas pu s'envoler tout de même !

Hana se leva et l'aida à chercher le portable dans toute la suite, mais en vain.

— Appelle la réception pour faire une déclaration de vol, suggéra Hana. Et demande-leur de vérifier l'historique des cartes d'accès, au passage.

Livia suivit le conseil de son amie : aucune carte n'avait été utilisée pour accéder à sa chambre de toute la journée, hormis la sienne, lui dit-on, mais on enverrait le responsable de la sécurité immédiatement dans sa chambre.

VINGT-ET-UN

L e lendemain matin, tout le monde s'était rassemblé au petit-déjeuner, où l'on discuta du sujet d'inquiétude du moment.

— Qui pourrait bien en avoir après l'ordinateur portable de Livia ? s'interrogea Dominic tout en connaissant déjà la réponse. Peut-être quelqu'un qui voudrait décrypter le message codé de Vivaldi ? Autrement dit, probablement la Camorra. Je ne doute pas qu'ils ont les moyens de s'introduire dans les chambres d'hôtel en passant inaperçus. Mais comment ont-ils su que Livia l'avait en sa possession ?

— Maintenant qu'ils l'ont, ils ont certainement compris qu'on sait ce qu'ils manigancent, déclara Marco avec une ombre d'inquiétude sur le visage. Je n'aime pas du tout ça. Hana, vous êtes vraiment obligées de rester à Venise, Livia et toi ?

Livia répondit en premier.

— Honnêtement, à part récupérer mon ordinateur, ce qui me semble improbable désormais, rien ne me retient ici. D'ailleurs, je leur souhaite bien du courage pour trouver mon mot de passe. Je pense avoir fait tout ce que je pouvais pour vous aider dans votre quête. Et puis, je dois rentrer à Rome de toute façon.

— Je pense que c'est plus sage, Livia, déclara Hana. Et je te remercie pour ton aide. Pour ma part, je ne compte pas partir. J'irai jusqu'au bout. Advienne que pourra.

Marco se rapprocha d'elle.

— Tu es sûre de faire le bon choix ? demanda-t-il doucement en plongeant son regard dans le sien. La suite sera loin d'être une promenade de santé.

Elle posa une main sur son avant-bras.

— Michael et moi avons affronté des situations bien pires que celle-ci, Marco, mais je suis touchée que tu t'inquiètes pour moi.

Remarquant cette pointe d'intimité entre Hana et Marco, Dominic se leva de sa chaise et se mit à arpenter la pièce en se frottant les mains.

— Livia, merci pour votre aide, dit-il. J'espère que vous vous êtes tout de même amusée. Et désolé pour votre ordinateur.

— Nul besoin de vous excuser, Michael, contra Livia. En revanche, si vous retrouvez ces scélérats, je veux bien que vous essayiez de le récupérer. Je partirai cet après-midi.

— Hana, reprit Dominic, ça te dirait qu'on essaye de localiser ce fameux Feudatario, toi, moi et Karl ? Pendant ce temps, Marco se renseignera sur Carlo auprès de la police. Ainsi, ce sera plus efficace pour tout le monde.

Karl opina. Hana jeta un coup d'œil à Marco puis se tourna vers Dominic.

— Ça marche. Je suis impatiente de voir ce qu'on va découvrir.

IL ÉTAIT un peu plus de midi quand la coque rouillée d'une barge de livraison orange et blanc s'approcha des poteaux *pali da casada* à rayures bleues plantés dans le canal devant le Palazzo Feudatario. Deux bateliers en descendirent et sautèrent sur le quai, où se trouvait un long chariot utilitaire à roulettes.

Deux autres hommes sur l'embarcation soulevèrent prudemment l'immense conteneur de transit en bois de quatre mètres sur trois, puis tous les quatre chargèrent la caisse sur le chariot tout en tenant le bateau pour éviter qu'il ne tangue. Il s'agissait là d'une manœuvre traditionnelle bien connue, que l'on utilisait dans tout Venise depuis des siècles pour livrer des denrées alimentaires. Trois *palazzi* plus loin, en amont du canal, une dizaine d'hommes effectuaient la même procédure pour décharger un énorme piano à queue noir, une scène habituelle dans la ville flottante.

Une fois son cargo déchargé, le bateau orange et blanc s'éloigna du quai tandis que quatre gardes du *palazzo* faisaient entrer le lourd conteneur sur un monte-charge de l'immeuble pour aller le déballer dans le studio à l'étage.

Debout au milieu de la pièce, Don Angelo Gallucci regarda le conservateur et ses assistants sortir le tableau de son emballage sécurisé et le hisser sur le mur préparé à cet effet. Devant eux se trouvait l'impressionnant tableau de 3,3 mètres sur 2 : *La Vierge de Foligno* de Raphaël.

— *Spettacoloso*, s'exclama le conservateur avec enthousiasme en reculant pour admirer l'image dans son ensemble.

— Spectaculaire, en effet, admit Gallucci. C'est l'une de nos plus belles acquisitions à ce jour, du moins de mon vivant. Faites extrêmement attention pendant sa reproduction, Giuseppe. Donnez-moi votre estimation du temps nécessaire aux travaux dès que possible, voulez-vous ? Nous avons déjà un acheteur potentiel.

— *Sì, signore*, acquiesça Giuseppe. Je donnerai le meilleur de moi-même.

~

— Le Feudatario ? répéta la concierge en réponse à la question de Dominic. *Sì, padre*, le Palazzo Feudatario se trouve dans le *Sestiere* Dorsoduro, à côté du musée Ca' Rezzonico. Ils sont connus à l'échelle mondiale pour leurs services de restauration d'œuvres d'art historiques.

Évidemment, pensa Dominic. Il remercia la femme, puis Hana, Karl et lui sortirent de l'hôtel pour héler un bateau-taxi sur la *fondamenta*, cette promenade pavée qui longe les canaux. Quand ils en eurent trouvé un de disponible, ils montèrent à bord et Dominic donna l'adresse au chauffeur : « Le Palazzo Feudatario dans le quartier Dorsoduro, *per favore.* »

Le bateau s'éloigna doucement du quai, sa proue virant vers le sud sous le pont Rialto pour un trajet tranquille de dix minutes le long du Grand Canal. Les trois compagnons s'assirent à la poupe et admirèrent les splendeurs de la vie vénitienne en laissant le soleil leur réchauffer la peau et la brise qui soufflait à la surface de l'eau les rafraîchir.

LE QUARTIER général des *carabinieri* vénitiens près du Campo San Zaccaria était calme. Venise étant une ville relativement sûre, les policiers n'étaient pas occupés à grand-chose lorsque Marco pénétra dans le commissariat. Deux officiers en uniforme assis à une table jouaient à la scopa, un jeu de cartes italien populaire, en attendant que l'on fasse appel à leurs services.

Ils n'étaient qu'à trois mètres de l'accueil, pourtant Marco dut frapper plusieurs fois sur le guichet pour attirer leur attention. Quelques instants plus tard, l'un des agents s'écria « Scopa ! » en rassemblant toutes les cartes sur la table. Ce n'est qu'après avoir gagné la main qu'il se leva pour accueillir le visiteur.

— *Sì, signore*, que puis-je faire pour vous ?

Marco fouilla dans la poche de poitrine de sa veste et en sortit un petit étui en cuir contenant un badge et une carte d'identité qu'il présenta à l'officier.

— Je suis le commandant Picard de la Direction générale de la Sûreté française. Nous avons appris que vous aviez récupéré le corps du père Carlo Rinaldo dans un canal, il y a deux jours. Avez-vous déterminé la cause du décès ?

L'officier vérifia son identité.

— Si je puis me permettre, en quoi cela concerne-t-il la Sûreté française, commandant ?

— Les parents du père Rinaldo sont des citoyens français importants. Nous collaborons avec eux pour résoudre l'affaire de la mort de leur fils, ici à Venise.

— Ah, *sì*, je comprends. Le médecin légiste a conclu que Don Rinaldo s'était noyé.

— Ses proches affirment que le père Rinaldo était jeune et en forme, et que c'était un excellent nageur, du temps où il était à l'université. Il est fort peu probable qu'il se soit noyé. Une autopsie a-t-elle été pratiquée ? Y a-t-il des preuves d'un acte criminel ?

— Le médecin légiste constate chaque année de nombreux décès de ce genre dans les *canali, signore*. Et qu'est-ce qui vous fait penser qu'il pourrait s'agir d'un acte criminel ?

De toute évidence, l'agent ne s'intéressait guère aux causes possibles du décès, d'autant plus qu'une partie de cartes l'attendait.

Marco prit une grande inspiration avant de reprendre.

— D'accord. Puis-je avoir une copie du rapport du médecin légiste, pour le donner aux parents ?

Le policier réfléchit un instant, puis soupira. Il se dirigea vers un classeur situé contre le mur du fond, fouilla dans les dossiers, trouva les documents qu'il cherchait et les inséra dans la photocopieuse. Quelques minutes plus tard, il tendit plusieurs pages agrafées à Marco, qui le remercia.

Le sourire aux lèvres, Marco sortit du bâtiment. C'est fou ce qu'on pouvait faire avec un badge. Il ne travaillait plus pour la Sûreté depuis un certain temps, mais il avait gardé son badge pour ce genre d'usage. Il n'était pas sans savoir que l'Italie ne jurait que par les badges, les sceaux et les tampons en caoutchouc, tout ce qui constituait le « protocole officiel ». Il savait aussi que les parents de Carlo n'étaient pas français, mais américains d'origine italienne, un fait que les policiers ignoraient. En outre, Rinaldo étant membre du clergé, la notification officielle de son décès devait donc passer par l'Église, de sorte que les *carabinieri* n'avaient pas eu besoin de chercher qui était son plus proche parent.

~

LE BATEAU-TAXI s'arrêta sur le quai du Palazzo Feudatario. Après qu'Hana eut payé le chauffeur, Karl, Dominic et elle débarquèrent et se dirigèrent vers l'entrée.

Un garde obstiné leur bloqua le passage.

— Excusez-moi, insista Dominic. Nous avons à faire ici.

— Vous avez rendez-vous ? s'enquit le garde d'un ton bourru.

— Je ne savais pas qu'il en fallait un. C'est ici que l'on restaure des œuvres d'art, n'est-ce pas ? On aimerait parler au gérant.

— Puis-je avoir vos noms ?

— Père Michael Dominic et ses collègues. Du Vatican.

Le garde écarquilla les yeux.

— Un moment, *padre*.

Il tourna les talons, ouvrit la porte et la referma derrière lui.

— Pas du tout suspect, ironisa Dominic en souriant à Karl.

— Je ne trouve pas ça illogique qu'il y ait du personnel de sécurité pour protéger des œuvres d'art de grande valeur, dit Hana. Et les gardes ne sont pas payés pour être gentils.

Dominic grommela quelque chose d'inintelligible et croisa les mains devant lui en attendant.

Un moment plus tard, la porte s'ouvrit et une femme âgée à l'air austère les accueillit.

— Je vous en prie, entrez. Nous ne recevons normalement pas de visiteurs sans rendez-vous. On m'a dit que vous travailliez pour le Vatican, père Dominic ?

— Oui, je suis préfet des Archives apostoliques. Et voici mes collègues, Hana Sinclair et Karl Dengler.

— Je suis Valentina Calabrese, directrice des restaurations du

Feudatario. Je vous en prie, asseyez-vous. En quoi puis-je vous être utile ?

Ils s'installèrent tous les quatre dans le salon confortable situé au rez-de-chaussée du *palazzo*. Le bâtiment comportait un grand atrium ouvert en son centre, menant jusqu'à un plafond de verre au-dessus du quatrième étage, ce qui donnait à l'endroit une ambiance aérée et lumineuse. Hana aperçut également que l'escalier menant aux étages était protégé derrière une porte vitrée sécurisée par un clavier numérique et que des caméras de surveillance étaient placées aux endroits stratégiques. On prenait la sécurité très au sérieux, ici.

— Je m'excuse de ne pas avoir pris de rendez-vous, *signora*, mais nous aimerions visiter votre *palazzo*, si cela ne vous dérange pas, dit Dominic d'un ton aimable.

— Je crains que ce ne soit pas possible, *padre*. Il s'agit d'un établissement sécurisé. Nous ne faisons visiter les lieux à personne. En tant que membre du Vatican, vous devez savoir que le Feudatario est fier de répondre à vos besoins de restauration depuis des centaines d'années. Nous avons de nombreux donneurs d'ordre, bien sûr, mais le Vatican reste notre client le plus précieux et le plus distingué.

— En fait, je travaille aux archives, pas au musée. Je n'étais donc pas au courant de notre relation mutuelle. Pouvons-nous au moins voir quelques-uns de vos travaux, puisque nous sommes sur place ?

— Encore une fois, je crains que ce ne soit pas possible. Il vous faudrait l'autorisation de Son Éminence le cardinal Abruzzo, qui est le patriarche de Venise, comme vous le savez certainement.

— Je vois, marmonna Dominic, quelque peu confus mais refusant de se laisser décourager. Et si j'avais la permission du pape en personne ?

La femme sembla surprise par cette proposition. Elle remua sur son fauteuil en lissant sa jupe gris foncé du plat de la main.

— Même dans ce cas, je pense que l'approbation du cardinal

Abruzzo serait quand même nécessaire. Je vous suggère de commencer par lui. Puis-je vous donner son numéro ?

— Pas besoin, je sais comment le joindre.

Il se leva et ses compagnons l'imitèrent.

— Merci pour votre temps, *signora*. Je suis sûr que nous nous reverrons bientôt.

Après avoir pris congé, ils sortirent par la porte d'entrée et le garde s'écarta pour les laisser passer, un faux sourire sur le visage.

Dominic attendit qu'ils soient hors de portée de voix pour prendre la parole.

— Prochaine étape : le patriarche de Venise. Combien vous pariez qu'il vit dans un sublime *palazzo* ?

Depuis son bureau au quatrième étage, Angelo Gallucci surveillait le système de caméras de sécurité, sur l'écran duquel on voyait Dominic, Karl et Hana en train de quitter l'immeuble.

— Qu'est-ce qu'ils voulaient, Valentina ? demanda-t-il à la gérante.

— Une visite du bâtiment, *signore*, répondit-elle. Je lui ai dit qu'il avait besoin de la permission du cardinal Abruzzo, mais il a demandé si celle du pape suffirait ! Pensez-vous qu'il soit capable de l'obtenir ?

— Même s'il en était capable, cela ne changerait rien, mais je lui reconnais le mérite d'avoir suggéré une alternative aussi audacieuse. Ce prêtre est au courant de nos activités, j'en suis certain. Je dois parler à Son Éminence. Pourriez-vous l'appeler pour moi ?

∽

Un peu plus tôt, après avoir fait ses adieux à tout le monde, Livia posa ses bagages à ses pieds sur la *fondamenta* en attendant le bateau-taxi que le concierge avait appelé pour elle.

L'embarcation s'approcha du quai en glissant sur l'eau et un batelier sauta de la proue et fixa les amarres.

— *Signora* Gallo ? demanda-t-il.

— *Sì*. À la gare, s'il vous plaît.

L'homme récupéra ses valises et l'aida à monter à bord, avant de faire signe au chauffeur de se mettre en route.

Conformément aux directives de Livia, le bateau quitta le quai, direction la gare de Santa Lucia. Il tourna ensuite à droite sur le Rio di Roale, dans la direction opposée.

— Excusez-moi, intervint Livia en désignant l'ouest. Vous vous êtes trompé de direction. La gare est par là.

— C'est un raccourci, *signora*. Il y a trop de circulation sur le Grand Canal. On va prendre une route moins empruntée.

Toute occupée à sa conversation, elle ne remarqua pas l'autre homme qui approchait dans son dos, une bande de ruban adhésif dans les mains. Le malfrat passa les bras au-dessus de sa tête d'un geste vif et lui colla le scotch sur la bouche, avant de la tirer dans la cabine sous le pont, tandis qu'elle se débattait et tentait de crier, mais en vain.

CHAPITRE

VINGT-DEUX

Sœur Lorraine, la cuisinière et gouvernante du patriarche de Venise, était en train de préparer une soupe de poisson à la vénitienne pour le déjeuner du cardinal Abruzzo lorsque le téléphone sonna.

Laissant la soupe fumante sur le feu, elle décrocha le combiné, écouta un instant, puis raccrocha.

— Votre Éminence, lança-t-elle d'une voix forte en se tournant vers la porte. C'est *Signor* Gallucci. Je lui dis de rappeler après le *pranzo* ?

— Non, ma sœur. Je vais prendre l'appel dans mon bureau, *grazie*.

L'homme corpulent s'extirpa difficilement de la chaise qu'il occupait à la table de la salle à manger et se dirigea vers son bureau, ses pantoufles Prada feutrant le bruit de ses pas à travers le Palazzo San Silvestro. Une fois arrivé, il s'assit et s'empara du téléphone.

— *Sì*, Angelo. Qu'y a-t-il ? demanda-t-il en poussant un long soupir.

— Le père Dominic vient tout juste de passer au studio, Votre Éminence. Il voulait visiter les lieux et était accompagné de la journaliste. Valentina lui a expliqué qu'il avait besoin de votre

125

autorisation, bien sûr, mais je me demande combien de temps encore on va réussir à le tenir à l'écart. Il a sous-entendu qu'il allait demander l'aval du pape.

Le cardinal réfléchit un moment.

— Il est vrai que le père Dominic est très proche de Sa Sainteté, mais je doute qu'il aille déranger le souverain pontife pour une telle broutille, ce serait ridicule. La décision me revient et à moi seul. Il faut qu'il comprenne que nous protégeons des œuvres de grande valeur. Les visites ne sont pas possibles. Le Vatican n'est pas notre unique client, après tout.

— Je crains que le problème soit plus étendu que cela, Salvatore, rétorqua Gallucci avec calme. Je ne pense pas qu'il veuille réellement visiter les lieux. Ce qui m'inquiète, c'est son intérêt tout particulier pour le Giulia Lama de la comtesse Vivaldi. Le conservateur du musée du Vatican, Marcello Sabatini, était présent à la soirée de la *contessa*. Ils étaient en train d'examiner le tableau quand Renzo est entré dans la pièce. J'ai peur qu'il ne découvre la supercherie, une fois de retour à Rome. Cela pourrait les mettre sur une piste susceptible de faire capoter toute l'opération.

— Je m'en occupe, Angelo. Ma famille gère cette affaire depuis des années et nous n'avons encore jamais rencontré d'obstacle infranchissable. Ne vous inquiétez pas. Si la situation dégénère, vous avez les moyens de redresser le tir. Et vous n'avez pas besoin de ma permission pour cela. Je dois y aller, à présent. Mon déjeuner m'attend.

Avant de demander à sœur Lorraine de servir la soupe, le cardinal Abruzzo avait un autre coup de fil à passer à Rome, à l'évêque Gustavo Torricelli, directeur de la conservation des œuvres d'art du Vatican.

— Gustavo, Salvator à l'appareil. Je vais bien, *grazie*. Je vous appelle parce que nous avons un… disons, un éventuel problème avec votre Marcello Sabatini. Il a été aperçu cette semaine à Venise en train d'examiner l'un de nos tableaux. Pourriez-vous garder un œil sur lui pour moi ? Rappelez-moi si jamais il met en danger notre petite collaboration.

~

Assis sur le canapé dans son bureau au musée du Vatican, Marcello Sabatini tripotait nerveusement son rosaire entre ses mains en priant pour décider de la marche à suivre. Fallait-il informer quelqu'un de sa découverte ? Sa carrière risquait-elle de prendre fin s'il parlait ? Ou s'il se taisait ? Combien de temps cette supercherie avait-elle duré ?

Ou plutôt, depuis combien de temps durait-elle, puisqu'elle était visiblement toujours en cours. Il avait beau se torturer les méninges, il ne voyait pas par où commencer.

Il se leva et s'approcha de son bureau pour allumer son ordinateur et lancer une recherche dans la base de données sur le statut et l'historique du tableau de Giulia Lama depuis son arrivée au Vatican.

Les résultats lui indiquèrent que le musée du Vatican avait fait l'acquisition de cette pièce en 1754 auprès de Caterina Dolfin, une dame de la noblesse dont le père avait dilapidé la fortune familiale, au point que sa fille avait dû mettre sa collection personnelle en vente pour survivre. La peinture n'avait pas enregistré beaucoup d'activité depuis cette date, hormis une sortie de temps à autre pour une exposition spéciale et, bien entendu, ses restaurations régulières.

Restaurations… Quand et où le Vatican avait-il envoyé cette pièce pour la faire restaurer ?

Quelle que soit l'attention portée à la conservation et le stockage d'une œuvre – et le Vatican prenait grand soin de ses œuvres – les tableaux étaient invariablement soumis aux effets naturels de l'âge et à l'accumulation de poussière et de polluants atmosphériques. Le processus de restauration, qui était confié à des mains expertes, avait pour but de réparer ces œuvres, y compris celles altérées par la fumée, les insectes, l'écaillage de la peinture, la fragilisation des toiles et même les petites déchirures.

Les archives révélèrent que la dernière restauration de *La crucifixion avec les apôtres* remontait à 1967. Elle avait été effectuée à Venise… au Palazzo Feudatario.

La réputation irréprochable du Feudatario et leur collaboration sans faille avec le Vatican depuis des siècles étaient bien connues de Sabatini. Il était impensable que le problème se trouve de leur côté. Peut-être les œuvres étaient-elles échangées avec un faux pendant le transport ? Improbable, songea Sabatini, les faussaires n'auraient pas assez de temps pour créer une contrefaçon de la qualité de celle qu'il avait eue sous les yeux.

Non, conclut-il, si falsification il y avait, elle ne pouvait avoir lieu que pendant la restauration. Il allait devoir se pencher sur le travail du Feudatario de plus près.

LE BATEAU-TAXI RALENTIT pour venir s'arrêter au bord du quai, à proximité du pont Rialto, et laisser descendre Dominic et Hana qui traversèrent la foule de touristes et de festivaliers pour rejoindre à pied la vieille église de San Silvestro et le *palazzo* du patriarche.

Ce fut sœur Lorraine qui leur ouvrit quand ils sonnèrent.

— *Buona sera*, ma sœur, la salua Dominic avec un grand sourire. Je suis le père Dominic et voici Hana Sinclair. Nous sommes venus voir le cardinal Abruzzo.

— Je vais lui demander s'il reçoit les visiteurs. Voulez-vous bien patienter un instant, mon père ?

La porte se referma devant Hana et Dominic qui restèrent sur le perron ensoleillé du Campo San Silvestro. À quelques pas de là, des jeunes faisaient du skateboard sur la place en béton, tandis que deux couples de personnes âgées assis à l'ombre d'un orme imposant regardaient les gens s'affairer autour du Rialto.

La porte s'ouvrit de nouveau.

— Son Éminence va vous recevoir, mon père, annonça la religieuse. Entrez, je vous prie.

Sœur Lorraine les conduisit jusqu'à un salon donnant sur un petit canal, à l'arrière du *palazzo*, et sortit de la pièce. Une légère odeur d'iode flottait dans l'air, remarqua Hana. Les murs étaient ornés de nombreux chefs-d'œuvre de vieux maîtres. Dominic et Hana échangèrent un regard silencieux en pensant la même chose. Comment le cardinal pouvait-il se permettre de posséder des merveilles aussi inestimables, dignes de figurer dans la collection du Vatican ou les plus grands musées du monde ?

Quelques minutes plus tard, le cardinal Abruzzo fit son apparition, vêtu de son habit de prélat.

— Bonjour. Père Dominic, c'est bien cela ? Que puis-je pour vous ?

— Tout à fait, Votre Éminence. Je suis le père Michael Dominic, préfet des Archives apostoliques du Vatican. Et voici ma collègue, Hana Sinclair. J'espère que nous ne vous dérangeons pas.

— Nous sommes à Venise, mon père. Il ne se passe pas grand-chose ici, du moins rien qui ne saurait m'empêcher d'accorder un peu de temps à un collègue de l'Église.

— C'est très aimable à vous. Nous avons un service à vous demander. J'ai voulu visiter le studio de restauration du Palazzo Feudatario, mais l'accès m'a été refusé sans votre permission. Tout d'abord, et je dis cela sans vouloir vous offenser, comment se fait-il que le patriarche puisse délivrer une telle autorisation ? Il s'agit d'une entreprise privée, non ?

— Vous avez raison. Mais il s'avère que je suis propriétaire du Palazzo Feudatario, qui est dans ma famille depuis des générations. L'insistance de *Signor* Gallucci est donc justifiée. Il n'est pas en mesure de prendre ce genre de décision sans mon accord. Vous me parliez d'un service ?

Dominic fut surpris d'apprendre que le palais appartenait au cardinal, mais il se remémora que les permissions étaient accordées selon l'ordre auquel un prêtre appartenait, et que certaines congrégations ne prônaient pas le vœu de pauvreté. À en juger par les trésors accrochés aux murs et le fait qu'il possédait une entreprise privée, c'était le cas du patriarche de Venise.

— J'espérais que vous pourriez nous accorder le droit de visiter votre propriété. Est-ce que c'est envisageable ?

Le cardinal fixa Dominic du regard un long moment.

— Mon père, le Feudatario ne travaille pas uniquement pour le Vatican. Il s'engage auprès de nombreux clients parmi lesquels des musées et autres institutions italiennes. Nos engagements envers la sécurité ne nous permettent pas ce genre de visite. Je regrette, mais je ne peux accéder à votre demande.

Prêt à tout pour accéder au palais, Dominic était sur le point de cesser de tourner autour du pot et de lui révéler ses soupçons de contrefaçon, mais il se ravisa. Et si le cardinal était de mèche ? Il était préférable de se taire pour le moment.

— Je comprends, Votre Éminence. Vous avez raison. Pardonnez mon insistance.

— Ce n'est rien, mon père. Je comprends l'intérêt que vous portez à nos travaux et je me réjouis de votre compréhension envers notre politique de sécurité. Y a-t-il autre chose que je puisse faire pour vous ?

Dominic se leva, sur le point de partir, mais une idée lui vint subitement.

— La disparition du père Rinaldo est vraiment tragique, n'est-ce pas ? lança-t-il sans lâcher le cardinal du regard.

La réaction de l'homme ne se fit pas attendre : un léger tressaillement du visage, signe qu'il ne s'attendait pas à ce que Dominic connaisse Rinaldo, encore moins à ce qu'il aborde le sujet de son décès.

— En effet… Le père Rinaldo était… euh… un homme bien. Vous le connaissiez ?

— Plutôt bien, oui. Nous avons partagé les bancs du

séminaire ensemble. Sa mort me paraît suspecte et nous avons lancé une enquête.

— Il paraît qu'il s'est noyé, contra le cardinal d'un ton neutre en s'humectant les lèvres sans oser croiser le regard de Dominic, signe indéniable qu'il cachait quelque chose.

— C'est peu probable. Carlo était un excellent nageur. Quoi qu'il en soit, merci de nous avoir reçus, Votre Éminence. *Arrivederci.*

UNE FOIS HORS DU *PALAZZO*, Hana ne put se retenir plus longtemps.

— Je suis sûre qu'il ment à propos de Carlo, lâcha-t-elle. Il sait quelque chose, c'est certain.

— Je suis d'accord avec toi, mais cela ne me surprend pas. Abruzzo est impliqué jusqu'au cou. Si quelque chose se trame au Feudatario, en tant que propriétaire d'une entreprise familiale qui remonte à plusieurs générations, il est forcément au courant.

— Qu'est-ce qu'on fait, maintenant ?

— J'ai ma petite idée, répondit-il en lui décochant un sourire énigmatique.

CHAPITRE
VINGT-TROIS

Lorsque Valentina Calabrese ouvrit l'ordinateur de Livia Gallo, l'appareil lui demanda de saisir ses identifiants de connexion.

— Tout ce dont nous avons besoin maintenant, Madame Gallo, c'est de votre mot de passe. Si vous voulez bien me le donner.

Livia était assise sur une chaise pliante en métal face à Valentina, pieds et mains liés. Aldo, le serveur du service d'étage de son hôtel, avait retiré le ruban adhésif de sa bouche et se tenait à côté d'elle. Il serrait dans sa poigne un couteau aiguisé qui brillait à la lueur de l'ampoule suspendue au-dessus de sa tête.

— N'envisagez même pas de crier, *signora*, menaça Aldo en se donnant des airs de gangster. Personne ne vous entendra, de toute façon.

Il fit glisser le faux tranchant émoussé du couteau le long de sa gorge pour l'en dissuader.

— Allez au diable ! aboya Livia.

Valentina posa sur son otage un œil neuf. Puis, un sourire sinistre sur le visage, elle se leva de son bureau et s'approcha de Livia.

— Les choses seraient beaucoup plus faciles pour vous si vous nous aidiez, Madame Gallo. Nous voulons juste voir ce que vous avez découvert.

D'un geste vif, Valentina leva la main et gifla Livia.

— Ça vous aide ?

L'impact projeta la tête de Livia sur le côté ; ses yeux s'écarquillèrent et elle se mit à trembler de tous ses membres. La gifle la picotait, mais la réalisation que sa vie reposait sur ses réponses venait de la priver de tout ce qui lui restait de bravade. Les gens qu'elle avait en face d'elle étaient probablement les mêmes qui avaient tué le père Rinaldo. Allaient-ils l'éliminer, elle aussi ?

— De toute façon, il n'y a pas grand-chose là-dedans, dit-elle d'une voix tremblotante. Le mot de passe, c'est « *il migliore dei mondi possibili* », tout en minuscules et sans espaces.

Valentina sourit d'un air amusé.

— Le meilleur des mondes possibles ? D'où vous est venue cette idée ?

Parler lui permettrait peut-être de gagner du temps, songea Livia. Rinaldo avait-il tenté la même approche ? Elle rangea cette pensée dans un coin de sa tête.

— C'est une citation du philosophe des Lumières Gottfried Leibniz. Ce n'est pas très adapté à la situation actuelle, je vous l'accorde, mais je l'ai toujours appréciée. Ça vient d'un de ses ouvrages, dans lequel il tente de résoudre le problème du mal dans le monde. Mais je doute que ça vous parle.

Valentina ignora la raillerie et saisit le mot de passe. Une fois sur le bureau, la première chose qu'elle fit fut de désactiver la protection par mot de passe. *Cet ordinateur portable n'ira nulle part*, décida-t-elle.

L'écran affichait encore les photos des partitions de Vivaldi. Pianiste depuis son enfance, Valentina reconnut également le logiciel de composition musicale. Déchiffrer la partition lui fut aisé, mais la mélodie n'avait aucun sens lorsqu'elle la jouait dans sa tête.

Elle lut la transcription que Gallo avait notée dans un traitement de texte et fut stupéfaite d'y trouver la mention de conspirateurs au Vatican, de l'opération Scambio, de faussaires et du Feudatario ! Les pages qu'elle avait sous les yeux avaient été écrites de la main d'Antonio Vivaldi !

— Don Gallucci ! appela-t-elle d'une voix pressante. Venez voir ça.

Son patron entra dans la pièce et s'approcha de Valentina, puis jeta un coup d'œil à l'écran.

— Qu'est-ce que c'est ?

Valentina leva des yeux apeurés vers lui.

— Vous connaissez Antonio Vivaldi, le grand violoniste du XVIIIe siècle ? Il semble qu'il ait dévoilé tous nos plans, des siècles après sa mort ! Regardez. Ce sont les manuscrits de ses morceaux originaux. Visiblement, *Signora* Gallo a réussi à les transcrire après les avoir découverts. On dirait que Vivaldi a utilisé une sorte de code qu'elle a déchiffré et qui révèle absolument tout !

Gallucci pâlit.

— Où avez-vous trouvé ça ? demanda-il en décochant à Livia un regard où se mêlaient la colère et l'inquiétude.

— Quelle importance ? cracha Livia. Tout le monde est au courant de votre petite opération. Votre temps est compté ! Votre situation pourrait s'améliorer si vous me libériez. Ajouter un enlèvement à votre liste de crimes ne ferait qu'empirer les choses.

Ignorant ses menaces, Gallucci prit un air pensif.

— Renzo m'a montré les transcriptions que son homme de main a dénichées, mais je n'avais pas saisi qu'elles avaient été écrites de la main de Vivaldi en personne. *Dio mio* ! s'exclama-t-il en s'effondrant sur une chaise. Après tout ce temps ! Ce n'est pas possible !

— Il faut appeler Son Éminence, Angelo, dit Valentina. C'est son problème, maintenant.

— C'est notre problème à tous, Valentina. L'opération

Scambio rapporte des millions chaque année. Les travaux de restauration à eux seuls ne représentent qu'une somme dérisoire de nos revenus en comparaison. Mais tu as raison, Abruzzo doit être mis au courant.

— Qu'est-ce qu'on fait d'elle ? s'enquit Aldo, désireux de faire ses preuves.

— Occupe-toi d'elle, Aldo. Et discrètement, s'il te plaît.

Livia hurla et se débattit jusqu'à ce qu'on lui remette le ruban adhésif sur la bouche. Aldo lui couvrit le nez avec un tissu blanc humide et une odeur de produit chimique lui assaillit les narines. La pièce devint floue et le silence l'enveloppa tandis qu'elle perdait connaissance.

Il a dit discrètement, songea Aldo en faisant glisser le côté tranchant de la lame sur la gorge mince et pâle de sa victime.

∼

— Votre Éminence, on a un problème.

Assis dans un fauteuil Queen Anne à haut dossier dans la somptueuse bibliothèque du Palazzo San Silvestro, la résidence du patriarche, Don Angelo Gallucci s'entretenait avec le cardinal Abruzzo qui l'écoutait attentivement, un bras posé sur l'accoudoir de son fauteuil, un verre de Negroni à la main.

Sans un mot, le cardinal fit signe à Gallucci de poursuivre.

— On vient d'apprendre que le père Dominic et ses associés ont découvert la mission particulière du Feudatario et l'implication de la Camorra dans l'opération Scambio. Je précise qu'ils ont trouvé ces informations en déchiffrant un code secret sur une partition d'Antonio Vivaldi datant du XVIIIe siècle et qu'il se peut qu'ils se contentent de considérer cela comme une simple note de bas de page historique. Les travaux de votre famille remontent loin dans le temps. Qui sait comment Vivaldi a découvert le pot aux roses ? Tout de même, d'autres que nous sont désormais au courant. Cette histoire ne m'aurait pas inquiété outre mesure si *Signor* Sabatini n'avait pas décidé de poursuivre ses recherches après avoir examiné le Giulia Lama. C'est un expert en la matière, après tout, et Renzo l'a aperçu en train d'inspecter l'œuvre de près, à la soirée de la *contessa*. Bien que notre travail soit suffisamment habile pour tromper même l'œil le plus exercé, s'il a l'occasion d'effectuer des tests scientifiques, disons sur le substrat ou les pigments utilisés, alors on risque de se retrouver face à un défi de taille.

— Cela ne veut pas dire grand-chose en soi, Angelo, contra Abruzzo, en balayant l'inquiétude du Don d'un revers de la main. Est-ce que Renzo l'a vu prélever des échantillons sur la toile ?

— Non, Votre Éminence. Renzo a quitté la pièce immédiatement pour éviter les questions gênantes, après que la comtesse leur a appris qu'elle avait acheté le tableau dans sa galerie.

Le cardinal but une gorgée de son Negroni, puis alluma un cigare Toscano Antica, l'air pensif.

— J'ai parlé hier avec l'évêque Torricelli, notre homme du Vatican. Sabatini travaille pour lui, nous avons donc encore un certain pouvoir. Je doute qu'il représente une quelconque menace, mais il me tiendra au courant s'il se passe quelque chose. En attendant, où en est le projet Raphaël ?

Surpris et mal à l'aise face à ce brusque changement de sujet, Gallucci se demanda si le cardinal avait bien compris l'étendue du problème. Il lui répondit néanmoins.

— C'est… c'est une acquisition absolument phénoménale, Votre Éminence. Et elle tombe à pic ! Renzo a un client discret et très fortuné à Paris qui est prêt à l'acheter sans poser de questions. Il pense pouvoir en tirer vingt-cinq millions d'euros. Mon équipe y travaille et le tableau devrait être terminé d'ici quelques semaines. On va aussi recevoir un Caravage dans les jours prochains, également en provenance du Vatican. Comme ces œuvres sont conservées dans les archives et ne sont pas exposées, il y a peu de chances que quelqu'un se rende compte de la supercherie. Et avec l'aide de l'évêque Torricelli, les répliques resteront en réserve.

~

LA PILE des rapports d'état des œuvres du Vatican envoyées au Palazzo Feudatario au cours des dix dernières années ne cessait de grandir sur le bureau de Sabatini à mesure qu'il les imprimait. Il avait choisi de ne pas remonter plus loin dans le temps et de se concentrer uniquement sur les restaurations ayant eu lieu pendant son mandat au musée du Vatican. Et puis il avait peur de ce qu'il risquait de trouver s'il remontait aussi loin que les archives le permettaient.

Sans compter que l'heure tournait. Il allait lui falloir du temps pour passer en revue les documents qu'il avait sous les yeux, sans parler de vérifier l'authenticité de chaque pièce. Puisqu'il ignorait l'identité de la taupe qui œuvrait au sein du Vatican et avait permis à cette corruption de se poursuivre, il n'osait pas encore mettre qui que ce soit dans la confidence.

Une fois sa tâche terminée, il dénombra trente-quatre tableaux potentiellement suspects. Sa prochaine étape consistait à procéder aux mêmes tests scientifiques laborieux que ceux auxquels il avait soumis le Giulia Lama.

Titien, Bellini, Botticelli, Gentileschi. Des mains de ces hommes étaient nées certaines des plus belles œuvres jamais créées et qui faisaient désormais partie intégrante de la collection du Vatican. Et il ne s'agissait là que des peintres italiens. Le Néerlandais Bosch, l'Espagnol El Greco, le Français Georges de la Tour et de nombreux autres artistes renommés figuraient aussi sur sa liste. Craignant déjà ce qu'il allait y découvrir, Sabatini s'empara de la liasse de papier, les doigts tremblants.

Armé d'une lampe torche, il parcourut les galeries de la réserve pour repérer les pièces à vérifier et recueillit une microscopique particule de pigment sur chacune d'elles pour la passer au microscope et au spectromètre.

Le poids de sa tâche était écrasant, d'autant qu'il ne pouvait partager ses soupçons avec personne.

Quelques heures plus tard, après avoir analysé six œuvres seulement sur les trente-quatre du lot, Marcello Sabatini regagna son bureau, dégoûté.

Les six tableaux étaient des contrefaçons.

VINGT-QUATRE

Marcello Sabatini avait couché ses trois enfants pendant que sa femme nettoyait la cuisine après le dîner.

— J'ai encore une dernière chose à faire, *cara mia*. Mais quand tu auras fini la vaisselle, on pourra regarder Montalbano à la télévision, si tu veux.

Sa femme lui sourit, acquiesça, puis s'en retourna à son ménage.

Pendant ce temps, Sabatini s'assit devant son ordinateur et ouvrit l'onglet « nouveau message » de sa messagerie du Vatican. Non sans une certaine nervosité, il se mit à taper.

Cher père Dominic,
J'ai effectué en toute confidentialité des tests scientifiques
approfondis sur **La crucifixion** *de Giulia Lama et six autres*
tableaux de vieux maîtres que j'ai trouvés dans les archives du
musée. Ces derniers ont été envoyés au Palazzo Feudatario pour
y être restaurés au cours des dix dernières années.
En comptant celui de Lama, sept en tout se sont avérés être des
contrefaçons.
Sur cette période, j'ai compté vingt-sept autres œuvres qui ont

également été confiées au Feudatario, mais je n'ai pas eu le temps de toutes les tester. Toutefois, compte tenu des probabilités, nous pouvons supposer que la plupart d'entre elles, si ce n'est toutes, sont également des reproductions.

Je suis profondément bouleversé par ce résultat et j'imagine que vous le serez également quand vous l'apprendrez. Je n'ai encore parlé à personne de mes découvertes, mais j'ai l'intention d'en informer le cardinal Petrini dans la matinée.

Je ne peux faire confiance à personne d'autre ici. Quelqu'un doit forcément être complice de cette activité au sein du Vatican ; quelqu'un qui a le pouvoir de superviser les sorties et les entrées des tableaux et de valider les rapports d'état.

J'ai préparé un dossier contenant tous les résultats de mes tests que je remettrai personnellement à Son Éminence demain. Pour l'instant, je ne partage cela qu'avec vous, en toute confiance, pour que vous puissiez agir à Venise.

Cordialement,
Marcello Sabatini

Après avoir relu son e-mail, Sabatini appuya sur le bouton ENVOYER. Soulagé, il commença à rassembler les résultats des tests pour le cardinal Petrini.

UNE SONNERIE inhabituelle de trois notes retentit sur le téléphone portable de l'évêque Gustavo Torricelli. Il s'agissait d'une nouveauté pour lui car il n'avait installé le programme d'espionnage des employés du musée du Vatican que récemment. Qui pouvait bien travailler à cette heure avancée de la soirée ?

Une notification apparut sur son écran, indiquant qu'un courriel venait d'être envoyé par l'un des conservateurs :

Marcello Sabatini, celui contre qui le cardinal Abruzzo venait de le mettre en garde.

Torricelli appuya sur le bouton VOIR pour ouvrir le message que Sabatini venait d'envoyer à Dominic. Son inquiétude grandit à mesure de sa lecture. Ces paroles étaient clairement incriminantes.

Il fallait faire quelque chose. Abruzzo lui avait demandé de s'occuper personnellement de cette affaire, ce qui laissait la possibilité au cardinal de nier toute implication si des accusations venaient à être prononcées contre le patriarche. Mais que faire ?

Désespéré, Torricelli réfléchit un instant, puis s'empara de son téléphone portable sur la table de nuit et le fit tourner nerveusement entre ses mains plusieurs fois en hésitant. Une fois sa décision prise, il appela l'un des numéros spéciaux enregistrés dans l'appareil.

Une voix d'homme lui répondit.

— *Sì* ?

— Faustino, vous savez qui je suis ? Bien. J'ai besoin de vos services de toute urgence. Je vais vous transmettre les informations dont je dispose à propos du sujet et je vous laisse vous occuper du reste. Oui, via nos comptes sécurisés ProtonMail. Il faut que ce soit réglé ce soir ou du moins, avant que l'individu n'arrive au travail demain matin. Toutes les informations seront indiquées dans mon mail.

VINGT-CINQ

Autrefois membre de l'escouade de démineurs d'élite des *carabinieri* italiens et fier de l'être, Faustino Perez avait été discrètement démis de ses fonctions trois ans plus tôt pour inaptitude psychologique et comportement indigne d'un représentant des forces de l'ordre.

Toute cette affaire était disproportionnée, à ses yeux. Le petit engin explosif fait-maison qu'il avait placé dans le vestiaire de sa caserne n'avait eu pour but que de faire une blague à ses collègues. L'appareil était à peine plus puissant qu'un pétard et en plus, personne n'avait été blessé. Si on ne pouvait plus rigoler…

Malheureusement pour Perez, il était le seul à le penser. Ses anciens collègues et compagnons, des officiers du même grade que le sien, faisaient semblant de ne pas le connaître lorsqu'ils se croisaient dans les bars à flics de Rome où ils se retrouvaient après leur service. Son emploi de vigile de nuit chez un petit fabricant de munitions – qui avait été facile à obtenir puisque les *carabinieri* n'auraient jamais admis ouvertement avoir engagé un psychopathe – était une véritable claque compte tenu de son niveau de compétence. Bien qu'il ne soit pas mécontent de travailler, le salaire était tellement médiocre qu'il l'obligeait à accepter des petits boulots en plus pour joindre les deux bouts.

D'ailleurs, ces petits boulots n'avaient de petit que le nom et ils lui rapportaient bien plus qu'il n'aurait jamais pu espérer gagner avec son ancien métier dans la police. Et puisqu'il avait accès à tout le matériel nécessaire, il pouvait encore mettre à profit les compétences uniques qu'il avait mis des années à perfectionner à force d'entraînement. Sans compter qu'il s'était forgé une réputation respectable au sein de cercles discrets, non seulement en tant que prestataire de service indépendant pour ce genre de tâche, mais également grâce à ses aptitudes hors pair en matière de tir de précision qui faisaient de lui un excellent assassin.

Perez n'avait pas beaucoup de temps pour se préparer à la mission Gustavo Torricelli. Il ne finissait pas sa garde avant cinq heures du matin, mais tant que le colis était près, il devait pouvoir le placer avant que *Signor* Sabatini ne parte au travail.

Il possédait déjà une belle collection de tuyaux de plomberie dans son garage et en choisit un petit qui ferait l'affaire.

Une fois à l'usine, déserte à cette heure avancée de la soirée, il se mit au travail en commençant par désactiver les caméras de surveillance des zones auxquelles il devait accéder.

Le personnel de sécurité ayant accès à l'intégralité des locaux, le gros trousseau de clés qui pendait à sa ceinture ouvrait toutes les pièces du bâtiment, y compris l'unité de stockage des produits chimiques. Tout ce dont il avait besoin, c'était d'un peu de nitroglycérine, d'une bonne dose de nitrate d'ammonium, d'un chouïa de coton collodion et d'une paire de pinces crocodile. Que des objets faciles à trouver qu'il ne mit pas plus de quelques minutes à rassembler.

Sur l'établi caché dans l'ombre à l'arrière de l'usine, il prépara les matériaux, enroula fermement le tuyau, fixa un détonateur électrique à l'une des extrémités et sécurisa les deux bouts avec du ruban adhésif. Tout en se préparant, il visualisa le scénario dans son esprit : lorsque le conducteur de la voiture tournerait la clé pour mettre le contact, la bombe exploserait.

Aux alentours de minuit, son tuyau prêt, Perez sortit du bâtiment, cacha le paquet sous le siège avant de son camion et retourna à son poste pour rallumer les caméras de sécurité. Le processus tout entier lui avait pris à peine une heure.

LORSQUE SA RELÈVE ARRIVA, peu avant cinq heures du matin, Perez pointa en sortant et prit la route vers le domicile de *Signor* Sabatini, dans le quartier de Trastevere, juste au sud du Vatican. Il faisait encore nuit, mais le soleil ne tarderait pas à pointer le bout de ses rayons. Il lui fallait agir vite.

L'e-mail sécurisé de l'évêque Torricelli indiquait que Sabatini conduisait une Fiat Panda bleu clair, une petite voiture carrée facile à forcer. Sabatini emporterait les preuves qu'il fallait détruire avec lui en partant au travail. L'allée menant aux appartements de la Via Benedetta étant trop étroite pour s'y garer, la Fiat Panda était stationnée en épi au bout de la ruelle tranquille, à gauche d'une Fiat 500.

Perez gara son camion derrière la Fiat Panda et vérifia les fenêtres des appartements, qui étaient toutes plongées dans le noir.

Glissant un outil de crochetage Slim Jim le long de la fenêtre du conducteur, il déverrouilla la portière. Une fois à l'intérieur du véhicule, il se contorsionna sous le volant et plaça le tuyau dans la cavité située derrière le tableau de bord. Il attacha ensuite les pinces crocodiles aux câbles d'allumage du contact.

Sa tâche était terminée.

VINGT-SIX

Marcello Sabatini aida sa femme à préparer le petit-déjeuner pour les enfants puis, les preuves destinées au cardinal Petrini à la main, il embrassa son épouse et conduisit ses rejetons jusqu'à l'arrêt du bus, près de l'endroit où il avait garé sa voiture.

Jetant un coup d'œil à sa Fiat Panda, il remarqua avec agacement qu'elle était coincée entre deux Fiat 500 garées à quelques centimètres de ses portières conducteur et passager. Il n'arriverait jamais à ouvrir la voiture pour se glisser dans l'habitacle. Le temps était au beau fixe, aussi décida-t-il de remonter la Via della Lugara à pied. Le trajet jusqu'au Vatican lui prendrait une vingtaine de minutes. Ça lui ferait de l'exercice.

Un peu plus tard dans la matinée, Dino et Gino Rizzo, deux frères jumeaux de dix-sept ans bien connus des *carabinieri* pour leurs faits de délinquance, étaient montés dans le bus au sortir de leur appartement délabré à Tor Bella Monaca, le quartier le plus malfamé de Rome à l'est de la ville, pour se rendre dans le quartier ouvrier de Trastevere, où la chasse aux Fiat Panda promettait d'être bonne.

À raison de douze voitures volées par heure chaque jour sur le sol italien, la Fiat Panda était la cible préférée des voleurs. Faciles à forcer, faciles à démarrer, les prises étaient conduites illico presto dans un atelier clandestin et démontées pour en récupérer les pièces. C'était un business lucratif pour la Camorra, et les frères Rizzo – deux jeunes recrues – avaient élaboré un mode opératoire qui fonctionnait comme sur des roulettes. C'était ainsi qu'ils graviraient les échelons ; avec le temps, ils en étaient sûrs, ils arriveraient tous les deux au sommet.

Le bus s'arrêta au bout de la Via Benedetta, une rue résidentielle tranquille peu passante, et les deux frères descendirent pour se mettre en quête de leur butin du jour.

Ils marchaient depuis à peine cinq minutes lorsque Dino désigna leur proie du doigt : une Fiat Panda bleu clair garée très près, à gauche, d'une Fiat 500. À l'aide d'un Slim Jim, Gino déverrouilla la portière. Lui et son frère se glissèrent à l'intérieur du véhicule par la portière conducteur.

Gino sortit un tournevis plat de sa poche arrière, l'enfonça dans le contact et donna un gros coup sur l'extrémité du manche de la paume. Il n'en fallut pas plus. Il ne lui restait plus qu'à tourner le tournevis comme s'il s'agissait d'une clé et ils pourraient prendre la route.

Souriant jusqu'aux oreilles, les frères Rizzo s'esclaffèrent en échangeant un regard. Puis, Gino démarra.

Giuseppe Franco, le peintre le plus talentueux et le faussaire en chef du Palazzo Feudatario, commença par la plus grande et la plus vieille toile à tissage simple qu'ils avaient en stock dans la vaste collection que le studio avait acquise au cours des trois siècles derniers.

Après avoir découpé la toile pour lui donner une taille similaire à un tableau de Raphaël, il la fixa, à l'aide de clous en fer d'époque baroque, sur un châssis en bois à l'ancienne tiré d'un vieux tableau. Une fois la toile montée, il entama la préparation.

La première étape consistait à la faire vieillir. Pour cela, il prépara un mélange d'eau de javel diluée qu'il appliqua sur tout l'arrière de la toile en coton, ainsi que sur les montants du châssis. Quand ce fut sec, il mélangea un composé de peinture ombre brune auquel il avait ajouté un diluant ainsi qu'un peu d'eau de pluie dans laquelle de vieux mégots de cigarette avaient trempé plusieurs jours. Il appliqua ce mélange à l'arrière de la toile pour lui donner une apparence rustique.

Il retourna ensuite la toile sur l'endroit et y appliqua plusieurs fines couches de dioxyde de zinc blanc en guise de substrat pour les couches supérieures à venir.

Pour alors, le vrai travail pouvait commencer. Armé de pigments à l'huile dont la réputation n'était plus à faire – et après avoir créé ceux dont il avait besoin à l'aide des produits chimiques courants et autres éléments naturels disponibles au XVIIIe siècle – Giuseppe entama le long processus de reproduction de *La Vierge de Foligno* de Raphaël, une tâche qui ferait appel à son œil aiguisé et à son coup de pinceau expert.

Fort de plusieurs décennies d'expérience au cours desquelles il avait parfait sa technique, Giuseppe Franco était considéré comme le meilleur auprès de ceux qui étaient au fait de ses véritables talents. Non seulement il était rémunéré rubis sur l'ongle pour ses efforts, mais il adorait son travail et était convaincu qu'en recréant leurs chefs-d'œuvre bien-aimés, il faisait revivre les artistes originaux.

Le fait que ses propres tableaux finiraient entre les mains de gens probablement incapables de les apprécier à leur juste valeur l'attristait, mais après tout, c'était l'œuvre de sa vie. Un jour, peut-être, il trouverait le temps d'en créer une pour son propre compte, si Don Gallucci l'y autorisait.

VINGT-SEPT

Assis dans le bureau du secrétaire d'État du Vatican, Marcello Sabatini attendait que le cardinal Petrini termine son appel téléphonique. Pendant qu'il patientait, il feuilleta les documents dans la pochette qu'il tenait sur ses genoux, en se préparant à expliquer les détails technologiques en termes simples.

Son téléphone vibra dans sa poche. C'était sa femme. Il décida de la rappeler plus tard et laissa la boîte vocale prendre un message.

Petrini conclut son coup de fil et raccrocha.

— Alors, *Signor* Sabatini. Quelles nouvelles avez-vous à m'apprendre sur notre problème de tableaux en double ?

— Votre Éminence, j'ai bien peur que la situation ne soit pire que nous ne l'imaginions. Pendant mon séjour à Venise, j'ai eu l'occasion d'examiner de près *La crucifixion avec les apôtres* chez la *contessa* Vivaldi. J'ai même pu prélever un infime échantillon de pigment pour l'analyser dans notre labo. Ce que j'ai découvert est pour le moins choquant : le tableau de la comtesse est un vrai et celui qui se trouve dans nos archives est une copie. Une copie excellente, même. Tellement bonne que j'ai du mal à y croire. Voici le résultat des analyses.

Il ouvrit la pochette et étala les documents qu'il avait préparés devant le cardinal Petrini en lui expliquant les détails techniques de son enquête, qui ne laissaient aucune place au doute.

— Et ce n'est pas tout, Votre Éminence. J'ai fouillé dans nos archives de ces dix dernières années et j'ai découvert qu'au moins trente-quatre tableaux ont été envoyés au Feudatario pour restauration et nous sont revenus par la suite. Étant pressé par le temps, je n'en ai testé que six, en plus du Giulia Lama, et tous se sont avérés être des contrefaçons créées d'une main experte. Nous pouvons donc conclure avec une quasi-certitude que l'entreprise de restauration Feudatario fabrique des duplicatas de nos œuvres à Venise et nous renvoient des copies à Rome. J'ai conscience que ce sont là de graves accusations, et cela signifierait également que quelqu'un au Vatican est impliqué dans cette affaire. Pour tout vous dire, cette découverte me retourne l'estomac, Votre Éminence. Qu'allons-nous faire ?

Quand Sabatini eut terminé sa tirade, Petrini tremblait d'une colère contenue. Il se leva et se mit à faire les cent pas dans son bureau.

— C'est scandaleux ! s'exclama-t-il avec fureur. Comment osent-ils trahir l'Église en mettant en place une opération aussi ignoble ?

La porte s'ouvrit et le père Bannon, le secrétaire de Petrini, passa la tête dans l'entrebâillement.

— Tout va bien, Votre Éminence ?

— Non, Nick. Non, ça ne va pas. Annulez tous mes rendez-vous de la journée. Je vous expliquerai plus tard.

Et il fit signe à son subalterne de quitter les lieux.

Petrini se remit à marcher de long en large en réfléchissant. Au même instant, le téléphone de Sabatini vibra de nouveau dans sa poche. Cette fois, son épouse lui avait envoyé un texto. Il jeta un coup d'œil :

Marcello ! La Fiat a explosé ! Il y avait deux hommes à

l'intérieur. Les *carabinieri* sont là, ils veulent te parler. Il faut que tu rentres tout de suite !

Sabatini pâlit. Ses mains se mirent à trembler. Il se leva en vacillant.

— Votre Éminence... Je... Ma voiture... Ma voiture a été piégée. Elle vient d'exploser !

~

Plus tôt dans la matinée, après avoir fait deux tours de la place Saint-Marc au petit trot, Dominic prit vers l'ouest au niveau du palais des Doges gothique et s'engagea sur la Riva degli Schiavoni pour une course de deux kilomètres. Bien que de nombreux touristes soient déjà de sortie pour se promener le long de la rive ou déguster un *espresso* et des *biscotti* à la terrasse des cafés sur la *fondamenta*, le sentier était suffisamment large pour accueillir tout le monde. Et les coureurs ne manquaient pas en cette belle matinée ensoleillée.

Après être passé devant le monument à Victor-Emmanuel II, l'église de la Pietà et le musée d'histoire navale, Dominic pénétra dans l'enceinte des Giardini della Biennale. Un kilomètre plus loin, il se retrouva dans le quartier tranquille de Sant'Elena, avec ses agréables petits chemins bordés d'ifs topiaires et de cyprès. Tout en remontant les ruelles pavées et les charmants ponts arqués qui enjambaient les canaux, il récapitula intérieurement les faits à sa disposition.

Si je comprends bien, Don Gallucci de la Camorra est à la tête de l'opération Scambio, dont le siège se trouve au Palazzo Feudatario, bâtiment dont le propriétaire n'est autre que le cardinal Abruzzo. Renzo Farelli possède une galerie d'art et est impliqué dans la mort de Carlo. Il est probablement de mèche avec Gallucci et la Camorra, et leur sert de façade pour la vente de contrefaçons, puisque c'est lui qui a vendu le Lama à la comtesse. Le message de Vivaldi parlait de deux conspirateurs au Vatican et d'un cardinal dissident. Certes, c'était il y a quelques centaines d'années, mais l'on sait que l'opération

Scambio est toujours en cours, alors il doit certainement y avoir au moins un cardinal dans le lot. Abruzzo, peut-être ? Je ne vois pas comment il pourrait en être autrement. Sa famille gère le Feudatario depuis des décennies. Mais qui peuvent bien être les deux conspirateurs à Rome ? L'accusation de Vivaldi date d'il y a longtemps. Les choses ont probablement changé depuis. Cette supercherie a très bien pu prendre de l'ampleur et le nombre de personnes impliquées a peut-être grossi.

Quand il arriva enfin devant le Ca' Sagredo, son t-shirt était collé à sa peau et ses cheveux étaient luisants de sueur tant il avait transpiré. Courir lui avait fait du bien, mais il avait l'esprit torturé par des pièces du puzzle qu'il n'arrivait pas à assembler.

Alors qu'il se dirigeait vers l'entrée de l'hôtel, il croisa deux jolies femmes vêtues de robes de printemps chics et de lunettes de soleil de marque qui le dévorèrent du regard ; « *Che bella figura !* » s'exclama l'une d'entre elle avant d'applaudir devant sa carrure athlétique et son visage séduisant.

L'incident le fit sortir de ses pensées et il s'esclaffa en rougissant, avant de se retourner vers elles pour applaudir en retour, tout en marchant à reculons. La culture italienne était parfois étonnamment directe, sans prétention ni fausse modestie. Cela lui rappelait les compliments ouverts que Livia et Hana lui avaient faits... Et aussi le regard que Marco et Hana s'étaient échangés juste après cela. Qu'est-ce qu'il se passait entre eux deux ?

UNE FOIS DOUCHÉ, Dominic décida de consulter ses mails avant d'aller retrouver Hana et les autres pour discuter de la marche à suivre.

Il tomba sur un courriel de Marcello Sabatini qu'il ouvrit. À sa lecture, un frisson d'effroi lui remonta le long de l'échine. Cette histoire avait pris une ampleur inattendue. Il était temps d'appeler le cardinal Petrini. Il composa le numéro de sa ligne directe au Vatican.

— Michael, j'étais justement sur le point de te passer un coup de fil. Tu as entendu ?

— Oui, Votre Éminence. Je viens de lire le mail de Marcello au sujet des contrefaçons. Moi aussi, j'ai des choses à vous raconter.

— Non, je ne parle pas de ça. La voiture de Marcello a été piégée. Probablement l'œuvre de la Camorra, d'après les *carabinieri*. Marcello était dans mon bureau ce matin, quand le véhicule a explosé. Deux hommes se trouvaient à bord. Des délinquants de bas étage, connus des forces de police pour trafic de véhicules volés pour le compte de la Camorra. On ignore encore s'ils essayaient de voler le véhicule ou de planter la bombe. Quoi qu'il en soit, l'attaque visait clairement Marcello. Michael, Marcello est persuadé, et moi aussi, que c'est lié à l'histoire des contrefaçons qui sortent du Feudatario. Voilà ce qu'il m'a dit…

Petrini récapitula à Dominic les faits dont Sabatini l'avait mis au courant, y compris les faux tableaux qui étaient renvoyés au Vatican, pendant que les originaux étaient probablement vendus sous le manteau par des galeries gérées par la Camorra, à Venise voire plus loin.

— La plupart sont des œuvres très connues, ajouta Petrini, alors les acheteurs doivent être des gens triés sur le volet qui sont certainement au courant qu'ils achètent des tableaux originaux ayant appartenu à des institutions de renom. Cela veut dire qu'en théorie, ils ne devraient pas les exposer au public, au risque d'être pris en flagrant délit. Mais nous savons l'un comme l'autre que les collectionneurs d'art sont prêts à accepter n'importe quoi pour mettre la main sur une pièce rare.

— Je doute que ce soit le cas de la comtesse, contra Dominic. Elle est persuadée que l'acquisition du Giulia Lama était légitime, sinon elle ne l'aurait pas accroché au vu et au su de tous, et ne nous aurait pas raconté toute son histoire avec autant de fierté.

— Peut-être était-ce une bourde de sa part. Ou peut-être

qu'elle ignore la véritable provenance du tableau en sa possession, ajouta Petrini. Dans tous les cas, je suis surpris que la Camorra ne l'ait pas remarqué et agi en conséquence. Marcello dit que la soirée de carnaval de la *contessa* était bondée. Ils auraient dû s'inquiéter, non ? C'est quand même cette peinture qui a déclenché tout cela.

Dominic repensa aux paroles de Sabatini.

— Si j'ai bien saisi, cette peinture était stockée dans les archives du Vatican depuis des années, Giulia Lama n'était pas suffisamment célèbre pour être exposée. Peut-être qu'ils utilisent les œuvres de peintres peu connus pour les vendre à des acheteurs qui les croient sur parole concernant leurs origines.

L'ampleur du problème les invita tous deux au silence.

Le cardinal fut le premier à reprendre la parole.

— Marcello est rentré chez lui pour aller voir sa voiture, mais il a dit qu'il comptait vérifier les dates des prochaines restaurations prévues au Feudatario et ailleurs. Après tout, rien ne dit qu'il n'y a pas d'autres restaurateurs dans la combine.

Dominic informa ensuite Petrini de ses activités à Venise : la découverte des messages secrets de Vivaldi, la mort suspecte du père Rinaldo, le vol de l'ordinateur portable de Livia Gallo, les grandes lignes de l'opération Scambio et leur rencontre infructueuse avec le cardinal Abruzzo.

— Abruzzo, grommela Petrini. C'est un cas, celui-là. Un homme arrogant et égoïste au possible. Il n'est pas vertueux pour deux sous, si tu veux mon avis. S'il n'était pas patriarche de Venise, le Saint-Père pourrait le faire muter facilement, mais le patriarcat vénitien est fort d'une longue tradition que même moi je ne peux influencer.

— Entre-temps, Votre Éminence, qu'allez-vous faire en interne ? Comment comptez-vous découvrir qui coordonne cette activité au sein du Vatican ?

— Quand Marcello aura avancé dans ses recherches, je pense que nous en saurons un peu plus sur le sujet. Je vais lui assigner un garde du corps sur-le-champ. Il craint pour sa vie mais à présent que nous sommes tous les deux dans la confidence, le risque est peut-être moindre. J'imagine qu'il représentait une menace aux yeux de la Camorra parce qu'il risquait d'informer d'autres personnes de sa découverte. Leur échec d'aujourd'hui les incitera probablement à changer d'approche. Je te tiens au courant si j'ai du nouveau. En attendant, fais attention à toi, Michael, et tes amis aussi. Je ne voudrais pas qu'il vous arrive malheur. Reviens vite.

CHAPITRE
VINGT-HUIT

Debout au milieu de la bibliothèque de son Palazzo San Silvestro, le cardinal Abruzzo scanna l'assistance du regard, bouillonnant de rage. Assis devant lui, Angelo Gallucci, Renzo Farelli, Giuseppe Franco et Valentina Calabrese attendaient, raides comme des piquets, que le propriétaire du Feudatario explose de colère.

— Non seulement on a dévoilé notre main sans pour autant régler la situation, mais, un coup du sort nous a fait perdre deux hommes de confiance dans cette explosion absurde. Et Sabatini est toujours en vie ! Résultat : Petrini est maintenant au courant de l'opération Scambio, à en croire l'évêque Torricelli ! Des têtes vont bientôt tomber au Vatican. La première risque d'être celle de Torricelli, s'il venait à être démasqué, ce qui serait une perte tragique pour notre opération. Ce n'est qu'une question de temps avant que tout ce que ma famille a bâti pendant des générations ne s'écroule. C'est inacceptable ! Angelo, je veux que ton équipe s'occupe de ces petites fouines qui mettent leur nez dans nos affaires à Venise. Ce père Dominic et ses amis ne cessent de nous causer des ennuis. Quoi que tu fasses, fais en sorte que ce soit discret et indéfectible. Je veux que leurs

155

cadavres soient transportés dans la lagune de Venise, au-delà de Burano, et qu'ils soient lestés. Il me semble que nos amis siciliens appellent ça des « bottes en béton » mais tu t'y connais mieux que moi en la matière.

— Des chaussures en béton, Votre Éminence, rectifia Gallucci. Et c'est une légende sans fondement. Personne ne les utilise. Le béton met trop de temps à sécher et la victime doit rester debout pendant que…

Abruzzo tapa du poing sur son bureau et Gallucci referma la bouche sans terminer sa phrase. Le patriarche décocha un regard noir au Don, peu habitué à être corrigé, surtout sur des questions de sémantique. Après un moment de silence, il reprit :

— Il faut déplacer notre projet actuel du Feudatario vers un endroit sûr. Je crains qu'ils ne tentent une descente dans notre studio. Renzo, votre galerie est-elle assez grande pour accueillir le Raphaël en toute sécurité ? C'est ma principale préoccupation pour l'instant.

— Oui, Votre Éminence, on peut s'en charger. Il faudra que je fasse de la place mais on devrait être prêt à le recevoir dans deux jours.

— Bien. Pour ce qui est de Rome…

La salle des archives du musée du Vatican était remplie d'armoires de classement gris et noir de tailles diverses, certaines fermées par une serrure, d'autres protégées par un cadenas à combinaison, mais la plupart n'étaient pas verrouillées. Marcello Sabatini savait où se trouvaient les documents dont il avait besoin : le rayon des restaurations.

Il ouvrit le meuble contenant la documentation relative aux œuvres d'art envoyées au Feudatario (ou qui devaient l'être prochainement) et en sortit plusieurs épais dossiers qu'il posa sur l'immense table de lecture derrière lui.

La tâche promettait d'être chronophage. Il prit une chaise et commença par les dates les plus récentes.

La semaine précédente, l'un des tableaux de Raphaël les plus prisés du musée avait été expédié à Venise, constata-t-il avec inquiétude. Il mit le document d'expédition de côté. Dans moins de huit jours, un Caravage d'une valeur inestimable devait être restauré afin de réparer une petite déchirure dans un coin inférieur. Il ajouta ce document à la pile. Il était hors de question que cette peinture quitte le Vatican tant que cette affaire ne serait pas réglée.

En remontant dans le temps, il tomba sur les six contrefaçons qu'il avait découvertes précédemment. Bien qu'il ait déjà des preuves scientifiques en main, il les ressortit pour les soumettre à l'examen du cardinal Petrini et de la brigade de l'art. Il allait falloir demander l'intervention des *carabinieri* chargés de protéger les trésors artistiques du pays.

Tout en s'émerveillant devant le culot qu'il fallait pour entreprendre un tel projet, en particulier contre le Vatican, il lui vint à l'esprit que d'autres institutions de renom étaient peut-être victimes du complot, elles aussi, car le Feudatario comptait parmi ses clients des musées et des galeries de toute l'Italie. Les informer de cette supercherie allait s'avérer délicat.

Il allait devoir contacter ses collègues au sein de ces organisations et les mettre au courant de sa découverte — en toute confidentialité, bien sûr, car il s'agissait là d'une publicité extrêmement négative qu'aucune galerie ne souhaitait.

La première chose à faire était d'exiger la restitution du Raphaël.

~

Sabatini appela son ami de la Galerie des Offices de Florence, qui abritait les plus belles œuvres d'art d'Italie : des pièces de Giotto, della Francesca, Botticelli, de Vinci, Michel-Ange et

Le Caravage, entre autres. Autant d'appâts de choix pour une opération aussi vaste et répugnante que celle du Feudatario.

— *Ciao*, Giancarlo, c'est Marcello Sabatini du musée du Vatican. Ça va, *grazie*. Je t'appelle pour une affaire confidentielle de la plus haute importance et j'ai besoin de toute ton attention. Je ne te dérange pas ?

VINGT-NEUF

Il était minuit, et après avoir observé l'édifice depuis la ruelle située à l'arrière du bâtiment pendant une heure, Marco avait établi qu'un seul garde était de service, assis à la réception du rez-de-chaussée. Les yeux rivés sur son téléphone portable, il buvait son café.

Marco, Karl et Lukas, tous des grimpeurs chevronnés, escaladèrent rapidement la façade arrière de la bâtisse pour atteindre le toit au-dessus du quatrième étage. Le grand plafond de verre à huit panneaux inclinés qui laissait entrer la lumière naturelle en abondance dans le studio situé juste en-dessous s'avérait être le meilleur moyen de pénétrer par effraction dans le Palazzo Feudatario.

Allongés sur les tuiles de brique rouge de la toiture, les trois hommes jetèrent un coup d'œil à travers les vitres, guettant des signes d'activité dans l'atelier avant de se mettre au travail. La pièce était vide et plongée dans le noir.

Karl, qui était le plus doué des trois pour crocheter les serrures grâce aux enseignements de son collègue de la Garde suisse, Dieter Koehl, et d'un gitan rencontré au cours de ses aventures précédentes, commença par le moraillon de verrouillage de l'une des fenêtres. Au prix d'un certain effort, il finit par le dégager et la fenêtre à charnières s'ouvrit. Aucune alarme ne retentit.

Les trois hommes attachèrent leur corde à une cheminée sur le toit, avant de descendre un à un en rappel, jusqu'à poser silencieusement le pied sur le sol du studio. Marco repéra deux caméras de vidéosurveillance dans des coins opposés de la pièce et sortit de la poche de sa veste un puissant rayon laser de classe IV en forme de stylo qu'il pointa sur chacun des appareils tout en restant dans leur angle mort.

Il braqua le faisceau laser vert sur l'ensemble de la lentille, en sachant pertinemment que son geste brûlerait les capteurs CCD, créant des pixels défectueux sur l'image enregistrée. Ses compagnons purent ensuite poursuivre leur mission.

Le gigantesque studio du quatrième étage était rempli de chevalets et de toiles à différents stades de restauration. Tout un tas d'outils spécialisés, de pots de peinture, de solvants, de diluants et de pinceaux étaient répartis sur les nombreuses tables.

Chacun se faufila à travers le bazar qui encombrait la pièce faiblement éclairée par la lune, à la recherche de son butin. Quelques instants plus tard, Lukas émit un léger sifflement pour faire signe aux deux autres de le rejoindre.

La Vierge de Foligno était là, accrochée bien en évidence sur le mur, entourée de nombreux autres tableaux.

Sans surprise, un énorme chevalet se tenait à côté, avec une copie presque terminée du chef-d'œuvre de Raphaël. Marco sortit une petite lampe LED de sa veste pour mieux examiner la reproduction. En comparant les deux tableaux, il fut surpris de voir à quel point ils paraissaient identiques. À ses yeux, en tout cas. Qui que soit l'artiste, il excellait dans son travail. Marco sortit son iPhone, prit une photo des deux œuvres ainsi que plusieurs clichés de l'atelier, puis rangea son téléphone dans sa poche. Il saisit ensuite le couteau militaire Gerber LMF dans le fourreau à sa ceinture, le leva bien haut au-dessus de sa tête avant de l'abattre sur la contrefaçon sans le moindre scrupule, malgré les compétences artistiques indéniables du faussaire. Son geste créa une longue entaille béante qui s'étendait du haut du tableau jusqu'à sa base.

LE GARDE au rez-de-chaussée venait de poser sa tasse de café sur le comptoir lorsqu'il se tut, persuadé d'avoir entendu quelque chose à l'étage. Un son qui se répercuta dans le grand atrium ouvert. Un bruit de déchirure.

Il composa le code sur le clavier numérique pour déverrouiller la porte de l'escalier, sortit son Glock 19 et gravit les marches de l'escalier en silence.

À LA RECHERCHE de preuves supplémentaires pour défendre leur dossier auprès du Vatican, Karl et Lukas dénichèrent des armoires à classement derrière la porte d'entrée du studio et fouillèrent parmi les papiers, en espérant y trouver des actes de vente de commandes passées ou des factures de restauration. S'ils parvenaient à mettre la main sur les noms et adresses des acheteurs, ils pourraient transmettre le tout à la brigade italienne de protection du patrimoine culturel pour qu'elle s'en occupe.

Au même instant, la porte de l'atelier s'ouvrit et le garde fit irruption dans la pièce en pointant son Glock sur Marco qui se tenait à côté du chevalet au centre de la pièce, bien en évidence sous le clair de lune.

Le vigile braqua sa lampe sur le commando et aperçut le visage du Français, juste avant que Karl, qui bondit de derrière la porte ouverte, ne se jette sur son arme. Karl pivota brusquement, projetant l'homme face contre terre sur le plancher. Le choc coupa le souffle du garde, et le Glock lui échappa des mains et glissa sur le sol. Karl se plaça immédiatement au-dessus de lui en position de *shime-waza*, une technique d'étranglement de judo destinée à rendre un adversaire hors d'état de nuire. Puis, il roula sur le côté pour se retrouver sous lui et lui encercla la gorge de son bras droit. Il resserra sa prise sur le cou de l'homme qui se débattit, agitant les membres dans tous les sens, mais incapable d'échapper à la poigne de fer de Karl.

Quinze secondes plus tard, le garde s'évanouit et son corps retomba mollement.

Karl le poussa sur le côté puis se releva, le souffle court.

— Ça va ? demanda Lukas en posant les mains sur les épaules de son partenaire.

— Je vais bien, répondit Karl, haletant.

— Bon, j'ai l'impression qu'on a pris le contrôle des lieux, du moins tant que le garde reste dans les vapes, dit Marco. Trouvez-moi ces documents et déguerpissons. Cherchez aussi le journal Coscia, pendant que vous y êtes. On en a besoin : c'est une preuve indéniable.

Karl et Lukas fourrèrent dans leur sac à dos autant de dossiers que possible parmi ceux qui leur semblèrent pertinents. Ils fouillèrent le studio à la recherche d'autre chose d'utile, mais ne virent rien qui ressemble au journal Coscia. Si journal il y avait, il devait se trouver en sécurité dans un coffre-fort.

N'ayant rien trouvé d'intéressant, ils se hissèrent l'un après l'autre sur la corde à l'aide du coulisseau et, une fois de retour sur le toit, Karl referma la fenêtre à charnières derrière eux.

Lorsque le garde reprit connaissance, quelques minutes après le départ de ses assaillants, il téléphona à Angelo Gallucci pour lui signaler l'effraction, mais n'osa pas appeler les *carabinieri*, pour des raisons évidentes. Il ne remarqua pas les dégâts causés à la toile de Raphaël contrefaite par Giuseppe, mais déclara que les voleurs avaient fouillé dans les dossiers et que, à première vue, c'était tout ce qu'ils avaient fait. Il affirma également avoir aperçu le visage de l'un des hommes avant d'être mis à terre et jura qu'il pourrait le reconnaître sans peine s'il le croisait. Bien qu'en colère, Gallucci admit qu'il n'y avait rien à faire pour l'instant. Il serait là demain à la première heure.

Lorsque Giuseppe Franco arriva au studio dans la matinée, il fut dévasté et s'effondra en larmes en découvrant la destruction de son travail minutieux sur la reproduction du Raphaël. Près d'une semaine entière de longues journées et de nuits éprouvantes s'était envolée en un coup de lame. Qui avait bien pu commettre un acte aussi cruel sur une œuvre d'une telle beauté ?

Aux yeux de Don Gallucci, l'identité du coupable ne faisait aucun doute. L'incident ne fit que renforcer sa détermination à se débarrasser de Dominic et de ses amis.

Il sortit son téléphone et passa un coup de fil.

CHAPITRE

TRENTE

La *Tutela Patrimonio Culturale* d'Italie, une unité spéciale des *carabinieri* aussi connue sous le nom de brigade de l'art, occupait un *palazzo* baroque de trois étages sur la Piazza Sant'Ignazio, en face de l'église jésuite de Saint-Ignace. Elle était dirigée par le colonel Benito Scarpelli, un sexagénaire méticuleux qui exerçait ses fonctions depuis une vingtaine d'années et avait auparavant travaillé comme conservateur d'antiquités pour la maison de ventes aux enchères Sotheby's à Londres.

Le cardinal Petrini venait de l'appeler : les nouvelles étaient mauvaises, sans pour autant être surprenantes. Scarpelli avait déjà collaboré plusieurs fois avec le Vatican, en tant que dépositaire de certaines d'œuvres d'art parmi les plus précieuses au monde. Mais des originaux échangés avec des contrefaçons directement dans les musées du Vatican ? C'était une première. Il allait devoir confier l'affaire à un professionnel, un spécialiste en chefs-d'œuvre de vieux maîtres avec un don pour détecter les signes distinctifs des faussaires les plus habiles. Un seul homme serait à la hauteur de cette tâche : l'agent spécial Dario Contini.

Contini était expert en techniques de création de tableaux d'époque. À l'aide de méthodes et d'outils spécialisés divers et variés, il était capable de reconnaître les composants chimiques utilisés sur la toile, d'identifier si les pigments et liants étaient anciens ou récents, et même de déterminer combien de couches et de lavis avaient été appliqués.

C'était aussi un incorrigible amateur de chewing-gums, ses préférés étant les Black Jack à l'arôme relevé d'anis ; il était convaincu que ces derniers l'aidaient à se concentrer sur son travail.

Contini avait déjà travaillé avec Marcello Sabatini. Les deux hommes partageaient des particularités similaires dans leurs domaines respectifs. Mais puisque Sabatini, craignant pour sa vie, s'était retiré de l'affaire – selon les dires du colonel Scarpelli – Contini était désormais livré à lui-même.

Le cardinal Petrini lui avait envoyé l'ensemble des preuves récoltées par Sabatini ; ce fut donc par là qu'il commença. Afin de s'assurer que les découvertes de Marcello étaient correctes, Contini procéda aux habituels tests sur l'échantillon prélevé sur le Giulia Lama.

S'il y avait bien un appareil qui n'avait pas encore été utilisé par Sabatini, c'était le spectromètre infrarouge à transformée de Fourier, un engin rare et onéreux qui permettait d'obtenir un spectre d'absorption infrarouge, tout en collectant des données de haute résolution à travers une large gamme spectrale.

L'échantillon de pigment provenant du Lama de la *contessa* s'avéra, comme prévu, être authentique pour l'époque. Le tableau de la comtesse Vivaldi était donc bel et bien l'original. Cette information le rassura, et il accepta les conclusions de Sabatini concernant les six autres contrefaçons dans l'inventaire du Vatican. Il était temps de passer à l'enquête du Feudatario au sens large, dans l'espoir de prendre la mesure de l'ampleur de cette opération.

Et puisque la Camorra était impliquée, il allait avoir besoin d'une protection rapprochée ; il savait par expérience qu'il ne fallait jamais prendre de risques avec la Mafia.

Pendant qu'il s'occupait de recruter deux agents compétents

pour l'accompagner, il demanda à son assistant de lui réserver un billet à bord du prochain train pour Venise.

— *SIGNORA* CALABRESE, je me dois d'insister sur le retour immédiat de notre Raphaël au Vatican, appuya le cardinal Petrini, au téléphone avec la gestionnaire du Feudatario. Nous entretenons actuellement de sérieux doutes concernant vos services. Je me trouve présentement à Venise avec deux gardes suisses. Ils vous aideront à remballer et renvoyer le tableau cet après-midi. Nous ignorons encore si nous collaborerons de nouveau avec votre entreprise à l'avenir.

— Mais Votre Éminence, y a-t-il une raison que je puisse donner au propriétaire afin d'expliquer votre position ? geignit Valentina Calabrese. Ou quoi que ce soit d'autre que nous puissions faire pour vous ?

— Ce ne sera pas nécessaire. Et puis, comme je viens de vous le dire, nous entretenons simplement des inquiétudes d'ordre personnel. Ayez l'amabilité de faire ce que je vous ai demandé. Mes hommes seront là demain matin à dix heures. *Arrivederci.*

Petrini appela ensuite Dominic.

— Michael, j'ai besoin que tu envoies le sergent Dengler et le corporal Bischoff au Palazzo Feudatario à dix heures demain matin afin de superviser l'emballage et le renvoi de notre Raphaël. On ne peut pas prendre le risque que ces crapules tentent de le reproduire. Je me suis arrangé pour qu'un camion blindé de Mestre les rejoigne à Tronchetto.

— Justement, Votre Éminence, on s'en est déjà occupé après avoir découvert qu'ils étaient en train de préparer une contrefaçon. Marco Picard de l'équipe de sécurité d'Armand de Saint-Clair est ici avec nous ; lui et les gardes ont... euh, minimisé la situation. Je doute que vous ayez envie de connaître les détails.

Petrini savait qu'il valait mieux ne pas poser de questions.

— Remercie-les de ma part, Michael. Et oui, il est préférable que je ne connaisse pas les moyens employés dans tes opérations. Quand penses-tu être de retour ?

— Honnêtement, il y a encore beaucoup à faire ici. On vient de me dire que le colonel Scarpelli, de la brigade de l'art, va nous envoyer Dario Contini, leur meilleur expert en contrefaçons, pour nous épauler. On a aussi mis la main sur certains fichiers du Feudatario concernant des restaurations antérieures, et Hana et moi allons les examiner avec l'agent Contini. Je vous tiendrai informé de nos activités.

La lune était presque pleine quand Marco et Anna s'installèrent à la Terrasse Gritti, ce soir-là. La vue sur la Punta della Dogana et la basilique Santa Maria della Salute, de l'autre côté du splendide Grand Canal, accompagnée des lueurs pâles de l'astre nocturne qui se reflétaient sur les élégantes gondoles noires glissant sur l'eau, formaient un cadre idyllique. L'un des gondoliers se mit à chantonner un aria romantique tout en ramant doucement. À bord de son embarcation, deux amoureux se serraient sous une couverture rouge en admirant la belle Sérénissime dans une promenade de rêve.

Avant leur arrivée, Marco avait commandé une bouteille de Bruno Rocca Barbaresco. Le serveur l'avait déjà ouverte pour l'aérer et leur en servit un verre quand ils s'assirent.

— Je dois admettre que j'ai été surprise quand tu m'as invitée à dîner, dit Hana en repoussant une mèche de cheveux châtains derrière son oreille, mais j'espérais que tu le ferais.

— Et moi, j'espère que cela ne dérangera pas ton grand-père, avoua Marco avec un sourire. Après tout, je suis censé faire mon travail ici, qui est d'assurer ta sécurité.

— Et qui dit que tu ne le fais pas ? Si ça peut te rassurer, je ne me suis jamais sentie autant en sécurité qu'avec toi, ici et maintenant.

Leurs regards se croisèrent et Marco leva son verre.

— À celle qui allège mes peines et décuple mes joies.

Touchée par sa galanterie, Hana eut un petit rire nerveux et but une longue gorgée de vin pour se donner du courage.

— J'espère que ça ne t'embête pas, dit-il, mais je nous ai déjà commandé à manger. J'ai parlé au chef tout à l'heure et je lui ai demandé de nous préparer ses spécialités hors-menu les plus originales. Il te cuisine un magret de canard avec des pâtes fregula à l'orange et une purée de carotte. Ça donne l'eau à la bouche, non ?

— Mon dieu, tu as pensé à tout ! Effectivement, ça a l'air divin. Et toi, tu as pris quoi ?

— Il a insisté pour que je goûte son filet de bœuf à la sauce Amarone, aux artichauts et aux échalotes. Que pouvais-je bien dire à part *sì, signore ?*

— Vous autres Français, vous savez comment charmer une fille.

— En parlant de ça, j'ai prévu une petite surprise après le dîner. J'ai loué un de ces bateaux traditionnels en acajou pour voguer sur les canaux vénitiens au clair de lune. C'est le soir idéal pour ce genre d'escapade. Je serai votre chauffeur pour la soirée, *signorina.*

Les mains d'Hana tremblèrent légèrement quand elle s'empara de son verre. La soirée promettait d'être délicieuse, songea-t-elle avec un soupir de contentement.

Le serveur apporta leurs plats et ils discutèrent de leurs enfances respectives et de leurs vies avant de se rencontrer, tout en savourant leurs mets. Cela faisait longtemps qu'Hana n'avait pas eu la moindre romance dans sa vie – en dehors de ses sentiments réprimés pour un certain prêtre inaccessible – et se trouver en compagnie de Marco la mettait d'humeur optimiste et enjouée.

Tout en profitant lui aussi de la compagnie d'Hana, Marco – toujours vigilant à ce qui l'entourait – était conscient qu'on les observait. Il remarqua entre deux bouchées que le garde que Karl avait assommé au Feudatario marchait dans l'ombre sur la *fondamenta* au bord du canal et jetait des coups d'œil dans leur direction de temps à autre. Un autre type l'accompagnait, et ils fumaient tous les deux en flânant le long de la promenade. Marco nota plus tard qu'ils étaient partis d'un côté pour revenir ensuite au restaurant. De toute évidence, leur présence n'était pas une coïncidence.

UNE FOIS LE DÎNER TERMINÉ, Marco et Hana se dirigèrent main dans la main vers le service de location de bateaux sur la Fondamenta Cannaregio, non loin du restaurant. Ayant déjà tout prévu, Marco accompagna Hana jusqu'au bateau qui les attendait. L'élégant Aquariva Super de quarante nœuds, avec son pont en acajou, ses incrustations en érable et ses somptueux sièges en cuir couleur ivoire était un indémodable de toute beauté ; l'un des plus beaux d'Italie.

Un bref coup d'œil à l'entour lui indiqua qu'ils avaient probablement semé leurs suiveurs. Toutefois l'expérience et l'intuition de Marco lui intimèrent de ne pas baisser sa garde. Il démarra le puissant moteur, le fit ronfler un instant, puis s'éloigna du quai en direction du Grand Canal. La vitesse étant limitée à sept kilomètres par heure, ils voguèrent lentement sur les eaux en se frayant un chemin entre les gondoles, tout en admirant les *palazzi* magnifiquement éclairés. Marco s'engagea dans un canal un peu plus étroit menant vers l'intérieur de l'île, afin d'offrir à Hana un aperçu de la vraie Venise, celle que très peu de touristes avaient l'occasion de voir. L'absence de lampadaires dans la ruelle et le clair de lune comme seul guide ajoutaient à l'ambiance romantique du cadre.

Ils sillonnaient le paisible Rio de la Madalena dans le *Sestiere* de Cannaregio quand Marco entendit le vrombissement sourd d'un autre bateau dans les parages. Sous prétexte de s'adresser à Hana qui était assise derrière lui, il se retourna et remarqua un Chris-Craft Corsair de couleur noire qui les suivait à une cinquantaine de mètres. Il bifurqua à droite pour s'engager sur le

Rio di Santa Fosca ; quelques instants plus tard, l'embarcation sur leurs traces vira de bord également, toujours sur leurs talons.

Une idée lui vint.

Au bout de la Santa Fosca, il tourna à gauche sur le Rio de Noal – lequel les mènerait bientôt dans la vaste lagune vénète, où il pourrait mettre les gaz en direction des îles périphériques de Murano et Burano.

Après avoir demandé à Hana de le rejoindre à la barre, il lui montra les commandes et la laissa manier le gouvernail. Le Rio de Noal était un canal plus large, dépourvu de circulation ; il y avait donc peu de risque qu'elle rencontre un problème durant cette courte leçon de pilotage. Il lui apprit à manœuvrer le bateau et à accélérer : c'était tout ce qu'elle avait besoin de savoir pour qu'il puisse mettre son plan à exécution.

— Bon, ne panique pas, dit Marco d'une voix laconique, mais la raison pour laquelle je t'apprends à naviguer, c'est parce qu'on nous suit. Non ! Ne te retourne pas... Ça fait depuis le dîner qu'ils nous observent. Parmi eux, il y a le garde du Feudatario avec qui Karl a eu affaire. J'ai un plan pour quand on arrivera à l'île de Burano, mais j'ai besoin que tu gardes le contrôle du bateau. C'est tout, je m'occupe du reste.

Hana était désormais sur le qui-vive. Son rendez-vous galant était sur le point de prendre un tournant dramatique imprévu.

Quand ils quittèrent la jetée pour pénétrer dans la lagune, Marco lui ordonna d'accélérer et le moteur se mit à vrombir. Dix, quinze, vingt, vingt-cinq nœuds. À trente nœuds, ils avaient atteint une vitesse raisonnable et fendaient les eaux paisibles.

Le Chris-Craft leur emboîta le pas, les poursuivant à la même vitesse, une centaine de mètres en retrait.

Après avoir passé l'île San Michele, ils dépassèrent Murano en route vers Burano. Tout comme Venise, ces îles disposaient aussi de canaux intérieurs plus petits. Si le plan de Marco fonctionnait, ils seraient enfin tranquilles, mais, et il en était certain, non sans avoir à se battre.

Après avoir atteint le Rio di San Mauro, l'entrée sud-ouest

donnant sur Burano, Marco saisit le gouvernail et pénétra lentement dans la voie d'eau résidentielle. Il comptait attendre qu'ils soient à mi-parcours avant de tenter son coup. Tout ce qu'il lui fallait, c'était un pont. Il en trouva un sur la carte du bateau : le « Pont des amoureux », qui traversait la prochaine intersection au niveau du Rio Assassini. Il sourit en voyant le nom du canal : le « fleuve des assassins », l'endroit parfait pour mettre son plan à exécution.

Ils se dirigeaient maintenant vers l'est, le long du Rio Assassini. Le pont était au bout, à un virage serré vers le nord. Il expliqua son plan à Hana.

Quand leur bateau vira en direction du nord, les mettant hors de vue du Christ-Craft, Marco ôta sa veste et plongea dans l'eau. Il nagea jusqu'à la *fondamenta* puis se hissa hors de l'eau et courut pour revenir sur le pont, avant de s'accroupir face au nord, son couteau tactique Gerber fermement serré dans sa main. Hana suivit ses instructions et, après avoir tourné, mit le bateau au point mort pour le laisser remonter paisiblement le long du Rio Pontinello.

Le Chris-Craft tourna lentement vers le nord en approchant du bas pont. Quand le véhicule apparut lentement sous ses pieds, Marco, qui se tenait en équilibre sur le parapet, sauta en contrebas et atterrit sur l'homme qui n'était pas aux commandes. Un coup de lame à travers la gorge suffit à le mettre à terre.

Pris par surprise, le pilote lâcha le gouvernail et se retourna pour affronter son adversaire. Il était sur le point de dégainer son pistolet, mais Marco fut plus rapide et l'éventra avec son Gerber, puis retint le corps qui s'effondra dans ses bras. Le bateau, qui avançait à vitesse réduite, rentra doucement dans deux autres embarcations amarrées le long du canal. Après avoir vérifié les cartes d'identité des deux hommes et récupéré leurs effets personnels, Marco redressa la barre et accéléra pour rattraper l'Aquariva.

Comme prévu, Hana remit le bateau en marche puis le guida jusqu'au bout du petit canal et sortit sur la lagune de Venise.

Marco la suivit avec le Chris-Craft. Quand ils eurent tous deux quitté la jetée, Marco ouvrit la voie, fonçant vers le nord en direction d'un groupe d'îles éparses sauvages, à l'est de Burano, suivi de près par Hana aux commandes de l'Aquariva.

Une crique reculée se trouvait à l'extrémité de l'une des îles ; Marco jeta l'ancre par-dessus bord puis effaça ses empreintes du gouvernail et des surfaces du bateau qu'il avait pu toucher.

Hana se stationna à côté du Chris-Craft et Marco sauta par-dessus bord pour atterrir sur l'Aquariva.

Quelques instants plus tard, ils étaient de retour dans les eaux libres de la lagune. À bout de souffle après les événements et grelottant à cause de ses vêtements trempés, Marco mit les gaz en direction du sud.

Hana lui rendit sa veste et enroula une couverture autour de ses épaules pendant qu'il pilotait, en le dévisageant d'un air sérieux mais admiratif. Debout, face à elle, il lui rendit son regard et l'attira dans ses bras avec fermeté. Ils échangèrent un long et fougueux baiser sur le bateau qui filait à travers la lagune pour retourner à Venise.

CHAPITRE
TRENTE-ET-UN

Après son jogging matinal, Dominic se doucha et s'habilla. N'ayant pas de nouvelles d'Hana depuis la veille au soir – elle était probablement occupée à écrire son article sur le carnaval –, il décida de passer la chercher pour l'inviter à se joindre à lui pour le petit-déjeuner.

Tout sourire, il frappa à la porte de sa suite. Quelques instants plus tard, Marco lui ouvrit, vêtu d'une simple serviette de bain blanche enroulée autour de sa taille étroite.

— Oh, Michael ! le salua-t-il d'un ton enjoué en repoussant ses longs cheveux humides derrière sa tête d'un bras musclé. Hana est sous la douche mais elle ne devrait pas tarder. Ça te dirait de te joindre à nous pour le petit-déjeuner ?

Dominic sentit son sourire se transformer en grimace gênée. Choqué, il fixa longuement Marco sans dire un mot, incapable de comprendre ce qu'il avait sous les yeux. Mince ! Qu'est-ce que ce type était bien bâti ! Mais qu'est-ce qu'il fichait dans la chambre d'Hana ?

— Je… euh…, balbutia-t-il. OK, va pour le petit-déj'. Bon… On se retrouve en bas.

— Ça marche. *Ciao* ! répondit Marco avant de refermer.

Dominic resta un instant planté devant la porte. Il ignorait

173

que ces deux-là étaient proches à ce point et n'était pas certain de savoir comment réagir à la nouvelle. Était-ce de la colère qu'il ressentait ? Un instinct protecteur ? Ou bien – que Dieu lui pardonne – de la jalousie ? Quoi qu'il en soit, ça le prenait aux tripes. Un sentiment viscéral, presque primitif. Hana était son amie, mais cela s'arrêtait là. Il n'aurait jamais cru que… Qu'est-ce qu'il n'aurait jamais cru, au juste ?

Karl et Lukas étaient déjà attablés au restaurant et attendaient leur commande. Dominic se joignit à eux et demanda un café au serveur.

Quelques minutes plus tard, Hana et Marco arrivèrent, le bras de ce dernier enroulé autour des épaules de la jeune femme. Il tira sa chaise lorsqu'elle s'assit et prit place à côté d'elle. Tous deux affichaient un sourire gêné.

Autour de la table, tout le monde se tut. De surprise ou d'admiration, on n'aurait su le dire. Sauf Dominic, qui broyait du noir. Et puisqu'il n'avait pas pour habitude de cacher ses émotions, cela se lisait clairement sur son visage.

Sa réaction n'échappa pas à Hana mais elle jugea préférable de se concentrer sur les événements de la veille.

— Devinez un peu ce qui nous est arrivé hier soir ! dit-elle au groupe d'un ton neutre. On était en train de faire un tour de bateau sur le Grand Canal, Marco et moi, quand il a remarqué qu'on nous suivait…

Elle leur raconta l'histoire, en omettant de parler du dîner romantique, jusqu'à ce que tout le monde autour de la table, Dominic compris, soit pleinement à l'écoute de leur aventure.

— Je préférerais ne pas entrer dans les détails concernant le destin de ces hommes, interrompit Marco quand Hana arriva à ce moment du récit, mais sachez qu'ils ne nous importuneront plus. Leurs intentions à notre égard étaient clairement mauvaises. Le conducteur m'a mis en joue et était prêt à m'abattre sur-le-champ. Je ne serais pas surpris que nous soyons tous en danger, alors restez sur vos gardes. Je suis sérieux. J'ai pris leurs papiers et je demanderai à Interpol de vérifier leur identité, mais je suis persuadé qu'ils faisaient partie de la Camorra.

— Si je comprends bien, des gangsters vous ont poursuivis en bateau sur la lagune ? demanda Karl, des étoiles dans les yeux. Comme dans un film de James Bond ?

— Et c'est moi qui conduisais ! ajouta Hana avec fierté. Je n'avais pas ressenti un tel frisson d'excitation depuis... depuis notre escapade en Argentine avec ce Dr Kurtz et ses plans diaboliques.

Elle posa un regard admirateur sur Marco, qu'elle avait justement rencontré pour la première fois pendant leur aventure en Argentine.

— Il va falloir que je vous laisse, j'ai du travail. Ça m'était sorti de la tête, déclara soudain Dominic en se levant de sa chaise. Karl et Lukas, n'oubliez pas d'aller récupérer le Raphaël, dans la matinée. Retrouvons-nous ici quand ce sera fait pour discuter de notre prochaine étape. À plus tard.

Il agita brièvement la main en guise d'au revoir et se dirigea vers l'ascenseur.

— Qu'est-ce qui lui arrive ? fit Marco.

Hana lui lança un regard entendu et se pencha à son oreille.

— Ça va peut-être te paraître bizarre, mais je crois que ça le dérange de nous voir ensemble. Michael et moi, on est assez proches. Et Michael est un homme, après tout, mais il est contraint par son vœu de chasteté, ce qui doit le déranger. Personnellement, je ne comprends pas pourquoi l'Église reste attachée à une coutume aussi archaïque.

— Je suis d'accord avec toi, murmura Marco en retour, mais si c'est le cas, ça veut dire qu'il sera en concurrence avec moi pour t'avoir. Je ne voudrais pas lui faire de mal. Michael est un chic type.

Hana sourit en rougissant, mais elle balaya d'un regard

inquiet le hall désormais vide où son ami cher avait disparu de sa vue.

~

À DIX HEURES TAPANTES, Karl et Lukas se présentèrent au Palazzo Feudatario pour s'assurer que le Raphaël était bien emballé et prêt à partir. Quatre hommes attendaient de recevoir le colis sur la barge orange et blanc amarrée au quai. Le camion blindé loué à Mestre – la dernière ville avant de traverser la chaussée pour pénétrer dans Venise – attendait déjà sur le parking Venezia Tronchetto près de la gare ferroviaire pour ramener le tableau à Rome.

Valentina Calabrese accueillit froidement les deux gardes suisses ; aucun autre membre du personnel ne semblait présent dans le bâtiment. La boîte avait été scellée et descendue à la réception via l'ascenseur.

— *Signora*, avant de signer le bon de réception, pourriez-vous ouvrir la caisse pour que l'on puisse s'assurer que le tableau est dans le même état qu'à son arrivée ?

Bien qu'il s'agisse là du protocole habituel pour une œuvre d'une telle valeur, Valentina soupira bruyamment et sortit son téléphone pour demander à l'un de ses hommes de descendre les outils nécessaires à l'opération.

Après avoir vérifié que tout était en ordre, Karl demanda à l'équipe de transport de transférer la caisse sur la barge. Une vingtaine de minutes plus tard, Lukas et lui montèrent à bord, et l'embarcation glissa lentement le long du Grand Canal en direction du Tronchetto. On hissa prudemment le tableau à bord du camion blindé et le Raphaël s'en alla pour Rome. Leur tâche terminée, Karl et Lukas hélèrent un *vaporetto* pour rentrer au Ca' Sagredo.

~

DE RETOUR DANS SA SUITE, Dominic se mit à faire les cent pas, incapable de se débarrasser de la boule qui s'était logée au creux de son estomac. Il avait bien une idée de ce qui le mettait dans cet état, mais rechignait à l'admettre. En passant devant le miroir au-dessus du bureau, il entrevit son reflet. La personne qui lui rendit son regard n'était pas l'homme qu'il connaissait, mais un être moins beau, petit, agacé par des trivialités. Ce type lui déplaisait.

J'ai choisi cette existence pour une bonne raison, se rappela-t-il. *Je savais pertinemment ce à quoi je renonçais en entrant dans cette profession. Laisse couler, Michael. Elle sera toujours dans ta vie, simplement, pas de cette façon. Marco est un bon gars. Ils vont bien ensemble.*

Mieux valait trouver une tâche pour lui occuper l'esprit, un projet qui détournerait son attention des émotions qui le hantaient.

Les dossiers du Feudatario étaient la distraction idéale. Il ouvrit le premier fichier sur le haut de la pile.

Une par une, il examina chaque facture, chaque fiche de restauration, chaque description des tableaux qui avaient été confiés au Feudatario, et ne put s'empêcher de remarquer qu'un nom revenait souvent : celui d'Eldon Anton Villard. Pourquoi ce nom lui semblait-il familier ? Ah, oui, le milliardaire français.

Magnat bien connu dans le secteur du luxe, Eldon Villard possédait plusieurs enseignes de haute couture, un chantier naval de yachts bien connu et l'une des plus grandes sociétés de location de jets privés au monde, sans oublier des parts importantes dans les zones franches économiques de Genève, du Luxembourg et de Trieste.

Outre son classement sur la sacro-sainte liste des milliardaires de *Forbes*, on lui enviait surtout sa prestigieuse collection d'œuvres d'art d'envergure historique. Les agissements de Villard étaient la référence à suivre dans le monde de l'art, et sa présence aux ventes aux enchères internationales promettait une concurrence rude qui se soldait invariablement par un coup de marteau en sa faveur. Estimées à plus de trois milliards d'euros, les œuvres d'art en sa possession constituaient la plus grande collection privée au monde.

Quand Eldon Villard convoitait une pièce, il l'obtenait.

Et à en croire les documents que Dominic avait sous les yeux, cet homme faisait souvent appel aux services de restauration du Palazzo Feudatario.

Ce que les rapports ne disaient pas, en revanche, c'était si Villard était le donneur d'ordre des restaurations ou l'acheteur final des tableaux restaurés. Ces derniers devaient probablement passer par une galerie spécialement équipée pour ce genre de transaction.

Le Studio Canal Grande de Renzo Farelli, par exemple.

En y regardant de plus près, Dominic remarqua les initiales « SCG » accolées au nom de Villard sur de nombreux formulaires.

L'heure était venue d'aller faire un petit tour dans les galeries d'art. Hana allait être ravie.

CHAPITRE
TRENTE-DEUX

Toshi Kwan, jeune technicien en chef du laboratoire de numérisation des Archives apostoliques du Vatican, était en train d'examiner avec enthousiasme les pages enluminées d'un magnifique registre des heures tiré d'un psautier du XVe siècle, lorsque le cardinal Petrini fit son entrée.

— Toshi, vous auriez une minute à m'accorder ?

— Bien sûr, Votre Éminence, répondit l'intéressé en se levant. Que puis-je pour vous ?

L'objet sur lequel travaillait Kwan attira l'attention de Petrini.

— Vous planchiez sur quoi ?

— Ça ? C'est un codex qui nous vient de l'atelier de Jean Bourdichon : un chef d'œuvre miniature qui aurait appartenu au Pape VI Braschi ou au cardinal Francisco Zelada, préfet de la Bibliothèque pontificale en 1798. Comme vous le voyez, il a été frappé de deux armoiries : une première sur la couverture, l'autre au dos. Mais il n'a ni titre ni nom. Fort heureusement, cette copie a survécu au pillage du Vatican par Napoléon en 1799.

Kwan feuilleta quelques pages et Petrini aperçut un calendrier des dates importantes de l'Église, des extraits des quatre Gospels, des textes de messe destinés aux grandes fêtes, les quinze cantiques des degrés, et autres enluminures typiquement présentes dans un psautier.

— C'est un travail magnifique. Je devrais venir plus souvent ici pour contempler les trésors du Vatican. Je vois que vous êtes très dévoué à votre tâche, Toshi. Comme je vous envie. Vos missions vous apportent bien plus de joie que les miennes…

Les pensées de Petrini s'envolèrent un instant vers d'autres cieux, puis son visage s'assombrit.

— Ce n'est pas votre superbe travail qui m'amène ici aujourd'hui, malheureusement. Le père Dominic m'a recommandé vos services en tant qu'expert en informatique. J'ai une faveur à vous demander. Est-ce que vous avez un accès administrateur au réseau du Vatican ?

Kwan opina.

— J'aimerais que vous me trouviez tout ce que vous avez sur Marcello Sabatini du musée du Vatican. Ses e-mails, ses messages, ses fichiers… Tout ce qui vous tombera sous la main. Vous pensez en avoir pour combien de temps ?

Kwan réfléchit quelques secondes avant de répondre.

— Une heure, peut-être moins.

— Parfait. Appelez-moi quand vous aurez fini. Oh, et Toshi : c'est confidentiel. Ça reste entre vous et moi, d'accord ?

Quarante-cinq minutes plus tard, Kwan appela le bureau de Petrini. Le père Nick Bannon décrocha et transféra l'appel à son supérieur.

— Alors ? Qu'avez-vous trouvé, Toshi ?

— Votre Éminence. Ce que j'ai découvert ne va pas vous plaire, à moins, bien sûr, que vous ne l'ayez déjà approuvé.

— Dites-moi.

— Il semblerait que l'évêque Torricelli, directeur du service de restauration du musée du Vatican, ait installé des logiciels espions sur les ordinateurs de ses employés. C'est un programme hautement intrusif et assez répugnant, si je puis me permettre, qui analyse et stocke toutes les données du personnel : e-mails, messages, historique de navigation, coordonnées personnelles, etc. Torricelli a déjà compilé une base de données conséquente à partir de toutes ces informations auxquelles il n'aurait jamais dû avoir accès, selon moi.

Petrini écouta en silence. Une colère sourde gonfla en lui à mesure que Kwan parlait.

— Quant à *Signor* Sabatini, j'ai l'impression qu'il a été une cible privilégiée de cette surveillance. J'ai même trouvé un e-mail confidentiel envoyé par Sabatini au père Dominic dans un dossier privé de Torricelli. Ça parlait de contrefaçons de tableaux appartenant au Vatican. Il dit être « profondément bouleversé » par la situation. Votre nom apparaît également. Apparemment, Sabatini vous aurait déjà fait part de cette histoire. J'imagine que c'est ça que vous cherchiez.

— C'est exactement ce qu'il me fallait, Toshi. Merci. Envoyez-moi cet e-mail, voulez-vous.

Petrini raccrocha, bouillonnant de rage. Il appuya sur le bouton de l'interphone pour communiquer avec son secrétaire.

— Nick, pourriez-vous me sortir l'historique des appels téléphoniques du bureau de l'évêque Torricelli de ces deux dernières semaines, y compris son portable personnel ? Vous avez ma permission.

Bannon contacta le standard téléphonique du Vatican. Il tomba sur sœur Teresa, la responsable des six bonnes du service, et lui transmit la requête du secrétaire d'État. Le Saint Siège possédant sa propre entreprise de téléphonie – le Service téléphonique du Vatican, un réseau de données et de télécommunications complexe conçu et entretenu par les membres de la Société de Saint-Paul – il ne fallut pas plus de quelques minutes à Petrini pour obtenir les documents. Sœur Teresa envoya promptement les résultats par e-mail au père Bannon, qui imprima les tableaux d'appel et les apporta dans le bureau du cardinal.

Armé d'un fluo jaune, Petrini examina chaque page et

surligna certaines entrées dignes d'intérêt, non sans remarquer deux numéros étonnamment fréquents, dont un qui l'inquiétait particulièrement.

Au cours de la semaine passée, Torricelli avait téléphoné plusieurs fois au cardinal Abruzzo, le patriarche de Venise. Ces appels n'avaient rien de surprenant en soi, puisque la famille Abruzzo était propriétaire du Palazzo Feudatario et que Torricelli était chargé des opérations de restauration du Vatican. Néanmoins, Petrini trouva cela suspect car Abruzzo n'était pas responsable des affaires quotidiennes du service.

Le deuxième nom qui lui sauta aux yeux sur le registre des appels fut un véritable choc.

Don Angelo Gallucci. Le chef de la Camorra de Vénétie.

L'image d'un véhicule en flammes traversa l'esprit de Petrini.

La voiture piégée de Sabatini !

Le studio rempli de contrefaçons !

Tout était lié !

Torricelli était-il impliqué dans cette histoire ? Était-ce lui, la taupe de l'opération Scambio implantée au Vatican ? Et qu'en était-il d'Abruzzo ?

Stupéfait face à l'ampleur des implications qu'il avait sous les yeux, Petrini décida d'en parler à Dominic.

Puis, une autre pensée le frappa. Il jeta un coup d'œil à sa montre et appela son secrétaire.

— Nick ? Où est le camion blindé ? Le Raphaël aurait déjà dû arriver !

TRENTE-TROIS

Après avoir traversé la chaussée qui sortait de Venise, le camion blindé et son précieux chargement passèrent Mestre, puis se dirigèrent vers le nord-est, s'éloignant ainsi de Rome et de sa destination d'origine : le Vatican. Le GPS avait été désactivé à dessein.

Sur ordre de Don Gallucci, le conducteur et les gardes – tous des malfrats à la solde de la Camorra détentrice de l'entreprise de transport – étaient en route pour la fine bande de terre italienne située entre la mer Adriatique et la Slovénie. *La Vierge de Foligno* de Raphaël allait se retrouver dans la zone franche de Trieste et personne, hormis Gallucci et son équipe restreinte, n'en connaîtrait la localisation. Personne, sauf le nouveau propriétaire du Raphaël : le Parisien Eldon Villard.

Les zones franches sont, par essence, le monde des élites ultrariches de ce monde qui y stockent leurs trésors les plus précieux dans l'anonymat le plus complet, tout en bénéficiant de leur système de sécurité maximal et des privilèges de la défiscalisation, puisque les biens qui se trouvent dans cet environnement sécurisé sont considérés comme étant « en transit ». Malgré leur présence physique dans le pays hôte, ces effets sont situés hors du territoire douanier, ce qui les exempte de taxes et d'obligations fiscales jusqu'à ce que les objets aient quitté la propriété sous haute surveillance pour changer de propriétaire. Mais dans les faits, ces objets quittent rarement la zone franche. Il existe même des suites de luxe spéciales où les propriétaires peuvent exposer, acheter et vendre leurs biens librement et en toute discrétion, sans avoir à payer de taxes ni d'impôts. Après avoir changé de main, les articles restent dans cet abri privilégié que constituent ces zones franches.

Outre ses activités commerciales légitimes, la zone franche de Trieste – comme ses homologues des autres pays – est aussi réputée pour être un lieu idéal pour transférer et stocker des artefacts vendus au marché noir et le butin issu d'opérations internationales de blanchiment d'argent à grande échelle. La plupart de cet inventaire exclusif est stocké à Trieste depuis des décennies, où il prend de la valeur. Et rares sont les gens qui ont l'occasion de poser les yeux dessus.

QUAND LE CAMION blindé eut quitté Venise, Giuseppe Franco rassembla ses outils – un chevalet, de la peinture, des pigments et solvants spécialement préparés pour l'occasion, ainsi que des pinceaux et autres outils spécialisés – et fit ses valises en prévision de son séjour prolongé à Trieste, où il repartirait de zéro pour créer un faux Raphaël dans un studio spécialement préparé à cet effet sur ordre de Don Gallucci. Les distractions étant rares, la tâche serait rapidement terminée. Il s'attendait à reproduire le tableau en quelques jours à peine.

DANS LE BUREAU de l'évêque Torricelli au musée du Vatican, le téléphone sonna. Torricelli jeta un coup d'œil au numéro entrant : le secrétaire d'État. Il prit une grande inspiration et se prépara à répondre à la question qu'on allait lui poser.

— *Pronto*, dit-il en décrochant d'une voix faussement irritée.

— *Buona sera*, Votre Excellence, salua le père Bannon. Je vous appelle de la part du cardinal Petrini qui se demande où est le camion blindé qui transporte le Raphaël. Avez-vous des nouvelles ?

— Si vous saviez ! Quel culot ils ont, à Venise ! cracha-t-il en feignant la colère. Ces imbéciles se sont trompés dans les papiers et le tableau a été envoyé à l'aéroport, puis embarqué à bord d'un vol à destination de Moscou ! Je n'arrive pas à y croire !

En son for intérieur, Torricelli pria pour que Bannon y croie, lui.

Mais Nick Bannon était réticent. Ce n'était pas le genre d'information qu'il avait envie de transmettre à son supérieur. Il savait très bien quelle serait la réponse de ce dernier.

— Quand pensez-vous pouvoir régler cette affaire ? Et quand est-ce que le tableau sera de retour à Rome ?

— Étant donné la bureaucratie russe, je pense d'ici quinze jours, dans le meilleur des cas.

— *Quinze jours ?*

La réaction de Bannon était exactement celle que Torricelli avait espérée.

— Nous n'y pouvons pas grand-chose, père Bannon. C'est la procédure, répondit-t-il d'un ton sympathisant. Veuillez transmettre toutes mes excuses à Son Éminence. Je ne peux pas faire grand-chose.

Bannon remercia l'évêque et l'intima de le tenir au courant de la suite des événements, puis prit congé.

Après quoi, il informa Petrini de la situation.

Le stratagème d'Angelo Gallucci avait fonctionné. Le Raphaël d'origine était désormais en sécurité à Trieste, – sous prétexte d'être enlisé dans la bureaucratie russe – et ils avaient gagné suffisamment de temps pour que Giuseppe puisse finir son travail sans interruption.

Mais en contrepartie, ils savaient désormais que le tableau serait examiné sous toutes les coutures à son retour, puisqu'il était clair que le Vatican entretenait des soupçons quant à son authenticité.

Giuseppe, lui, n'était pas inquiet. Son travail était de qualité équivalente, si ce n'était supérieure, à celui du maître. La destruction de la copie qu'il avait commencée dans le studio du Feudatario était regrettable, mais il n'en était que plus déterminé à produire une réplique qui passerait haut la main les examens les plus minutieux.

Au lieu de son habituel bleu outremer méticuleusement moulu à la main, un ingrédient qui n'était pas encore disponible vers la fin du XIXe, il opta pour le bleu de cobalt : un pigment utilisé depuis le IXe siècle, qu'il mélangea à d'autres solvants et huiles colorées pour obtenir la même teinte et la même saturation que sur l'original. Ce n'était pas aussi facile à utiliser que le bleu outremer, mais ça avait le mérite d'être suffisamment authentique pour éviter les désagréments futurs.

Installé dans son studio improvisé dans la zone franche de Trieste, Giuseppe s'attela à sa première tâche qui consistait à préparer la toile. Il eut une pensée pour l'un de ses prédécesseurs, Terenzio da Urbino, un arnaqueur du XVIIe siècle qui récupérait les vieilles toiles et les cadres usés, les nettoyait du mieux possible et les transformait en des contrefaçons de Raphaël.

Giuseppe avait amené avec lui plusieurs peintures de l'époque sans grande valeur qu'il avait sorties du gigantesque inventaire du Feudatario. Chacune d'entre elles avait été retirée de son cadre d'origine et roulée pour le transport. Il en choisit une plus grande que le Raphaël et découpa la toile pour l'ajuster à la taille désirée, puis décapa la peinture existante jusqu'à ce que le substrat blanc pâle apparaisse sous l'image d'origine. Il la monta ensuite sur le châssis qu'il avait retiré des tableaux d'époque et taillé conformément à son besoin.

Après avoir appliqué une couche de base conforme aux habitudes des temps passés, il ferait de nouveau usage de son expertise pour créer une réplique exacte des couleurs et des ombres du Raphaël, un coup de pinceau à la fois. La tâche lui prendrait probablement moins d'une semaine. Après quoi, il ferait cuire pendant trois heures dans un four à 200 degrés un autre mélange de couleurs moulues à la main, d'huile de lilas et de bakélite. D'expérience, il savait que cette dernière couche donnerait tout son éclat à la peinture et que la surface réagirait ainsi comme prévu au traditionnel test à l'alcool, imitant les composés chimiques des huiles utilisées par les vieux maîtres, plutôt que les peintures à l'huile modernes.

Vers la fin, il appliquerait plusieurs couches de vernis et, après avoir laissé sécher le tout, roulerait la toile sur un cylindre à craquelures pour donner à l'œuvre ces minuscules fissures que l'on trouvait communément sur les vieux tableaux ; en l'occurrence, Raphaël étant italien, elles auraient la forme de petites briques. Pour renforcer l'effet, il enduirait la surface d'encre de Chine qui s'infiltrerait dans les fissures, débarrassant la toile des éventuels résidus d'encre sur le vernis pour intensifier le rendu.

Enfin, il traumatiserait légèrement la toile par endroits pour émuler les dommages causés par le peintre et par le temps. Il retirerait ensuite le cadre du Raphaël original, installerait la contrefaçon sur ce dernier, sans oublier les clous en fer d'origine plantés dans les mêmes trous, tandis que l'original recevrait un autre cadre, également représentatif de l'époque. Le nouveau propriétaire n'en avait que faire du cadre : c'était la toile qui valait des millions.

Ayant répété ce processus à maintes reprises sans problème au fil des ans, Giuseppe était persuadé que sa réplique du Raphaël serait remarquable, voire meilleure que l'original.

TRENTE-QUATRE

Ses gardes du corps sur les talons, l'agent Dario Contini de la brigade de l'art italienne entra dans l'hôtel Ca' Sagredo avec l'air déterminé d'un homme en mission.

Somptueusement vêtu d'un blazer Armani bleu marine sur une chemise blanche impeccable complétée par une cravate rouge Ferragamo et un pantalon beige, il était flanqué de deux agents plus corpulents, dont les armes rangées dans un étui à l'épaule n'étaient perceptibles que par un œil aguerri.

À l'approche de la réception, Contini se présenta en brandissant son badge doré scintillant et exigea de savoir où se trouvait la chambre du père Michael Dominic.

— Je vais appeler le *padre* pour voir s'il est là, *signore*, répondit la réceptionniste. Un instant, je vous prie.

— Je ne vous ai pas demandé de l'appeler, *signora*. Je vous ai demandé le numéro de sa chambre.

Réalisant que le badge de l'homme avait du pouvoir, l'employée enfreignit le protocole et accéda à sa requête. Pendant que Contini et son équipe se dirigeaient vers l'ascenseur, elle saisit le téléphone, ne serait-ce que pour avertir son client que des officiers des forces de l'ordre venaient lui rendre visite.

Lorsque Dominic décrocha, elle lui communiqua cette

information. Le prêtre la remercia et se prépara à l'arrivée de Contini.

— Et c'est à peu près tout, déclara Dominic, après avoir raconté à Contini les péripéties de la semaine précédente.

Assis sur une chaise, l'agent écouta attentivement l'intégralité de l'histoire tout en mâchant son Black Jack et en griffonnant dans un petit carnet Moleskine qu'il gardait dans sa poche de poitrine.

— Vous dites que ce tableau se trouve maintenant à Moscou et qu'il y a été envoyé par mégarde ? demanda l'agent, une pointe de suspicion dans la voix.

— Oui, apparemment il y a eu une erreur au niveau du connaissement. Je n'ai pas tous les détails, mais vous pouvez appeler le bureau du cardinal Petrini à Rome pour savoir s'ils ont plus d'informations à ce sujet.

— Et votre collègue, Livia Gallo. Avez-vous retrouvé son ordinateur ?

— Je crains que non. Mais il y a fort à parier que la Camorra est impliquée dans ce vol, ce qui signifie qu'ils sont au fait de tout ce que nous savons sur leurs opérations... Ça intensifie considérablement le risque qui pèse sur chacun d'entre nous.

— Je ne me ferais pas un sang d'encre si j'étais vous, mon père. Plus il y aura de gens au courant, moins ils seront disposés à les éliminer. J'imagine cependant que les rouages de leur machine tournent à plein régime, à présent. Je suppose que vous ignoriez que la Camorra est propriétaire de l'agence de camions blindés que le Vatican a utilisée pour transporter le Raphaël.

Dominic fut stupéfait d'entendre cette nouvelle.

— Effectivement, je ne le savais pas ! Mais comme je vous l'ai dit, c'est le Vatican qui a pris ces dispositions. Si c'est le cas, je doute que le tableau se trouve en Russie.

— Oui, c'est fort probable, affirma Contini en se levant pour regarder par la fenêtre. Cela signifie probablement qu'où que soit le tableau, ils n'ont pas abandonné l'idée de le reproduire. D'ailleurs, ils sont probablement en train de le faire en ce moment même.

On frappa à la porte. Dominic ouvrit et fit entrer Marco et Hana dans la pièce, avant de faire les présentations.

— Puisque Marco est là maintenant, il peut vous donner plus de détails sur sa rencontre avec les gorilles de la Camorra, expliqua Dominic en fixant le Français dans les yeux.

N'appréciant pas qu'il aborde ce sujet, Marco décocha un regard noir à Dominic en retour. *On peut jouer à ce petit jeu, si tu veux*, pensa-t-il, en acceptant le défi de montrer l'alpha qui était en lui.

— Bien sûr! Hana et moi étions en train de profiter d'un dîner aux chandelles à la Terrasse Gritti, histoire d'apprendre à se connaître (il jeta un bref coup d'œil à Dominic) quand j'ai remarqué deux hommes qui nous observaient depuis la *fondamenta*.

Il poursuivit l'histoire en ne modifiant que la fin.

— Et après une petite escarmouche sur leur bateau à moteur Chris-Craft, l'un d'eux m'a déséquilibré et m'a poussé dans le canal. C'est alors qu'ils ont pris la fuite en direction de Venise. On ne les a pas revus depuis.

Marco passa un bras protecteur autour d'Hana pour faire bonne mesure. Instinctivement, elle se rapprocha de lui. Après un dernier coup d'œil à Dominic, le commando se contenta de sourire.

Contini sentit l'atmosphère se tendre dans la pièce mais n'y prêta pas attention.

— J'aurais aimé que ces questions soient portées à notre attention plus tôt.

— Tout à fait, acquiesça Dominic en lançant un regard à Marco. Il va sans dire que les voyous qui suivent des citoyens doivent être dénoncés…

— Non, l'interrompit Contini, en se tournant vers Dominic. Les devoirs de ma fonction sont clairs, comme vous le savez fort bien, mon père. Ce qui nous intéresse, ce sont les contrefaçons, qui doivent d'ailleurs être signalées à la brigade de l'art dès qu'il y a le moindre soupçon.

Dominic sentit ses joues s'empourprer. Il n'osa pas regarder Marco. La brigade de l'art italienne leur avait été d'une aide inestimable, à Hana et lui, par le passé ; c'était sans doute une erreur de ne pas les avoir informés plus tôt.

Contini déchira un morceau de papier de son carnet, le porta à sa bouche pour y cracher son chewing-gum et jeta la boulette dans une poubelle.

— Les incidents de ce type sur le canal doivent être signalés aux *carabinieri*. Je ne suis pas là pour enquêter sur ce genre de choses, mais pour établir au mieux si un tableau est authentique ou contrefait, avant de prendre les mesures qui s'imposent. Et si on allait discuter avec *Signor* Farelli dans sa galerie ?

CHAPITRE

TRENTE-CINQ

De retour sur la vedette de police, Dario Contini demanda à l'officier en uniforme à la barre de les emmener au Studio Canal Grande de Renzo Farelli, au rez-de-chaussée d'un *palazzo* chic juste en face du Rialto.

Le temps était au beau fixe et les *piazze* étaient bondées de touristes des quatre coins du monde. Plusieurs bateaux de croisière avaient jeté l'ancre dans la lagune, un peu plus tôt dans la matinée, apportant à leur bord des milliers de nouveaux arrivants qui remplissaient désormais les boutiques et les allées de Venise, impatients de dénicher le souvenir parfait, de goûter à la fameuse gastronomie italienne et de visiter les nombreux musées et galeries de la ville.

Idéalement situé au pied du pont Rialto, le Studio Canal Grande était une destination de prédilection parmi les visiteurs et attirait tout naturellement les amateurs de beaux-arts. En cette chaude journée ensoleillée, l'endroit était plein à craquer.

Contini et ses compagnons pénétrèrent dans les locaux et l'agent balaya la galerie spacieuse et aérée du regard depuis le pas de la porte. Impeccablement vêtus en costume noir et équipés d'une oreillette de sécurité, des vigiles étaient postés à plusieurs endroits, dont la plupart à proximité des œuvres les plus précieuses de la galerie, au cas où certains visiteurs essaieraient de les toucher.

Un bref coup d'œil aux tableaux suffit pour mettre des noms dessus : Donatello, Brunelleschi, Bosch, Vasari, Bellini et d'autres artistes probablement plus contemporains et certainement moins connus.

Contini s'approcha d'un sombre triptyque de Jérôme Bosch pour l'examiner de plus près, les autres sur ses talons. Intitulée *La crucifixion de Sainte Wilgefortis*, la peinture à l'huile sur bois de chêne comportait trois panneaux dépeignant la crucifixion d'une sainte devant une foule de spectateurs qui s'époumonaient. Contini n'était pas sans connaître la légende historique de cette pauvre femme au triste sort : autrefois jeune et ravissante, et contrainte par son père d'épouser un roi musulman, elle implora le Seigneur de la délester de sa beauté pour dissuader son prétendant et échapper à cette union. Par miracle, elle se vit pousser une barbe. Le mariage fut annulé et son père la fit crucifier en guise de châtiment pour ses prières.

Ce n'était pas la première fois que Contini voyait cette peinture : il l'avait aperçue au palais des Doges à Venise, puis plus tard à la Galerie de l'Académie de Venise. Le fait qu'elle se trouve présentement dans le studio de Farelli éveilla sa curiosité. Certes, les galeries s'échangeaient souvent leurs œuvres d'art pour une exposition ou un événement particulier, mais tout de même... Il se pencha un peu plus près, à la recherche de signes révélateurs d'une falsification.

Puis, il se tourna vers le garde posté à côté du tableau et demanda si *Signor* Farelli était présent.

— *Sì, signore.* Il est dans son bureau.

Contini sortit son badge et demanda à voir le propriétaire. Surpris par le rang de l'agent, le garde écarquilla les yeux, puis dit quelques mots dans un micro caché dans la manche de sa veste.

Une réponse lui parvint quelques secondes plus tard et il se tourna vers Contini.

— Si vous voulez bien me suivre.

Il conduisit la petite troupe à l'arrière de la galerie en ouvrant la voie à travers la foule de visiteurs. Une fois devant un bureau privé, il frappa à la porte.

— *Avanti*, dit une voix à l'intérieur.

Le garde ouvrit, laissa entrer Contini et son équipe, puis retourna à son poste.

Levant les yeux de la tâche qui l'occupait, Renzo Farelli vit six personnes entrer dans son grand bureau. Il se leva, un sourire forcé aux lèvres. Il portait une épaisse écharpe en tricot gris.

— Ah, *padre* Dominic, *Signorina* Sinclair, comme ça fait plaisir de vous revoir, tous les deux. Et vous avez amené toute une délégation avec vous.

Contini brandit son badge devant les yeux de Farelli sans tourner autour du pot.

— Bonjour, *signore*. Je suis l'agent spécial Dario Contini de la brigade de l'art italienne. Nous sommes ici pour discuter d'une affaire importante. Vous avez un moment ?

— J'aurais préféré que vous me passiez un coup de fil pour prendre rendez-vous, *signore*. dit Farelli en regardant sa montre. J'ai une réunion programmée d'ici peu et je…

— Ce ne sera pas long, je vous assure.

Visiblement désorienté et clairement exaspéré, Farelli fit signe à ses invités de s'asseoir. Dominic, Hana et Marco prirent place sur un long canapé tandis que Contini s'installait sur la chaise devant le bureau de Farelli. Les deux gardes restèrent debout de chaque côté de la porte.

Contini sortit son carnet Moleskine et tourna une page.

— *Signor* Farelli, je suis simplement venu discuter de certains sujets que je vais vous énoncer dans un instant, mais en tant qu'officier de l'État, je dois vous avertir que toutes vos réponses seront soumises à la législation sur le parjure. Est-ce bien clair ?

Farelli remua sur sa chaise, mal à l'aise.

— Oui, je comprends. Je n'ai rien à cacher.

— Tant mieux, fit Contini. Alors dites-moi, êtes-vous lié

d'une manière ou d'une autre avec Don Angelo Gallucci de la Camorra de Vénétie ?

— Tout le monde sait qui est Don Gallucci, *signore*.

— Je vous ai demandé si vous étiez liés.

— Non, nous n'entretenons pas de relation personnelle, répondit Farelli en déglutissant avec difficulté.

Il tendit la main pour saisir la tasse de café froid sur son bureau et but une gorgée.

— Un peu plus tôt cette semaine, un tableau de Raphaël a été transporté du Palazzo Feudatario et devait arriver au Vatican mais aurait été malencontreusement expédié à Moscou. Étiez-vous au courant ?

— Oui, les nouvelles vont vite, à Venise, mais je ne saurais me rappeler qui m'en a parlé.

— Et quand avez-vous appris la nouvelle ?

Farelli leva les mains devant lui dans un geste exaspéré.

— *Signore*, je ne me souviens ni de qui, ni de quand.

— Êtes-vous impliqué dans la disparition ou la mort du père Carlo Rinaldo ?

Dominic se redressa et tendit l'oreille à cette question.

La réponse de Farelli fut catégorique.

— Non, absolument pas.

— Dernière question. L'opération Scambio, ça vous parle ?

Farelli s'adossa à sa chaise et croisa les doigts dans son dos.

— Comment, vous dites ?

— Scambio. L'opération Scambio.

— Non, ça ne me dit rien. Pourquoi ?

Contini remarqua que Farelli évitait son regard quand il répondait. Il sortit une plaquette de Black Jack de sa poche, déballa le papier aluminium et fourra le chewing-gum dans sa bouche. Tout en mâchant en silence, il ne lâcha pas Farelli des yeux.

— Si vous en êtes certain, alors c'est tout pour le moment, déclara-t-il en refermant son carnet pour le ranger dans sa poche. J'imagine que vous n'avez pas prévu de quitter Venise prochainement, n'est-ce pas ? Bien. Dans ce cas, je repasserai, si besoin.

Ce n'était pas une question, c'était un fait, et Farelli n'eut pas le temps de répondre.

— Si je puis me permettre, *Signor* Farelli, ajouta Contini en se levant de sa chaise. Il semblerait que la Camorra manigance quelque chose, ces derniers temps, en lien avec des œuvres d'art de vieux maîtres. Puisque c'est votre domaine, je vous conseille de me contacter si jamais vous tombez sur un truc suspect. *Sputa il rospo, d'accordo ?*

Marco se pencha à l'oreille d'Hana.

— Qu'est-ce qu'il entend par « crachez le crapaud » ?

— C'est un vieux dicton italien qui veut dire « cracher le morceau », chuchota-t-elle en retour. Mais ça ressemblait plus à un avertissement qu'autre chose.

Farelli se leva nerveusement pendant que tout le monde quittait le bureau. Une fois la porte fermée, il saisit son portable d'une main tremblante et composa un numéro.

— J'ai du travail qui m'attend à l'hôtel, annonça Hana à Contini en montant sur la vedette de police. Vous avez encore besoin de nous ?

— Non, *signorina*, je vous remercie pour votre aide. Vous envisagez de rester à Venise jusqu'à quand ?

Dominic jeta un regard à la ronde, puis répondit à leur place.

— On n'a pas encore arrêté de date précise, mais on pense faire un tour à Florence pour discuter avec les responsables de la Galerie des Offices et la Galerie de l'Académie. Dans tous les cas, on repassera à Venise après.

— Si vous y allez, je serais ravi de vous accompagner, dit Contini. Ces deux musées ont aussi fait affaire avec l'entreprise de restauration Feudatario. J'aimerais jeter un coup d'œil aux œuvres qui leur ont été restituées.

— Ça tombe bien, c'était justement ce qu'on avait l'intention de leur demander. Mais avoir un expert à nos côtés serait génial, surtout depuis que *Signor* Sabatini s'est retiré de l'enquête.

Au même instant, l'officier à la barre du bateau interpella Contini pour lui murmurer quelque chose à l'oreille après avoir reçu un message radio. Une ombre passa sur le visage de Contini. Il se tourna vers Hana.

— *Signorina*, j'ai bien peur d'avoir une terrible nouvelle concernant votre amie, Livia Gallo, murmura-t-il. Un pêcheur a trouvé son corps dans la lagune près de Murano. Les *carabinieri* aimeraient s'entretenir avec vous.

Hana fixa Contini d'un regard vide, comme si elle n'avait pas compris ce qu'il venait de dire. Ce n'était pas possible ! Livia était partie pour Rome à peine quelques jours plus tôt. Il devait y avoir une erreur.

Dominic et Marco se précipitèrent à ses côtés lorsque ses jambes se dérobèrent sous elle, sous l'effet du bateau qui tanguait sur les flots et de la nouvelle qu'elle était incapable de digérer. L'impact de l'annonce finit par remonter à son cerveau, ses yeux s'embuèrent et de grosses larmes roulèrent sur ses joues.

— Assieds-toi, suggéra Dominic en la guidant vers le banc à l'arrière du bateau.

— C'est ma faute, sanglota-t-elle en se couvrant le visage des deux mains. Elle serait encore en vie si je n'avais pas été là. Qui a bien pu faire une chose aussi horrible à une femme aussi adorable ?

Marco et Dominic échangèrent un regard ; ils connaissaient déjà la réponse.

— La responsabilité me revient, déclara Marco d'un ton catégorique. Je connaissais les risques. J'aurais dû l'accompagner à la gare. Merde alors !

— Ce n'est pas ta faute, Hana, ajouta Dominic. Tu sais bien que rien n'aurait pu empêcher Livia de venir voir le manuscrit de Vivaldi de ses propres yeux. C'est d'ailleurs la raison qui l'a amenée à Venise. Sa contribution a été essentielle à notre travail. Elle m'a même avoué qu'il s'agissait d'un moment clé de sa vie. Tu ne peux pas t'en vouloir.

— Rentrons à l'hôtel, Michael, dit Hana en reniflant. J'ai besoin d'être seule avant de parler à la police.

Dominic et Marco raccompagnèrent Hana dans sa suite au Ca' Sagredo. Avant de partir, Marco vérifia chacune des pièces et contrôla à deux reprises que la porte était bien verrouillée derrière eux, en précisant qu'ils reviendraient dans une heure environ pour l'emmener au poste.

Entre-temps, ils descendirent au bar pour discuter de la suite des événements. Dominic envoya un texto à Karl et Lukas pour leur demander de les rejoindre.

Quelques minutes plus tard, les quatre hommes étaient assis autour d'une table, une bouteille de bière posée sur un dessous de verre carré en carton devant eux.

— L'art, ce n'est pas vraiment mon domaine, commença Dominic. Les Archives apostoliques n'ont pas grand-chose à voir avec le musée du Vatican, et pourtant je me retrouve mêlé à des problèmes qui s'y rapportent. Si Marcello Sabatini ne s'était pas retiré, il serait ici à ma place. Mais il faut bien que quelqu'un veille aux intérêts du Vatican, et puisque je suis là, la responsabilité m'incombe.

— Et on te suivra où que tu ailles, déclara Karl en buvant une longue gorgée de bière, avant de se tourner vers Lukas. Au fait, je viens de parler à notre commandant ; il a approuvé notre prolongation de séjour ici. Le cardinal Petrini a insisté sur l'importance de notre mission.

— Il y a quelqu'un que nous n'avons pas encore pris en compte dans cette histoire, intervint Dominic. C'est Eldon Villard. Il semblerait qu'il soit le client le plus important et le plus régulier des « restaurations » du Feudatario.

— Tu es en train de me dire que l'un des hommes les plus riches de la planète est impliqué dans cette histoire ? lâcha Karl, abasourdi.

— J'ai trouvé son nom en tant qu'acheteur final ou consignataire de la restauration sur la plupart des dossiers que vous avez récupérés au Feudatario. J'ignore si ça va perturber nos plans, mais j'ai pensé qu'il fallait que vous le sachiez. Peut-être que le grand-père d'Hana pourrait nous aider à le contacter, si besoin, suggéra Marco. Ils fréquentent les mêmes cercles sociaux.

— Pas bête, dit Dominic en faisant tourner distraitement son dessous de verre sur les tranches. Le baron Saint-Clair a le bras long.

— En attendant, dit Marco, Michael, est-ce que tu peux emmener Hana chez les *carabinieri* ? J'ai un truc à régler.

— Ça concerne notre affaire ?

— Il vaut mieux que tu ne le saches pas.

Sentant au regard de Marco qu'il s'agissait de quelque chose de dangereux, Karl voulut participer.

— Tu as besoin d'aide, Marco ? Lukas et moi sommes parés.

Le commando réfléchit un instant.

— Non, c'est un truc dont il faut que je m'occupe tout seul, merci. Restez plutôt avec Hana et Michael.

LE SOLEIL COMMENÇAIT à se coucher. Cela faisait une heure que Marco patientait au point mort sur l'Aquariva, tapi dans l'ombre sur le canal en face du Palazzo Feudatario, à l'affût de tout mouvement. Il avait vu Don Gallucci sortir escorté de deux gardes, une demi-heure plus tôt, et rien n'avait bougé dans le bâtiment depuis lors. Il était temps de passer à l'action.

Il conduisit l'Aquariva un peu plus en amont du canal pour ne pas être vu et amarra le bateau à un quai public, à deux *palazzi* du Feudatario. Après avoir fixé un silencieux Osprey au bout de son Glock 17 spécialement équipé pour ce genre d'usage, il sauta par-dessus la rambarde en direction du *palazzo*.

Un unique garde se tenait devant la porte. Large d'épaules, il tournait le dos à Marco et ne le vit pas s'approcher à pied sur la passerelle est. D'un coup de crosse à l'arrière du crâne, Marco envoya l'homme au sol dans un bruit sourd.

Il essaya ensuite d'ouvrir la porte. Elle n'était pas verrouillée. En entrant dans le hall, il entendit deux voix dans une pièce voisine : une femme et un jeune homme qui riaient. Son Glock levé devant lui, il tourna au coin de l'embrasure et fit irruption dans la pièce.

Surpris, Valentina et Aldo levèrent les yeux vers lui. Aucun d'eux ne bougea.

— Qui êtes-vous et que faites-vous ici ? Vous êtes sur une propriété privée, s'indigna Valentina avec colère.

— Mon identité importe peu, répondit le Français d'un ton laconique. Ce qui compte, c'est que mon amie a été assassinée par vos hommes, et je suis ici pour découvrir qui a fait ça.

Instinctivement, Valentina jeta un coup d'œil vers l'ordinateur portable de Livia, toujours posé sur le bureau. Marco perçut son mouvement de tête, puis remarqua le revêtement en padouk africain de l'ordinateur. Il se tourna vers Valentina.

— Regardez-moi ça ! Prise la main dans le sac avec la pièce à conviction. Me feriez-vous l'obligeance de m'expliquer comment vous avez obtenu l'ordinateur portable de Livia Gallo ?

Marco leva alors les yeux vers le jeune homme.

— Vous ! Vous travaillez à l'hôtel. Tout s'explique ! C'est vous qui avez volé le portable de Livia dans sa chambre.

Sans réfléchir, l'impétueux Aldo saisit un coupe-papier sur le bureau à côté de lui et s'élança vers Marco qui décala légèrement son Glock d'un geste sûr et appuya sur la gâchette. Aldo s'écroula sur le sol, une balle logée au milieu du front. Le coupe-papier décrivit un arc de cercle dans les airs et atterrit avec fracas aux pieds de Valentina qui se mit à hurler.

Marco la mit en joue, le Glock braqué entre ses deux yeux.

— Maintenant, racontez-moi tout ce que vous savez au sujet du meurtre de Livia Gallo.

Bien que visiblement bouleversée, la femme s'exprima avec détermination.

— Vous ne savez pas à qui vous avez affaire. Prenez l'ordinateur si vous voulez et partez d'ici, tant qu'il est encore temps, si vous ne voulez pas finir comme votre amie.

— *Grazie*, dit Marco, c'est tout ce que j'avais besoin de savoir. Ça, c'est pour Livia.

Il appuya sur la gâchette et la balle du Glock étouffée par le silencieux alla se loger dans sa cible. Le corps de Valentina resta droit sur sa chaise, mais sa tête tomba en arrière, ses yeux ouverts fixés au plafond.

Marco ramassa les deux douilles par terre, puis se dirigea vers le bureau, récupéra l'ordinateur portable, jeta un coup d'œil dans la pièce à la recherche d'autres preuves et sortit par la porte d'entrée. Le garde était encore dans les vapes.

D'un pas nonchalant, il longea la *fondamenta* jusqu'à l'Aquariva, détacha les lignes du taquet et rentra à l'hôtel.

TRENTE-SEPT

Il ne fallut que quelques jours à Giuseppe Franco pour achever son chef-d'œuvre de Raphaël. L'isolement dans l'atelier du port franc de Trieste et son dévouement quasi permanent à sa tâche en firent l'une de ses contrefaçons les plus rapidement créées. Même lui ne parvenait pas à distinguer la copie de l'original, songea-t-il en s'émerveillant devant son plus beau travail en date. Don Gallucci allait être ravi.

Giuseppe téléphona au *capintesta* pour savoir ce qu'on attendait de lui à présent.

— Nos plans ont changé, Giuseppe. Gardez la reproduction à Trieste, ordonna Don Gallucci. Elle sera transférée à monsieur Villard dans son port franc au Luxembourg, et l'original sera renvoyé au Vatican. Les choses sont trop risquées pour nous, en ce moment. On ne peut pas prendre le risque d'être démasqués, sur ce coup-là. Si la contrefaçon est aussi bonne que vous le prétendez, Villard ne verra pas la différence. J'ai rendez-vous avec le cardinal Abruzzo, là, mais à mon retour, je demanderai à Valentina d'envoyer un camion blindé chercher le Raphaël dans l'après-midi. Quant à vous, retournez à Venise dès que possible. Nous avons un magnifique Tintoret qui nous arrive de la Galerie des Offices et qui constituera votre prochain projet.

Giuseppe passa ensuite un coup de fil à son bureau pour transmettre ces instructions, mais personne ne décrocha. Supposant que le personnel était absent, il décida d'en parler plus tard à Valentina.

Entre-temps, en raison du changement de destinataire du tableau, Giuseppe dut remettre le cadre d'origine sur la version authentique du Raphaël. Quant à la copie, il la fit emballer dans un cadre italien Sansovino du XVIIe siècle, avec une surface dorée et des ornements en forme de spirales, volutes et chérubins s'entrecroisant, adaptés à l'époque et à l'origine vénitienne de son sculpteur, Jacopo Sansovino.

Monsieur Villard allait être ravi.

— Bonne nouvelle, Votre Éminence, annonça le cardinal Abruzzo à son homologue Petrini après avoir appelé le secrétaire d'État. *La Vierge de Foligno* de Raphaël vous sera bientôt rendue. Nous avons réussi à déjouer la bureaucratie russe et récupéré le tableau à Moscou. Un camion blindé la livrera demain au Vatican.

Petrini n'en revint pas.

— Merci, Salvatore. Nos conservateurs l'inspecteront avec le plus grand soin dès son arrivée. Oh, et pourriez-vous me fournir également les documents d'expédition ? Je voudrais m'assurer qu'une telle erreur ne se reproduira plus à l'avenir.

Petrini avait monté ce stratagème en vue de désarçonner Abruzzo. Si le passage à Moscou était légitime, cela ne devait pas poser de problème. S'il s'agissait d'une ruse, en revanche, il s'attendait à faire face à une certaine résistance lors de la remise du connaissement et de la documentation douanière.

— Euh... oui, je... je ferai ce que je peux pour vous trouver ça, Votre Éminence. Malheureusement, le camion est déjà parti, mais je demanderai à mon assistant de prendre les dispositions nécessaires. Y a-t-il, euh, quelque chose d'autre que je puisse faire pour vous ?

— Non, ce sera tout pour l'instant, Salvatore. *Arrivederci.*

Assis en face du cardinal, le père Bannon pressa la touche « off » du haut-parleur.

— Je ne fais pas confiance à ce fumier, Nick. Il s'est retourné contre l'Église, j'en suis sûr. Gardez un œil sur cette paperasse, voulez-vous ? C'est peut-être la clé pour attester de sa loyauté ou de sa trahison dans cette affaire.

— Entendu, Votre Éminence, acquiesça Bannon. Si ça peut vous aider, je suis d'accord avec vous. Le cardinal Abruzzo sait que son mandat de patriarche est assuré, mais ses agissements me rappellent plutôt celles d'un provocateur véreux. Je ne le crois pas une seule seconde.

— Surveillons-le de près. Quant à son collaborateur, l'évêque Torricelli, j'ai aussi des projets pour lui.

Le cardinal Abruzzo se tourna vers Don Gallucci, qui avait écouté la conversation sur haut-parleur.

—Visiblement, il est au courant de l'opération Scambio, Angelo, dit Abruzzo, l'air renfrogné. Je veux que vous me fabriquiez les documents nécessaires pour prouver cette histoire de transfert de Moscou. Faites en sorte que ça ait l'air convainquant et envoyez le tout au Vatican.

— Je demanderai à Valentina de s'en occuper, Votre Éminence.

— En attendant, on va devoir faire profil bas pendant un moment. Si Petrini passe notre activité à la loupe, les choses risquent de tourner au vinaigre.

— *Léda et le cygne* du Tintoret nous arrive des Offices, cette semaine. C'est une pièce inestimable, Votre Éminence, sur laquelle nous voulions mettre la main depuis un certain temps déjà, et il y a longtemps que la restauration aurait dû avoir lieu, en plus de cela. Laissez-nous travailler là-dessus, ensuite nous pourrons mettre les choses en veilleuse. Sinon, les Offices risquent de se demander pourquoi on décline au dernier moment. Cela pourrait nous causer des soucis d'un autre genre.

— D'accord, mais seulement celle-ci, accepta Abruzzo, le front plissé. Bien entendu, vous êtes libre d'en accepter d'autres pour des restaurations légitimes – il faut bien que les affaires tournent – mais en ce qui concerne Scambio, on fera une pause jusqu'à ce que le père Dominic et ses amis aient quitté Venise et que les choses se soient calmées.

— Je suis d'accord. Ils ne peuvent pas rester ici éternellement, et nous n'osons pas leur compliquer la vie, si vous voyez ce que je veux dire…

Abruzzo jeta à Gallucci un regard entendu, mais choisit de ne rien admettre ouvertement.

— À bientôt, Angelo. *Ciao*.

Lorsque la vedette de Don Gallucci s'arrêta sur le quai du Palazzo Feudatario, il remarqua qu'il n'y avait pas de garde posté à l'entrée. Son regard descendit ensuite vers le sol, sous la lampe du perron, et il aperçut Nico, allongé par terre.

— On dirait que nous avons eu de la compagnie, dit-il à l'un de ses hommes qui attachait le bateau. Vérifie l'état de Nico quand tu auras fini.

L'autre homme dégaina prudemment son pistolet et suivit Gallucci qui s'approcha de l'entrée. Le garde poussa la porte et entra en premier, ouvrant la voie au Don. Après avoir traversé le hall, il pénétra dans le bureau, balaya la pièce du regard et baissa son arme.

— Ça ne va pas vous plaire, chef, dit-il en se tournant vers Gallucci.

CHAPITRE
TRENTE-HUIT

Don Angelo Gallucci baissa les yeux sur les cadavres de ses deux employés et ne put contenir sa colère en découvrant qu'on s'était introduit dans le *palazzo*.

— Montrez-moi les vidéos de surveillance, ordonna-t-il au garde.

Il ouvrit ensuite le grand coffre Gardall noir dans son bureau pour s'assurer que le journal Coscia, un document aussi ancien qu'il était incriminant, était intact. *Ouf !* Il était toujours là et en parfait état. Au moins, les intrus n'avaient pas mis la main dessus.

Les caméras de surveillance n'avaient enregistré la présence que d'un seul homme : celui qui se prénommait Marco. Don Gallucci vit Aldo plonger vers le commando, puis s'écrouler par terre, abattu par le Glock. Il observa et écouta la conversation entre Valentina et Marco, et le meurtre de Valentina de la main de Marco. « Ça, c'est pour Livia » furent les derniers mots qu'elle entendit avant de mourir. Marco s'était ensuite approché de l'ordinateur de cette Gallo, l'avait coincé sous son bras, jeté un coup d'œil aux alentours et était sorti de la pièce.

Don Gallucci s'assit à son bureau pour réfléchir. Il allait devoir appliquer un châtiment approprié.

LE LENDEMAIN MATIN, un train Frecciargento de Trenitalia quitta la gare vénitienne de Santa Lucia en direction de Florence, qu'il atteindrait deux heures plus tard après avoir traversé la campagne italienne.

À son bord, dans un wagon de première classe, Michael Dominic, Hana Sinclair, Marco Picard et Dario Contini avaient pris place autour d'un carré de quatre sièges séparés par une table en son milieu, sur laquelle avait été étalée une carte de la Galerie des Offices et la Galerie de l'Académie de Florence. Deux agents de sécurité accompagnant Contini étaient assis à proximité. Après avoir acheté une bouteille d'eau minérale pour chacun, Karl et Lukas s'installèrent un peu plus loin, à l'avant de la voiture.

— D'après ce que j'ai trouvé dans les fichiers du Feudatario, expliqua Contini, voici la localisation des tableaux à examiner. Ça devrait nous faire gagner du temps.

Il pointa du doigt les croix rouges griffonnées sur la carte, au niveau de certains murs des nombreux couloirs, galeries et pavillons des deux établissements.

— J'ai aussi appelé les directeurs pour les informer de notre arrivée et de notre mission. Ils se sont montrés très coopératifs.

— Je ne comprends toujours pas pourquoi il faut que nous y allions, dit Hana. Non pas que ça me déplaise de visiter Florence, bien sûr.

Il faisait chaud, et elle but à grandes gorgées à même sa bouteille d'eau.

— Pour commencer, expliqua Dominic, l'agent Contini aura peut-être besoin de l'aide du Vatican, ce que je suis bien placé pour offrir. Sans compter que tu peux considérer cela comme une ébauche pour un article de choc : « Un complot de contrefaçon d'œuvres historiques qui court depuis des siècles ! » Je doute que l'Église se réjouisse d'une telle publicité, mais je suis sûr que tu sauras arrondir les angles des informations sensibles, si tant est que tu le souhaites. Et enfin, qui refuserait un accès illimité à deux magnifiques galeries d'art parmi les plus belles du monde ? Je l'avoue, c'est cette raison qui me pousse à m'y rendre avant tout. C'est fou ce qu'un petit badge peut vous ouvrir comme portes.

Il décocha un regard à Contini qui sourit, content de lui.

— Sans oublier, ajouta l'agent, que plus on récolte de preuves, plus vite on pourra mettre ces vauriens du Feudatario derrière les barreaux. Ils passent entre les mailles du filet depuis bien trop longtemps à mon goût. Je les enverrais bien faire un petit tour à la prison Regina Coeli de Rome.

— Ils y retrouveront notre vieil ennemi, le cardinal Dante, précisa Hana avec satisfaction en faisant référence à l'ex-archevêque de Buenos Aires qui avait été incarcéré suite à leur dernière aventure.

— Si mes souvenirs sont bons, intervint Dominic, Marcello Sabatini a déjà mis le conservateur des Offices au courant de l'opération Scambio. Giancarlo Piovani, qu'il s'appelle. Il faudra qu'on lui en touche deux mots, une fois sur place.

— Oui, c'est avec lui que je me suis entretenu, confirma Contini. On a rendez-vous à notre arrivée.

CONSTRUITE en 1560 pour stocker la vaste collection artistique personnelle de Cosmes Ier de Médicis et de sa famille, et pour accueillir les bureaux administratifs des magistrats florentins de l'époque, la Galerie des Offices est l'un des musées les plus importants d'Italie, et sans doute le plus populaire.

L'immense collection de tableaux florentins datant de la fin de l'époque gothique, de la Renaissance et du maniérisme qu'abritent les Offices nécessite d'être régulièrement restaurée, une tâche que la Galerie confie fréquemment à des spécialistes qualifiés reconnus pour leur dévouement envers la préservation des détails les plus minutieux.

Quand le taxi collectif les eut déposés à l'entrée du bâtiment sur la rive du fleuve Arno, Dominic et ses compagnons s'approchèrent de la magnifique façade sur les *piazzale degli Uffizi* et pénétrèrent dans le gigantesque atrium où ils retrouvèrent *Signor* Piovani, le conservateur en chef.

— Montons dans mon bureau, suggéra ce dernier.

— Michael, intervint Karl. Puisque tu me sembles être entre de bonnes mains, Lukas et moi allons explorer le musée, si ça ne t'embête pas. Appelle-nous si besoin, d'accord ?

— Entendu. Amusez-vous bien.

Piovani conduisit ses invités le long du couloir ouest, puis gravit l'escalier de marbre construit par Buontalenti jusqu'au premier étage. La petite troupe passa devant les salles Barocci, Lombard, Le Tintoret et Véronèse, avant de traverser un deuxième couloir jusqu'aux bureaux administratifs surplombant le fleuve.

En dépit du pas rapide de Piovani, Dominic, Hana et Marco se tordirent le cou pour admirer les splendides œuvres d'art sur leur passage. La vue était si belle qu'elle leur fit tourner la tête. Avec un peu de chance, ils auraient l'occasion de revoir les lieux plus en détail après leur rendez-vous.

Quand les présentations furent faites, ils s'assirent dans le bureau du conservateur et Contini prit la parole.

— Si je comprends bien, *signore*, vous avez été en contact avec *Signor* Sabatini du Vatican concernant l'opération que la Camorra appelle Scambio. C'est bien cela ?

— *Sì*, j'ai parlé à Marcello. Tout ceci est très perturbant, voyez-vous, car nous collaborons avec le Feudatario depuis plusieurs décennies, maintenant. D'ailleurs, je viens tout juste d'apprendre que nous leur avons expédié *Léda et le cygne* du Tintoret pas plus tard qu'hier, en vue d'y apporter quelques restaurations mineures. À son retour, vous pouvez être sûr que je l'inspecterai en personne et avec la plus grande minutie pour m'assurer de son authenticité.

— Pourrions-nous jeter un coup d'œil aux œuvres sur

lesquelles le Feudatario a travaillé par le passé ? demanda Contini en lui tendant une liste d'une vingtaine d'artistes et de titres. Voici les noms que nous avons dans nos registres. J'aimerais m'assurer que vous avez en votre possession les originaux et non des contrefaçons.

— Bien sûr, *signore*. Commençons par les tableaux de Titien.

Piovani les guida à travers plusieurs pièces et galeries dédiées chacune à un artiste en particulier, où Contini, armé de gants en latex blancs, put inspecter chaque œuvre à l'aide d'une loupe grossissante et d'un crayon à lumière noire. Il frotta délicatement la peinture par endroits pour s'assurer qu'elle ne restait pas sur ses gants et chercha, de manière générale, des signes révélateurs de contrefaçon.

— Si vous ne les avez pas encore soumis aux rayons X, je vous conseille de le faire au plus vite, suggéra Contini. Et pendant que vous y êtes, vous devriez passer quelques grains de peinture au spectromètre. Je puis vous assurer que ce ne sera pas du temps perdu.

Signor Piovani déglutit en hochant la tête, visiblement perturbé par l'insinuation non dissimulée de Contini.

Après avoir jeté un coup d'œil au bout du couloir, Hana s'excusa pour se rendre aux toilettes pour femmes.

— Je t'accompagne, annonça Marco. Celles des hommes ne doivent pas être loin.

— Tu crois que je ne vois pas ce que tu fais ? lui dit-elle en lui décochant un regard en coin alors qu'ils s'éloignaient.

— Ce ne sont pas des blagues ! J'ai vraiment besoin de passer aux toilettes… Et puis, j'ai une mission à remplir.

Il lui sourit quand ils tournèrent au coin du couloir ouest et descendirent l'escalier vers l'entrée où se trouvaient les toilettes, leurs pas résonnant en écho sur le sol de marbre.

Dominic les regarda s'en aller, bras dessus, bras dessous, et prit une grande inspiration. *Tout va bien. Pas de panique. Qu'est-ce qui ne va pas chez moi, bon sang ?*

Hana profita de cette petite escapade pour admirer les statues antiques et les peintures de la Renaissance, pendant que Marco se mettait instinctivement à observer les gens à l'entour. Ce n'était pas la saison touristique et le musée était presque désert.

Quand ils arrivèrent devant les toilettes, Marco s'arrêta brusquement. À l'entrée du musée, il venait d'apercevoir un visage familier. Un homme se dirigeait vers la sortie. Juste avant d'atteindre les portes, il tourna la tête et croisa le regard de Marco, avant de s'enfuir en courant.

C'était le garde du Feudatario que Karl avait assommé !

— Je reviens tout de suite, dit Marco à Hana. Je viens de reconnaître quelqu'un.

Et il se hâta vers la sortie, sans pour autant se mettre à courir pour éviter d'attirer l'attention.

Le personnel était en train de nettoyer les toilettes pour femmes quand Hana s'approcha. Un énorme chariot d'entretien était stationné devant la porte et la femme de ménage sortit au même instant.

— Vous pouvez y aller, *signorina*. J'ai terminé, dit-elle en évitant son regard.

Le téléphone d'Hana sonna au moment où elle entrait dans les toilettes. C'était son grand-père, Armand de Saint-Clair. Elle décrocha tout en se dirigeant vers une cabine.

— Allô, pépé ! Je peux te rapp…

Elle s'apprêtait à ouvrir la porte lorsque quelqu'un bondit de la cabine voisine. Hana n'eut pas le temps de finir sa phrase qu'un homme la saisissait par derrière et la poussait de force à l'intérieur de l'habitacle exigu, en pressant un mouchoir qui sentait le chloroforme sur sa bouche et son nez. En essayant d'échapper à son agresseur, elle fit tomber son téléphone qui rebondit bruyamment sur le carrelage. Ses bras continuèrent de s'agiter dans un effort vain, puis l'obscurité l'enveloppa. Dix secondes plus tard, elle pendait mollement dans les bras de l'inconnu.

La femme de ménage réapparut promptement en poussant son chariot devant elle et aida son complice à soulever le corps inerte d'Hana pour le faire rentrer sur l'étagère inférieure, dissimulée des quatre côtés par des rideaux de tissu. Ensemble, ils firent sortir le chariot et se dirigèrent vers une porte au bout du couloir sur laquelle était attaché un panneau *Privato*. À l'aide du trousseau de clés qui pendait à sa ceinture, l'homme la déverrouilla et poussa le chariot à l'intérieur, avant de refermer derrière eux. Ils venaient d'arriver dans la zone de service.

La femme se précipita vers la porte de sortie à côté de la rampe de chargement et l'ouvrit. À l'extérieur du bâtiment, le long du mur, se trouvait un quai où une camionnette de livraison blanche les attendait, le moteur allumé. L'homme sortit Hana de sa cachette sous le chariot, la hissa sur son épaule et la déposa à l'arrière de la fourgonnette. L'instant d'après, les deux complices grimpèrent à bord et refermèrent les portes. Le véhicule s'éloigna et sortit du parking du personnel, avant de se perdre au milieu de la circulation.

UNE FOIS HORS DU MUSÉE, Marco se précipita à la suite du garde du Feudatario qui venait de tourner au coin de la rue. Il courut aussi vite qu'il put, atteignit le carrefour et vit un SUV Peugeot vert s'éloigner à toute vitesse. Personne en vue. De toute évidence, la voiture attendait le garde, prête à partir. *Merde alors ! MERDE !* L'avait-on berné ?

Inquiet, Marco rebroussa rapidement chemin et se rua vers les toilettes pour femmes. Il frappa à grands coups à la porte.

— Hana ? HANA ?

Pas de réponse. Il entra.

— Il y a quelqu'un ?

Seul le silence lui répondit. Une à une, il ouvrit toutes les cabines. Hana n'était pas là, mais il trouva son téléphone par terre dans l'une des cabines, l'écran fissuré. Il le ramassa et l'empocha.

Repartant dans l'autre sens, il traversa le musée à toute vitesse, grimpa les marches deux par deux jusqu'à l'étage où il avait laissé Dominic et les autres, et tomba sur le groupe.

— Hana est revenue ? demanda-t-il en haletant.

Dominic parut surpris.

— Non, pas depuis que vous êtes partis tous les deux.

Les mains sur les hanches, le souffle court, Marco jura de nouveau et se mit à marcher de long en large d'un pas vif.

— Il l'ont enlevée, Michael. Ces enfoirés ont kidnappé Hana !

CHAPITRE

TRENTE-NEUF

Pierluigi Falco déboucha un flacon de sels odorants sous le nez d'Hana qui se réveilla avec un mouvement de tête brusque, se détourna du parfum âcre de l'ammoniac et ouvrit les yeux avec difficulté.

— Qu'est-ce qui s'est passé ? Où suis-je ? Qui êtes-vous ?

— Vous pouvez m'appeler Pierluigi. Quant à vos autres questions, on verra cela plus tard, répondit Falco d'une voix douce avec un léger cheveu sur la langue. Asseyez-vous et buvez un peu d'eau.

Hana se redressa sur le lit sur lequel elle était allongée. L'homme qui se tenait à son chevet avait l'air jeune ; il était de taille moyenne, avait la peau sur les os, le crâne dégarni parsemé de quelques cheveux blonds et un visage terne et creux. Il avait l'air gentil, mais elle se souvint qu'elle n'était pas censée être ici.

— J'imagine que vous faites partie de la Camorra et que j'ai été kidnappée. Je me trompe ? s'enquit-elle d'un ton presque détaché.

Après avoir reniflé l'eau, elle en but une gorgée.

— *Kidnappée…* Quel terme… déplaisant. Disons plutôt que vous êtes notre invitée en ces lieux, pour le moment.

— Pour le moment ? Et combien de temps ça va durer, Pierluigi ? Et c'est où exactement, « ces lieux » ?

— Tant de questions dans la bouche d'une fille si intelligente, rétorqua Falco avec un sourire malicieux, en secouant la tête de manière exagérée. Malheureusement, je ne peux pas y répondre, voyez-vous.

Quel étrange personnage, songea Hana. Elle balaya la pièce du regard, qui était décorée dans des tons violets avec des meubles fantaisistes et des ornements muraux loufoques, une lampe à lave orange sur la table de chevet et des étagères remplies de poupées effrayantes de toutes les nationalités. Elle avait l'impression d'être retenue prisonnière dans *Alice au Pays des Merveilles*.

Elle remarqua aussi les barreaux à l'extérieur des fenêtres et qu'elle se trouvait au troisième ou quatrième étage d'un bâtiment. Un asile, peut-être ?

— Reposez-vous. Je vous apporterai un bon petit plat plus tard, déclara Falco d'une voix chantante.

Il agita les doigts en signe d'au revoir et quitta la pièce, sans oublier de fermer et de verrouiller la porte derrière lui.

— Je n'aurais jamais dû me laisser distraire comme ça, se lamenta Marco, culpabilisant d'avoir laissé Hana sans protection.

— Ce n'est pas faux, dit Dominic, mais ce n'est pas le moment de t'en prendre à toi-même. Que te souffle ton instinct, Marco ? Qu'est-ce qu'ils risquent de lui faire ?

L'ancien béret vert arpenta la pièce en réfléchissant.

— J'imagine que c'est une manière de se venger d'un truc que j'ai fait au Feudatario, hier. Je ne vais pas rentrer dans les détails, mais pour faire court, j'ai récupéré l'ordinateur de Livia et j'ai en quelque sorte eu ma revanche pour son meurtre. Mais au moins, maintenant, ils savent qu'on ne plaisante pas.

— Super ! cracha Dominic. Regarde un peu dans quel pétrin ça nous a mis de ne « pas plaisanter ».

— Je suis sincèrement désolé, Michael, mais m'invectiver n'arrangera pas les choses. Essayons de régler ça ensemble, d'accord ?

Dominic rougit puis se radoucit.

— D'accord, pardon. Qu'est-ce qu'on fait, maintenant ?

— Faire du mal à Hana ne leur apportera rien qui vaille. Au contraire, ça leur causerait du tort ; et ils le savent, étant donné que les autorités collaborent avec nous. Non, je pense qu'ils ont autre chose en tête. On n'a plus qu'à attendre pour savoir ce qu'ils manigancent et espérer qu'ils vont nous contacter. Florence est une grande ville. Je doute qu'on réussisse à localiser Hana.

Les mots de Marco sonnèrent étrangement familiers aux oreilles de Dominic, mais il était incapable de mettre le doigt sur son sentiment. Qu'est-ce que c'était ? Qu'est-ce que ça lui rappelait ?

Puis il se souvint.

— Marco ! Hana a peut-être toujours son AirTag dans son portefeuille ! On l'a essayé, l'année dernière, et il s'est avéré utile lors d'une urgence comme celle-ci. Hana avait été kidnappée par les Oustachis et on s'est servi d'un AirTag pour la retrouver !

— Un AirTag ? C'est quoi ? demanda Marco.

— C'est un disque ultra-compact, un dispositif de localisation développé par Apple et compatible avec le Bluetooth et les signaux à bande ultralarge. Tu peux le fixer sur n'importe quel objet que tu veux suivre et le localiser à n'importe quelle distance en utilisant l'application « Localiser ». Tout ce dont le marqueur a besoin, c'est d'un iPhone, n'importe lequel, à moins de dix mètres, afin de transmettre le signal chiffré à basse énergie. Même le téléphone de quelqu'un d'autre au milieu de la foule, ça marche ! Le marqueur envoie ensuite son signal de localisation à l'appareil demandeur – en l'occurrence mon iPhone à moi – via iCloud. Et voilà ! Balise retrouvée ! En espérant qu'Hana l'ait toujours dans son sac et qu'ils ne lui aient pas confisqué ses affaires.

— Super ! Qu'est-ce que tu attends ? le pressa Marco avec enthousiasme. Sors ton iPhone !

Au même instant, le téléphone de Dominic sonna. Surpris par une telle coïncidence, il leva les yeux vers Marco et répondit en allumant le haut-parleur pour qu'ils puissent tous les deux écouter l'interlocuteur.

— Je m'adresse bien au père Dominic ? demanda une voix.

— C'est moi. Et vous êtes ?

— Mon nom importe peu. J'imagine que vous savez maintenant que nous détenons votre amie, *Signorina* Sinclair. Soyez assuré que nous ne lui ferons aucun mal, à condition que vous fassiez exactement ce que je vous demande.

— C'est-à-dire ?

— C'est bien la petite-fille du baron Armand de Saint-Clair, président de la Banque Suisse de Saint-Clair à Genève ?

— Pourquoi poser la question si vous le savez déjà ? coupa Dominic d'un ton tranchant. Qu'est-ce que vous voulez ?

— Nous relâcherons votre amie en échange de deux millions d'euros. Cela ne devrait pas poser de problème pour le baron. En petites coupures dont la numérotation ne se suit pas. Vous avez vingt-quatre heures. Gardez votre téléphone à portée de main, *padre*. On vous rappellera plus tard avec des instructions supplémentaires.

La personne raccrocha.

Dominic s'empressa d'ouvrir l'application « Localiser » et cliqua dessus pour l'ouvrir. Il appuya frénétiquement sur le bouton « portefeuille d'Hana » dans le menu et attendit que le téléphone trouve le signal.

La dernière localisation connue était le musée – aux toilettes, probablement – et remontait à quinze minutes plus tôt.

— Ça peut vouloir dire deux choses. La première, c'est que personne autour d'elle n'a un iPhone allumé, du moins pas encore. La deuxième, c'est qu'elle a peut-être enlevé l'AirTag de son sac. Mais je l'imagine mal faire ça. Après tout, elle sait qu'il s'est avéré utile plus d'une fois. Enfin, il n'est pas impossible qu'elle ait changé de sac.

— Tu n'as pas dit qu'elle le gardait dans son portefeuille ?

— Si.

— Tu sais, les femmes changent souvent de sac, selon la tenue du jour, mais le portefeuille reste en général le même, assura Marco d'un ton confiant. Mais je ne suis pas étonné que tu l'ignores ; tu n'es pas français, après tout.

Dominic soupira en levant les yeux au ciel.

— Je suis aussi prêtre, Marco. Les habitudes féminines en matière de sac à main, ce n'est pas mon rayon.

Marco considéra cette réplique un instant puis hocha la tête.

— Oui. Ça paraît logique.

— On n'a plus qu'à continuer à vérifier régulièrement en espérant que quelqu'un avec un iPhone s'approchera de son sac.

— Je ne sais pas si j'ai la patience pour ça, se tourmenta Marco. Je me mords encore les doigts d'avoir fait une erreur de débutant aussi stupide.

— Une fois de plus, ce n'est pas moi qui vais te dire le contraire, concéda Dominic avant de poursuivre rapidement. Mais ce n'est pas comme si je n'avais pas aussi ma part de responsabilité. On doit continuer malgré tout.

Il aurait bien blâmé Marco pour des raisons autres que le fait que ce dernier n'avait pas réussi à protéger sa meilleure amie, mais la tension entre eux n'était d'aucune utilité. Tout ce qui comptait pour le moment, c'était de sauver Hana.

— J'imagine que je vais devoir appeler le baron pour faire avancer les choses, suggéra Marco. Mais si on finit par découvrir où se trouve Hana, prépare-toi à devoir te battre. On devrait demander à Karl et Lukas de se tenir prêts, eux aussi. C'est une bonne chose qu'ils soient venus avec nous.

Le téléphone de Dominic sonna de nouveau.

— En parlant du loup : c'est Armand. Tu devrais répondre.

Marco arracha le téléphone de la main de Dominic et décrocha.

— Monsieur le baron ? C'est Marco. Oui, Michael est ici avec moi. Je suis navré mais j'ai des mauvaises nouvelles.

Le baron expliqua qu'il était au téléphone avec Hana quand la communication avait été coupée. Marco lui raconta ensuite les événements en mentionnant la demande de rançon des ravisseurs et lui demanda comment il souhaitait gérer la situation.

— L'argent n'est pas un problème. Je vais m'en occuper de suite, annonça Saint-Clair d'une voix laconique. Mais comment avez-vous pu laisser une telle chose se produire, Marco ? Je vous faisais confiance pour protéger Hana de ce genre de problème !

— Vous savez que je ferai tout ce qui est en mon pouvoir pour la récupérer, monsieur. Michael et moi avons un plan, qui dépend de certains facteurs technologiques et logistiques. Je ne vais pas rentrer dans les détails, mais si ça marche, alors je réglerai la situation en personne et ramènerai Hana saine et sauve. Nous avons aussi deux gardes suisses plus que compétents avec nous qui sont prêts à nous donner un coup de main. Faites-moi confiance, monsieur. Je ne vous décevrai pas.

Partagé entre la fureur et la gêne, Marco arpentait la pièce, l'oreille collée au téléphone et le visage luisant de sueur.

Le baron était tout aussi inquiet que lui.

— Je vais virer deux millions d'euros sur mon compte BNP Paribas à Florence dès qu'on aura raccroché. Ce sera disponible et accessible en votre nom, Marco. Faites tout ce qui est en votre pouvoir pour récupérer ma petite-fille en toute sécurité. D'après ce qu'elle m'a dit, je suppose que c'est avec la Camorra que vous avez affaire ?

— Oui, monsieur. Bien qu'ils ne se soient pas identifiés comme tels, c'est aussi ce que je présume. On leur a causé pas mal de soucis, cette semaine. Cela dit, le kidnapping est une activité dans laquelle ils appliquent un certain nombre de principes. Ils sont réputés pour toujours libérer la victime, une fois le paiement effectué.

Marco omit de mentionner qu'il avait tué plusieurs agents de la Camorra récemment et qu'il existait par conséquent un risque de représailles, malgré le paiement de la rançon. Il espérait néanmoins que la Camorra se contenterait d'opérer selon ses habitudes. L'honneur de la Mafia était en jeu, après tout. Si les gens apprenaient que les victimes étaient tuées après le paiement, leur business lucratif s'assécherait plus rapidement que de la salive sur un trottoir sicilien.

— Appelez-moi dès que vous avez des nouvelles, Marco. Je compte sur vous.

Le baron raccrocha.

Dominic continua de vérifier régulièrement l'application « Localiser » dans l'espoir qu'un iPhone se soit approché de l'AirTag d'Hana, mais sans succès pour le moment.

CHAPITRE

QUARANTE

S ituée dans le quartier huppé de la Muette du 16ᵉ arrondissement de Paris, sur la rive ouest de la Seine, la villa de 40 pièces d'Eldon Villard abritait une collection d'art parmi les plus impressionnantes au monde.

Construite au XVIIIᵉ siècle, la demeure affichait un style typiquement parisien, avec une façade en calcaire puisé dans les carrières de la région, le même matériau que l'on retrouvait sur la cathédrale de Notre-Dame et le musée du Louvre. Le toit mansardé était recouvert d'ardoises grises et les grandes fenêtres à battants s'ouvraient sur une vue splendide de la Tour Eiffel, de l'autre côté de la rivière.

Mais les lieux avaient été pensés spécialement pour accueillir des œuvres d'art. Chaque pièce était aménagée de sorte à donner la priorité aux murs, sur lesquels étaient accrochés de multiples tableaux raffinés, formant une superbe collection estimée à plusieurs millions d'euros. Outre l'impressionnant système de sécurité et les vigiles présents sur le site, la villa était également protégée par un dispositif anti-incendie à la pointe de la technologie, prévu pour aspirer l'oxygène de la pièce plutôt que d'asperger les locaux d'eau, et éviter ainsi d'endommager les œuvres.

Eldon Villard possédait un œil aiguisé et une passion invétérée pour les vieux maîtres, dont il acquérait les tableaux à la première occasion pour les revendre très rarement. Mais le plus gros de son inventaire était stocké en sécurité dans un large complexe situé dans le port franc du Luxembourg voisin où, à l'image de ses homologues fortunés qui s'adonnaient à la même pratique, il était libre d'acheter, de vendre et d'échanger ses biens sans avoir à se soucier du poids des taxes et de la douane, ni des questions insistantes des autorités.

Grand et à l'allure aristocratique, Villard affectionnait tout particulièrement les costumes sur mesure de Fioravanti et les chaussures Richelieu à bout golf en cuir d'alligator ciré. Constamment en déplacement aux quatre coins du globe pour ses affaires, il en profitait pour visiter ses galeries préférées à la recherche des tout derniers trésors que l'on mettait de côté rien que pour lui, en attendant son approbation. Son jet privé de prédilection pour s'y rendre était le Gulfstream G650ER, un appareil argenté scintillant qui lui permettait de parcourir la moitié de la planète avant de devoir s'arrêter pour se ravitailler en carburant.

L'avion venait justement de décoller du Bourget à Paris, en direction de l'aéroport Friuli Venezia Giulia à Trieste, où Villard devait retrouver l'une des œuvres les plus précieuses qu'il avait jamais acquises : *La Vierge de Foligno* de Raphaël. Assis dans la cabine principale, une flûte de Louis Roederer Cristal millésime 2013 à la main, il consulta le rapport d'état et les registres retraçant les origines de la pièce. Le fait qu'elle provenait du Vatican n'était pas un secret pour lui et ne faisait que décupler son envie de l'ajouter à sa collection. Le processus d'expropriation du studio de Renzo Farelli lui importait peu. Le tableau ne sortirait jamais de son casier privé – ou plutôt de sa suite de stockage de luxe en acier renforcé – dans la zone franche du Luxembourg, alors personne ne poserait jamais les yeux dessus. À cinquante-sept ans, Eldon Villard avait réussi dans la vie : il pouvait faire et obtenir tout ce que son cœur désirait.

~

La Frecciarossa fila de Venise à la gare centrale de Trieste en moins de deux heures, un laps de temps que Renzo Farelli, à son bord, mit à profit pour se plonger dans le rapport d'état du Raphaël. Il devait connaître la situation sur le bout des doigts en vue de son rendez-vous avec Eldon Villard.

Une fois arrivé à destination, Farelli monta à bord de la berline limousine sombre qui l'attendait, direction le port franc de Trieste, où il fut accueilli par son directeur, Pietro Meloni, en compagnie duquel il attendit l'arrivée du jet de Villard.

— Il ne devrait pas tarder, *Signor* Farelli, l'informa Meloni. Pendant ce temps, pourquoi ne pas vous faire le tour du propriétaire ?

— Ce ne sera pas nécessaire, merci. En revanche, je veux bien voir le tableau. C'est possible ?

— Bien sûr, suivez-moi, *signore*.

Meloni le conduisit à travers un labyrinthe de couloirs faiblement éclairés, le long desquels s'alignaient des portes en acier brossé à la pointe de la technologie, chacune équipée d'un système de verrouillage biométrique à reconnaissance d'iris et d'empreinte digitale. Les salles de stockage étaient séparées par des murs en béton cellulaire renforcé d'acier d'un demi-mètre d'épaisseur et dotées d'un système anti-incendie qui réduisait l'oxygène de la pièce de 21 %, le taux habituel, à 16 %, pour éviter qu'un feu ne se déclenche.

Meloni s'arrêta devant le coffre numéro 42, leva une main contre l'écran d'identification et posa le menton contre le scanner biométrique. Il y eut un petit bip de confirmation, un grincement lent de verrous qui se rétractent, et la porte s'ouvrit en silence.

Une fois à l'intérieur de la pièce, Meloni passa la main sur un panneau mural pour allumer un faisceau de lumière LED qui s'éleva lentement pour venir illuminer le magnifique Raphaël accroché au milieu du mur. Les rayons aux niveaux de LUX avaient été définis sur mesure pour mettre en valeur toutes les nuances d'ombre et de couleurs du tableau. Cette pièce était clairement faite pour présenter les œuvres les plus raffinées sous leur meilleur jour.

Impressionné par le zèle dont faisait preuve le directeur du port franc dans son travail, Farelli pénétra dans la pièce et resta en admiration devant le Raphaël qui se dressait devant lui. Bien que sachant pertinemment qu'il s'agissait d'une contrefaçon créée de la main de Giuseppe, il fut incapable de la distinguer de l'originale. Son œil aguerri examina chaque recoin du tableau et conclut que Villard serait ravi de son achat.

Vendue pour vingt-cinq millions d'euros, cette œuvre représentait la plus grosse affaire conclue par la Camorra à ce jour.

Un bruit de pas s'approchant dans son dos le fit se retourner. Quatre personnes pénétrèrent dans la pièce : trois hommes, dont deux étaient de toute évidence des gardes du corps, et une femme, visiblement une assistante. Farelli reconnut aisément Eldon Villard qui s'approcha de lui, la main tendue.

— *Signor* Farelli, je suppose ?

— Oui, Monsieur Villard. C'est un honneur de faire votre connaissance, répondit Farelli avec enthousiasme.

Il se tourna ensuite vers *La Vierge de Foligno* et la désigna d'un grand geste du bras théâtral.

— N'est-elle pas spectaculaire dans tous les sens du terme ? demanda-t-il en joignant les mains devant lui.

Villard prit une grande inspiration, le regard rivé sur le Raphaël. Il resta debout devant un instant, puis se déplaça de droite à gauche pour l'observer sous un autre angle.

— Je n'aurais pas mieux dit, souffla-t-il dans un murmure.

Quelques secondes s'écoulèrent.

— Je la prends ! déclara-t-il d'un ton décidé. *Signor* Farelli, auriez-vous l'obligeance de la faire transporter à bord de mon jet ? Je me rendrai directement à mon coffre au port franc du Luxembourg. Merci d'indiquer sur la documentation qu'elle fait le trajet d'une zone franche à l'autre.

— Le conteneur de transport est déjà prêt, *Signor* Villard, et tous les papiers sont en ordre, conformément aux directives de votre assistante. Un fourgon blindé la transportera à bord de votre jet d'ici une heure.

— Est-ce que vous avez une salle de réunion, ici ? s'enquit Villard. J'aimerais m'entretenir avec *Signor* Farelli un moment en privé.

— Bien sûr. Si vous voulez bien me suivre.

Meloni attendit que tout le monde ait quitté la pièce, puis verrouilla la porte et conduisit le petit groupe jusqu'à une salle de conférence luxueuse à l'entrée du bâtiment donnant sur les eaux du golfe de Trieste. Les gardes du corps se postèrent devant la porte pendant que Farelli, Villard et son assistante prenaient place.

— *Signor* Farelli, commença Villard. J'apprécie les risques que vous avez pris pour me livrer cette pièce remarquable et je vous en suis éternellement reconnaissant. Cela dit, étant donné ma position, je me dois de m'assurer que mon implication dans cette affaire sera dépourvue de toutes répercussions. Entendons-nous bien ?

— Absolument, *signore*. Aux yeux de tous, vous êtes invisible, dans cette transaction.

— Parfait. Alors c'est réglé. Je vais transférer les fonds sur votre compte en Suisse dans la seconde. Mon assistante a déjà vos coordonnées bancaires, dit-il en désignant la femme assise en face de lui qui hocha la tête et sortit son iPad pour procéder au virement.

Villard reprit d'un ton menaçant.

— S'il y a un souci, vous entendrez parler de moi.

Il se leva de sa chaise, serra la main de Farelli, puis sortit de la salle. Après un bref salut de loin à l'intention de Meloni, son personnel lui emboîta le pas et ils sortirent du bâtiment pour monter à bord d'une limousine Mercedes noire qui les attendait à l'entrée.

Partagé entre la joie et la trépidation, Renzo Farelli ne put réprimer un frisson. Il venait de conclure la plus grosse transaction de sa vie avec une aisance remarquable, mais craignait les représailles si Eldon Villard venait à se rendre compte qu'il avait payé vingt-cinq millions d'euros pour une contrefaçon.

227

QUARANTE-ET-UN

Cela faisait déjà près de dix heures que Pierluigi Falco surveillait son otage, et comme il était presque vingt heures, son service touchait à sa fin. Il était en cuisine depuis dix-huit heures, occupé à préparer le plat préféré de sa grand-mère tout spécialement pour sa chère prisonnière : les *fettuccine all'amatriciana* (des pâtes fraîches dans une épaisse sauce tomate, accompagnées de *pancetta* vieillie et de *pecorino romano* fraîchement râpé).

— Je ne vais pas tarder à rentrer, *signorina*, mais Hugo prendra bien soin de vous jusqu'à mon retour demain. J'espère que vous aimez les pâtes.

Il déposa le bol sur une table dans la chambre d'Hana.

— Ça sent bon, Pierluigi, merci, répondit Hana sans grand enthousiasme.

Falco agita les doigts en guise d'au revoir, puis quitta la pièce.

Quelques minutes plus tard, Hugo, le garde remplaçant, entra en claquant la porte dans l'appartement au troisième étage des Altamonte Suites, un immeuble situé au centre-ville de Florence. La Camorra, propriétaire des lieux, louait la plupart des logements qui s'y trouvaient mais en réservait quelques-uns pour servir de planques.

Comme à son habitude, Hugo était en train de se disputer avec sa petite amie, son iPhone collé à l'oreille. Falco soupira en voyant le jeune homme pénétrer dans la pièce, en pleine querelle amoureuse. C'était monnaie courante ; leur relation semblait prospérer dans le chaos.

Falco lui fit signe de se taire un instant, et Hugo, par la force des choses, obtempéra et posa son téléphone contre sa poitrine.

— Je viens juste de lui donner à manger. Si tu as faim, il en reste dans la cuisine. À demain.

Hugo lui fit signe de la main avant de replonger au cœur de la dispute animée qu'il avait entamée avec sa petite amie au sujet des problèmes du jour.

Hugo ne s'en était pas rendu compte, mais son iPhone se trouvait désormais à moins de dix mètres du sac d'Hana, dans le rayon Bluetooth. Quand il était entré dans l'appartement, l'AirTag avait détecté son iPhone et envoyé sa position à un serveur sécurisé sur iCloud, où l'information resterait en attente jusqu'à ce que Dominic lance une recherche sur son appareil.

Dominic, Marco, Karl et Lukas venaient de terminer leur dîner à l'hôtel lorsque, après de multiples tentatives sans succès, Dominic essaya de nouveau de lancer l'application « Localiser ».

Cette fois, une petite photo d'Hana apparut sur la carte et localisa l'AirTag dans son portefeuille à Florence.

— C'est bon, je l'ai ! s'écria-t-il tout excité. Elle est dans un immeuble appelé Altamonte Suites.

Il se tourna vers Marco.

— Alors, c'est quoi le plan ?

Ce dernier réfléchit un instant, puis ouvrit l'ordinateur de Livia. Il lança Google Earth, saisit l'adresse indiquée sur l'application et activa l'option 3D. Le logiciel indiqua l'emplacement donné et afficha les façades avant, arrière et latérales du bâtiment. Grâce à l'outil de rotation, Marco examina la disposition des lieux, notamment les accès et les sorties de secours.

— Il n'y a que trois étages. Attendons la tombée de la nuit. Dans quelques heures, la plupart des gens iront se coucher. S'il n'y a pas de garde à l'extérieur, on essaiera d'entrer par la porte principale. Si elle est verrouillée, Karl tentera de la crocheter. Si ça ne marche pas, on passera par le toit. Tu es sûr que cette application va nous mener jusqu'à l'AirTag, Michael ?

— Oui, elle nous montrera même à quelle distance on se trouve. Plus on s'en approchera, plus ça diminuera.

— Parfait. Alors, préparons-nous. Je vais réserver une voiture de location auprès du concierge, après quoi, on ira surveiller l'activité autour du bâtiment en attendant le moment opportun.

QUARANTE-DEUX

Faustino Perez se tenait à plat ventre dans l'obscurité sur un toit reculé, en face d'un immeuble résidentiel huppé situé de l'autre côté de la rue. Son fusil de précision Steyr SSG 69 autrichien prêt à tirer, équipé d'un silencieux et d'une lunette Kahles Wien ZF69, il attendait le feu vert de son client, Don Angelo Gallucci.

Il était content d'être de retour à Florence, même s'il lui arrivait rarement d'endosser son costume d'assassin dans sa ville natale. Mais cette fois, il s'agissait d'un gros contrat : un magistrat italien, avec un paquet d'argent en jeu. Certes, il préférait fabriquer des bombes (les subtilités complexes du C-4, les branchements du Semtex, les amorces et les téléphones portables transformés en détonateurs, voilà où résidait sa véritable passion) mais ses compétences de tireur d'élite acquises dans l'armée italienne attiraient de nombreux clients et les missions étaient rapides, efficaces et grassement payées, alors pourquoi pas ? Ces derniers temps, la Camorra était son principal donneur d'ordre ; peu à peu, une confiance mutuelle s'était installée entre eux. Sans compter que leurs fonds semblaient illimités, ils ne se plaignaient donc jamais des frais coûteux que son travail impliquait.

Son téléphone vibra. Il lut le texto : **Quand vous voulez.**

Il relâcha ses épaules, regarda une nouvelle fois à travers sa lunette, trouva sa cible assise dans un fauteuil bergère, en train de lire un journal devant la cheminée de sa bibliothèque, prit une profonde inspiration, la retint et appuya délicatement sur la détente. Une grosse éclaboussure de sang imbiba le journal et la tête de l'homme retomba sur le côté.

Sa tâche terminée, il démonta son fusil et le remballa soigneusement dans sa mallette posée à côté de lui. Son sac sur l'épaule, il se dirigea calmement vers la porte de sortie du toit, descendit les escaliers et sortit du bâtiment.

Une fois de retour dans sa camionnette, Perez reçut un autre texto de Gallucci : **Votre prime vous attend à Altamonte. Voyez avec Hugo.**

Hugo. Ce type n'avait d'agent que le nom. Un pois chiche à la place du cerveau et incapable de gérer ses accès de colère. Il irait le voir après avoir bu un coup pour fêter ça.

Marco avait garé la voiture de location de l'autre côté de la rue, à un pâté de maison de l'Altamonte. Dominic, Karl, Lukas et lui venaient de passer une heure assis dans le véhicule à scruter l'entrée, guettant toute activité inhabituelle ou personne suspecte ou familière, mais n'avaient rien vu d'anormal.

Dominic ouvrit l'application « Localiser » sur son téléphone. Sur l'écran, une grande flèche indiquait la dernière position enregistrée par l'AirTag, au nord-ouest du bâtiment, à une centaine de mètres d'eux. Plus ils se rapprocheraient, plus la distance diminuerait.

— Tout le monde est prêt ? demanda Marco.

Karl et Lukas vérifièrent leur SIG Sauer et levèrent le pouce en guise d'affirmation.

— Michael, prends ce taser, juste au cas où, poursuivit Marco en lui tendant l'arme tout en lui montrant comment l'utiliser. Je me suis dit qu'ôter une vie ne serait pas ton style, alors je t'ai pris ça : ça ne fait que paralyser temporairement ta cible. Mais quoi qu'il en soit, reste derrière nous quand on entrera. S'il y a de l'action, je veux que tu attendes devant la porte jusqu'à ce que je crie « R.A.S. ». Compris ?

Dominic acquiesça.

— Merci pour ton aide, Marco, sans parler de ton souci pour le sixième commandement.

— C'est bon, allons-y.

Une fois hors de la voiture, ils avancèrent deux par deux en restant dans l'ombre, jusqu'à la porte d'entrée éclairée de l'Altamonte. Elle était verrouillée.

Prévoyant, Karl avait apporté son kit de crochetage. Pendant que les autres l'encerclaient pour le protéger des regards, il inséra d'abord un tendeur, puis un crochet haut, identifia les goupilles et commença par la plus éloignée. Il souleva et ajusta chacune d'entre elles, jusqu'à ce qu'un léger clic se fasse entendre. Quelques instants plus tard, il tourna la poignée.

La porte ne résista pas.

Ils se faufilèrent à l'intérieur et arpentèrent d'abord les couloirs au rez-de-chaussée en surveillant la distance indiquée sur l'application de Dominic, dans l'espoir d'identifier l'appartement suspect – il leur fallait se trouver dans son rayon Bluetooth de dix mètres – mais le dispositif ne montra aucune évolution à cet étage.

Ils se dirigèrent alors vers une porte avec un panneau dépeignant un homme gravissant des marches et montèrent au premier. Toujours aucun changement sur le téléphone de Dominic. Ils retournèrent donc vers la cage d'escalier et accédèrent au dernier étage.

Alors qu'ils avançaient dans le couloir, la flèche de l'application s'anima soudainement, pointant désormais droit devant eux, à environ neuf mètres.

Armes en main, ils approchèrent de la dernière suite côté nord-ouest du bâtiment. La tension était palpable. L'application était sans équivoque : l'AirTag se trouvait bel et bien de l'autre côté de cette porte.

Marco essaya de l'ouvrir discrètement mais elle était fermée à clé. Le son d'une télévision allumée leur parvenait de l'intérieur et le volume était anormalement, mais heureusement, fort. Dans un murmure, Marco ordonna à Karl de crocheter la serrure pour éviter de devoir enfoncer la porte, ce qui risquait d'alerter les voisins.

Karl s'exécuta à l'aide de la même technique efficace et silencieuse que plus tôt, et moins d'une minute plus tard, la serrure était déverrouillée.

Debout de part et d'autre de l'embrasure de la porte, Karl et Lukas levèrent leur arme équipée d'un silencieux à hauteur de tête. Marco tourna la poignée, entrouvrit la porte de quelques centimètres pour jeter un rapide coup d'œil à l'intérieur.

Surpris, il referma sans faire de bruit.

— Il y a juste deux vieux, dos à nous : un homme et une femme. Ils regardent la télé, chuchota-t-il. Tu es sûr que c'est le bon appart', Michael ?

Le prêtre vérifia de nouveau.

— Oui, l'AirTag est dans cet appartement. Aucun doute là-dessus.

— Eh bien, allons-y alors.

Sur ces mots, Marco ouvrit la porte et pointa son pistolet sur le couple âgé dans le salon. Karl et Lukas le suivirent de près, balayant le reste de l'appartement de leur SIG Sauer. La vieille dame tricotait et son mari était absorbé par un match de football italien. Ils levèrent tous les deux les yeux avec étonnement.

— Qui êtes-vous ? Qu'est-ce que vous fichez chez moi ? exigea de savoir la vieille femme.

— Toutes nos excuses si nous nous trompons, *signora*, dit Marco, mais nous cherchons une amie à nous qui a été kidnappée, et nous pensons qu'elle est dans cet appartement.

— Vous voyez bien qu'il n'y a personne ici à part mon mari et moi. Maintenant déguerpissez avant que j'appelle la police ! menaça la vieille dame avec fermeté.

Peu convaincu, Marco appela Dominic qui entra dans la pièce, le taser suspendu à son poignet droit, caché derrière sa cuisse.

Marco se tourna vers lui.

— Tu peux localiser le sac d'Hana sur ton application ?

Au même instant, la vieille femme se leva, déposa son tricot en marmonnant dans sa barbe et resserra son châle autour de ses épaules, puis elle glissa la main entre les coussins du canapé et sortit un Glock 17 avec silencieux. Elle braqua habilement son arme sur Marco pendant qu'il avait la tête tournée, tira et toucha le commando à l'épaule gauche. Marco fut projeté contre le mur et s'effondra.

Instinctivement, Dominic leva son taser, visa la vieille mégère et appuya sur la détente. Des fils aux pointes acérées en sortirent et fusèrent à travers la pièce. Le coup la frappa en pleine poitrine, envoyant une décharge électrique de 50 000 volts dans son corps frêle. Elle tomba sur le canapé, se débattit un moment tel un poisson hors de l'eau, puis se figea, les membres secoués de spasmes par intermittence.

Dominic se précipita vers Marco pendant que Lukas braquait son pistolet sur le vieil homme, qui ne semblait pas du tout préoccupé par l'état de son épouse. Karl, quant à lui, inspecta l'appartement en vitesse à la recherche d'autres individus. Personne.

Dominic attrapa un torchon de cuisine et le pressa fermement contre le haut du bras de Marco, où la balle l'avait pénétré. La douille avait terminé sa course dans le mur. Il en conclut qu'elle n'avait rien traversé de vital, ce qui le rassura. Tout ce dont Marco avait besoin, c'était d'un antiseptique et de quelques soins. Et peut-être d'une bonne rasade de whisky, aussi.

— Comment ça va, mon ami ? demanda Dominic. Tu peux bouger ?

Souffrant, mais toujours conscient, Marco hocha simplement la tête.

— Soutire autant d'informations que possible au vieux, lui ordonna-t-il. De toute évidence, ils sont complices. Et l'AirTag ? Il est ici ?

Dominic se redressa et regarda autour de lui. Il repéra le sac d'Hana posé sur le comptoir de la cuisine.

— Oui, il est là-bas. Elle doit être dans les parages, affirma Dominic en ramassant le Glock de la femme.

Il s'approcha du vieil homme et lui pointa l'arme sur le front.

— Écoutez très attentivement ce que je vais vous dire. Je n'ai pas envie de vous faire de mal, mais je n'hésiterai pas à appuyer sur la détente si vous ne me dites pas tout de suite où est notre amie Hana Sinclair. Je vous écoute.

Voyant son air sérieux, le vieil homme comprit qu'il mettrait ses paroles à exécution s'il le fallait. Mais il se contenta de hausser les épaules, comme s'il s'en fichait.

— Je ne sais pas qui est la personne qu'ils détiennent à côté mais j'ai bien pensé que c'était une femme à cause du sac à main. C'est Hugo qui la surveille. Il y a une bibliothèque dans le couloir derrière laquelle vous trouverez une porte qui relie les deux appartements ; il suffit de faire coulisser le meuble vers la gauche. Ce n'est pas fermé à clé.

— Il y a d'autres armes, ici ? D'autres personnes dans l'appartement voisin, à part Hugo ? demanda Lukas.

— Pas que je sache, répondit l'homme d'une voix faible.

— Marco, reste ici et repose-toi jusqu'à ce que je revienne, proposa Dominic. Pendant ce temps, Lukas, garde un œil sur ces deux-là et surveille la porte. Karl et moi, on s'occupe de ce Hugo et on file récupérer Hana.

Dominic se dirigea vers la porte d'entrée, la verrouilla, puis fit signe à Karl de prendre les devants direction la bibliothèque dans le couloir.

. . .

APRÈS AVOIR bu deux verres de tequila dans un bar, Faustino Perez reprit sa voiture et vint se garer devant l'Altamonte. Il décrocha le combiné de l'interphone et sonna à l'appartement d'Hugo qui répondit et le laissa entrer. L'assassin pénétra dans l'ascenseur et appuya sur le bouton menant au dernier étage.

LA PORTE CACHÉE RELIANT les deux appartements était effectivement déverrouillée. Karl tourna la poignée, son arme levée et prête à tirer. Dominic, qui le suivait, entendit les battements de son cœur résonner dans ses oreilles. Son instinct le retenait, mais l'adrénaline et ses retrouvailles imminentes avec Hana le poussaient à continuer.

Les deux hommes ouvrirent la porte d'un seul coup et firent irruption dans la pièce. Assis sur le canapé, un jeune homme, probablement Hugo, regardait la télévision en mangeant un bol de pâtes. Surpris, il chercha du regard son pistolet posé sur la table devant lui.

— N'y pense même pas, menaça Karl en se précipitant devant lui, son SIG Sauer braqué sur sa poitrine.

— On est juste venu récupérer ton otage, Hana Sinclair, avertit Dominic. Dis-nous où elle est et on ne te fera aucun mal.

Acceptant sa défaite, Hugo leur indiqua le couloir.

— Dans la dernière chambre. La clé est au-dessus de la porte.

Pendant que Dominic allait chercher Hana, Karl récupéra le pistolet posé sur la table devant Hugo et le glissa dans sa ceinture dans son dos.

C'est alors qu'il entendit un léger frappement à la porte : deux coups, une pause, suivis de trois autres coups.

— Lève-toi, grouille, ordonna-t-il à voix basse. Ouvre la porte et laisse la personne entrer. Si tu fais ne serait-ce qu'une grimace, tu es mort, compris ?

Hugo acquiesça, les yeux emplis de terreur. Il quitta le canapé et Karl l'attrapa par le col pour le pousser vers l'entrée, avant de se placer devant la porte, son SIG appuyé contre le dos du jeune homme.

Hugo ouvrit.

— Faustino, je...

Karl enfonça le pistolet un peu plus profondément entre ses omoplates en guise d'avertissement.

— Ce n'est pas trop tôt, s'exclama Perez en pénétrant dans la pièce.

Karl claqua la porte et poussa Hugo vers le nouveau venu en braquant son arme sur les deux hommes.

Surpris, mais ne montrant aucun signe de peur, Perez leva instinctivement les mains.

— Reculez, tous les deux, ordonna Karl. Et calmement, pas de gestes brusques. Les mains derrière la tête, face au mur, à un mètre d'intervalle.

Il se tourna vers le couloir.

— Michael ! cria-t-il. J'ai besoin de toi, là !

Après avoir déverrouillé la porte au fond du couloir, Michael l'ouvrit avec prudence et jeta un coup d'œil à l'intérieur, prêt à affronter un éventuel danger au cas où c'était un piège. Au lieu de cela, il trouva Hana assise sur un lit. Elle leva les yeux, choquée de trouver le prêtre dans l'encadrement de la porte, se leva d'un bond et courut vers lui pour le serrer très fort dans ses bras, comme si elle ne voulait plus jamais le lâcher.

— Nom de Dieu, Michael, comment tu m'as trouvée ? demanda-t-elle, la voix étouffée dans le creux de son cou. J'ai cru que je ne te reverrais plus jamais !

— Je te raconterai plus tard. Pour l'instant, on doit te faire sortir d'ici. Ça va ? Ils t'ont fait du mal ?

— Non, je vais bien. Ils m'ont plutôt bien traitée, d'ailleurs.

Sous le coup de l'émotion, des larmes coulèrent le long de ses joues. Au même instant, Dominic entendit Karl l'appeler et sentit l'urgence dans sa voix. Hana sur ses talons, il leva le

Glock devant lui et tous deux remontèrent le couloir jusqu'au salon.

— Eh bien, je vois qu'on a de la compagnie, lança-t-il en apercevant les deux hommes face au mur. Qu'est-ce qu'on fait maintenant, Karl ?

— Content de te voir, cousine, dit Karl à Hana avec le sourire. Tu pourrais aller voir dans la cuisine s'il y a du film plastique ou de la ficelle ? N'importe quoi qu'on pourrait utiliser pour attacher ces deux-là.

Hana courut dans la cuisine, ouvrit les tiroirs et les placards, et finit par tomber sur une grande boîte de film plastique et un rouleau de ruban adhésif. La cuisine de Pierluigi était très bien équipée.

Elle tendit ses trouvailles à Karl.

— Michael, dit ce dernier, garde un œil sur le nouveau, pendant que j'attache Hugo. Hana, apporte-moi deux chaises.

Hana tira deux chaises de la table à manger qui se trouvait au milieu de la pièce.

— Hugo, à toi l'honneur. Viens donc t'asseoir par ici.

Karl confia son pistolet à Hana pendant qu'il fouillait Hugo à la recherche d'une arme cachée. Ne trouvant rien, il enveloppa l'homme de film plastique, en s'assurant qu'il était bien attaché à la chaise. Puis, il déplaça l'autre chaise directement derrière celle d'Hugo.

— Toi, le nouveau. Faustino, c'est ça ? À ton tour.

Il le fouilla et trouva un pistolet et un couteau de combat qu'il lui confisqua.

— Assieds-toi ! Michael, ne lâche pas ton arme de ce gars. Ça pue le militaire à plein nez.

— Tu as l'œil vif, mon garçon, murmura Perez. Mais un petit conseil : je suis plutôt du genre rancunier, alors tu ferais mieux de me tuer.

— Ne me tente pas, rétorqua Karl. Et puis, je doute que nos chemins se recroisent.

— Ne jamais dire jamais, lança l'assassin. Vous venez de faire perdre beaucoup d'argent à des gens très déterminés, toi et ton copain. À ta place, je surveillerais mes arrières.

Karl continua d'enrouler Faustino et Hugo de film plastique jusqu'à ce qu'il soit certain d'avoir fait assez de tours pour qu'aucun d'eux ne puisse s'échapper sans aide extérieure. Il enveloppa également leurs mollets aux pieds de la chaise, par mesure de sécurité. Quand il eut fini, la moitié du rouleau y était passée.

— On utilisera le reste pour attacher les vieux de l'appart' d'à côté.

— Vous arrivez à respirer ? s'enquit Dominic avec inquiétude.

— Oh, quelle âme charitable, railla Perez. Vous devez être le prêtre dont j'ai entendu parler. Je n'oublierai pas votre gentillesse quand on m'enverra vous tuer.

Ce furent ses derniers mots avant que Karl ne le bâillonne à l'aide du ruban adhésif. À ce moment-là, Marco entra dans la pièce, le torchon ensanglanté sur son épaule.

— Marco ! s'écria Hana. Qu'est-ce qui t'est arrivé ?

Elle courut vers lui, la main tendue pour inspecter délicatement sa plaie, puis déposa un baiser sur ses lèvres et lui caressa les cheveux.

— J'ai honte de l'admettre, mais la vieille folle dans l'autre appartement m'a tiré dessus.

— Ça a l'air sérieux, dit-elle. Il faut t'emmener à l'hôpital.

— Non, ils nous poseront trop de questions gênantes, prévint-il. Je vais appeler quelqu'un et trouver un médecin qui pourra examiner la plaie sans éveiller de soupçons.

— D'accord, occupons-nous d'abord de ces deux-là et déguerpissons, suggéra Karl. Marco, est-ce que tu peux rester ici et garder un œil sur ces messieurs jusqu'à ce qu'on ait fini ?

— Avec plaisir. En attendant, je vais passer mon coup de fil.

Marco s'assit, son pistolet à côté de lui sur la table, pendant qu'il appelait un ancien collègue à Florence pour une consultation médicale en toute discrétion. Hana resta auprès de lui.

Dominic et Karl retournèrent dans le premier appartement, où Lukas surveillait le couple âgé. Assise placidement sur le canapé, la femme s'était remise du coup de taser et serrait son châle autour des épaules en marmonnant dans sa barbe, visiblement mécontente.

— Vous avez retrouvé Hana ? demanda Lukas.

— Oui, répondit Dominic, et on a ligoté deux gars dans l'autre pièce. Maintenant, c'est au tour des vieux.

— Vous deux, par ici, ordonna Karl en plaçant deux chaises dos à dos au milieu du salon.

Le couple obtempéra et chacun prit lentement place. Pendant que Dominic gardait son arme braquée sur eux, Karl les entoura de film plastique. Quelques minutes plus tard, ils étaient prisonniers.

— Vous voulez qu'on laisse la télé allumée pour vous occuper en attendant que quelqu'un vous trouve ? proposa Karl.

— Oui, s'il vous plaît, murmura le vieil homme. Sinon, je serai forcé de l'entendre se plaindre en continu.

La vieille femme marmonna de plus belle, maudissant la situation.

— Ça peut s'arranger, répondit Karl qui les bâillonna tous les deux avec le ruban adhésif.

— Lukas, tu peux aller chercher Marco et Hana dans l'appart d'à côté ? Il est temps de partir.

Dominic inspecta la pièce, juste au cas où, et ne trouvant rien d'inhabituel, il récupéra le sac d'Hana. Une fois les cinq membres du groupe réunis, ils quittèrent l'appartement, fermèrent la porte derrière eux et empruntèrent l'ascenseur.

— Il y a un médecin privé à quelques kilomètres d'ici qui peut s'occuper de ma blessure, dit Marco en inspectant son épaule. Je suggère qu'on y aille tout de suite.

— Comment m'avez-vous trouvée, au fait ? demanda Hana à ses sauveurs.

Dominic lui sourit.

— Tu te rappelles de l'AirTag qu'on avait glissé dans ton portefeuille, l'année dernière, quand on avait trouvé le manuscrit de Marie-Madeleine ?

— Ah oui ! s'exclama Hana. Pour tout te dire, j'avais complètement oublié, mais tu m'en vois ravie.

— Je dois appeler ton grand-père, d'ailleurs, pour lui dire que tu vas bien, dit Marco.

— Mon grand-père ? Qu'est-ce qu'il a à voir là-dedans ?

— Il a réservé deux millions d'euros pour payer ta rançon, mais heureusement, on n'en a plus besoin.

— Mon Dieu. Mieux vaut que je lui passe un coup de fil en personne. Merci à tous. J'ai tellement de chance de vous avoir comme amis. C'est valable pour toi aussi, cousin, ajouta-t-elle en souriant à Karl. Allez, emmenons Marco chez le médecin.

QUARANTE-TROIS

Après que Dominic et ses amis eurent quitté précipitamment la Galerie des Offices pour partir à la recherche d'Hana, l'agent Dario Contini continua ses analyses préliminaires sur les œuvres du musée, qui révélèrent des résultats inquiétants.

Sur les vingt tableaux présents sur la liste du Feudatario, il estima que dix-huit d'entre eux étaient suspects. Giancarlo Piovani, le conservateur du musée, était bouleversé, car un examen minutieux de ces pièces avait déjà été effectué par plusieurs autorités de renom, et le résultat s'était révélé satisfaisant. Néanmoins, Piovani et Contini convinrent que l'artiste qui avait réalisé ce travail était tellement doué que chaque peinture était désormais sujette au doute, une conclusion peu rassurante pour les institutions qui payaient chaque année des millions d'euros pour des œuvres créées par de présumés vieux maîtres. Et la plupart d'entre elles provenaient de Venise soit par l'intermédiaire d'une galerie d'art comme celle de Renzo Farelli, soit à la suite d'une restauration par le Palazzo Feudatario.

Contini avait découvert d'autres œuvres suspectes à la

Galerie de l'Académie de Florence et recommandé à la direction de cette dernière – comme il l'avait fait pour les Offices – d'effectuer une série d'examens scientifiques afin d'identifier celles qui affichaient des caractéristiques indéniables d'antiquité et celles pour lesquelles il y avait ne serait-ce qu'un infime soupçon de falsification.

Dario Contini peinait à contenir son exaltation. Il se rapprochait du but. Résoudre une série de crimes d'envergure historique qui durait depuis près de trois cents ans assurerait certainement sa promotion au sein de la brigade de l'art italienne.

Il ne lui manquait plus que l'insaisissable journal Coscia, censé contenir toutes les transactions connues des restaurations et des contrefaçons du Feudatario depuis 1740.

Toutefois, la législation italienne étant très stricte, et apparemment favorable aux criminels, un fait dû à l'influence que la Mafia avait longtemps exercée sur le système judiciaire, Contini ne disposait pas encore de preuves suffisantes pour convaincre un magistrat d'ordonner un mandat de perquisition et de saisie. Il lui fallait donc improviser en attendant.

Et pour cela, il avait besoin de l'aide du père Dominic. Il allait devoir convaincre le prêtre et son équipe d'obtenir le journal coûte que coûte.

~

Dans le train qui les ramenait à Venise, tôt le lendemain matin, tout le monde était épuisé par la montée d'adrénaline provoquée par le sauvetage d'Hana la nuit précédente.

Marco avait été recousu par le médecin qui lui avait été recommandé par une connaissance. Il avait le bras droit en écharpe, mais Hana était aux petits soins avec lui et il se sentait en pleine forme.

Karl et Lukas s'étaient assoupis, bercés par le rythme du train qui filait à toute allure, appuyés l'un contre l'autre sur la banquette qu'ils partageaient.

Assis seul à l'arrière de la voiture, Dominic réfléchissait à leur prochaine étape. Après avoir appelé Contini pour le tenir au courant des événements de la veille, il avait convenu avec l'agent qu'il était absolument crucial de mettre la main sur ce journal Coscia dont Antonio Vivaldi faisait mention. Bien qu'ils disposent déjà de suffisamment de preuves pour arrêter les personnes affiliées à l'entreprise de restauration du Feudatario – voire Renzo Farelli pour sa complicité dans le meurtre du père Carlo Rinaldo, s'ils parvenaient à le lier à ce crime – ils avaient besoin de preuves historiques montrant à qui les œuvres d'art contrefaites avaient été livrées au cours des siècles, ainsi que d'indices sur leur localisation actuelle. Les clans de la Camorra étaient bien connus pour le respect qu'ils vouaient à leur héritage, et chaque chef avait pour obligation de conserver précieusement les archives de son clan.

Il y avait de fortes chances pour que le journal ait été transmis aux *capintesta* successifs à travers les âges, chaque fois que la direction de la Camorra changeait de mains. Don Angelo Gallucci devait donc l'avoir en sa possession, sûrement conservé dans un lieu sûr.

Assis dans le fauteuil pivotant en cuir Horween qu'il avait fait fabriquer spécialement pour admirer son inestimable collection d'œuvres d'art dans son coffre-fort climatisé personnel du port franc luxembourgeois, Eldon Villard écoutait la douce mélodie d'un concerto de Mozart émanant de son système audio Sonos en savourant un verre de champagne Veuve Clicquot La Grande Dame dans une flûte en cristal.

Au centre de la pièce, bien en évidence devant lui, était suspendue la spectaculaire *Vierge de Foligno* de Raphaël, dont il savait qu'elle avait été peinte en 1512. Le tableau représentait la Vierge Marie étreignant l'Enfant Jésus, assise sur des nuages et entourée de chérubins célestes. Au sol, sur la droite, les yeux tournés vers les cieux, se trouvait le noble Sigismondo dei Conti, agenouillé, ainsi que Saint-Jérôme, debout, son lion se détachant de l'ombre derrière lui. Sur la gauche, Saint François d'Assise se tenait lui aussi agenouillé, à côté de Jean le Baptiste. Entre les deux groupes figurait un petit ange et en arrière-plan, les tours du village de Foligno.

L'immense richesse de Villard lui procurait de nombreux plaisirs, mais l'art était sa plus grande passion et il la savourait dans la solitude la plus totale. Le fait que cet espace secret et sacré ne soit connu que de lui – et qu'il en soit le seul propriétaire grâce à un bail de cinquante ans payé à l'avance – lui procurait un immense sentiment de supériorité sur ses pairs ultrariches, sans parler des innombrables institutions qui se seraient écharpées pour acquérir ne serait-ce qu'une seule de ses œuvres, si elles avaient su qu'elles se trouvaient en sa possession. Surtout le Raphaël.

Un jour, il faudrait vraiment qu'il parle de cet endroit à quelqu'un, ne serait-ce que pour s'assurer qu'on le découvre et qu'on s'en occupe convenablement après sa mort. En attendant, c'était son secret à lui seul, un secret qu'il affectionnait plus que tout autre.

Il était occupé à admirer la beauté de son bien lorsqu'un vague signal d'alerte se déclencha au fond de son esprit. Le tableau paraissait étonnamment récent pour une création vieille d'un demi-millénaire. Il se leva et s'approcha de la toile. À l'aide de la télécommande prévue à cet effet, il poussa l'éclairage à son maximum, tout en examinant attentivement les couleurs. Armé d'une lampe-stylo qu'il sortit d'un tiroir de la table voisine, il balaya le côté droit pour observer la surface illuminée à un angle aigu. Il répéta l'opération du côté gauche, à la recherche d'altérations ou de signes de restauration récente. L'œuvre semblait en bon état. Pourtant, il y avait quelque chose qui clochait.

Chaque fois qu'il avait fait confiance à son instinct dans sa vie, ça avait payé... Aussi décida-t-il de faire authentifier *La Vierge*.

Il sortit son téléphone de sa poche et passa un coup de fil.

CHAPITRE

QUARANTE-QUATRE

S on téléphone en main, Angelo Gallucci faisait les cent pas dans son bureau du Palazzo Feudatario, furieux qu'Hana ait été libérée et que l'argent de la rançon d'Armand de Saint-Clair se soit envolé.

— Comment avez-vous pu laisser faire cela, Faustino ? demanda-t-il à l'assassin en fulminant. Vous êtes trop bien payé pour vous permettre de telles erreurs.

— Ils étaient bien organisés, *padrino*, et nous étions en infériorité numérique. La vieille a quand même réussi à tirer sur le Français, ce qui fait que l'un de leurs meilleurs hommes est temporairement hors service. Ils nous ont pris par surprise mais cela ne se reproduira plus. En revanche, je me suis occupé de l'autre affaire dont nous avions discuté comme prévu. Le juge ne vous gênera plus.

— Oui, vous avez bien fait, reconnut Gallucci d'un ton bourru. C'est un problème de moins au tribunal.

— Qu'est-ce que je fais du prêtre et de ses amis ?

— Je vous recontacterai plus tard à ce propos. Restez disponible dans les jours à venir, annonça-t-il avant de raccrocher.

Récemment promu au rang de *capintesta*, Gallucci

commençait bien mal son mandat. Non seulement son dernier plan avait échoué, mais l'opération Scambio avait été dévoilée, on s'était introduit dans son *palazzo*, des dossiers confidentiels avaient été dérobés et plusieurs de ses agents avaient été tués ou étaient portés disparus. La seule chose qui s'était déroulée comme prévu était la vente du Raphaël, même si elle avait été délicate.

La situation lui échappait. Il allait falloir refaire appel aux services de Perez. Mais d'abord, il devait rencontrer le cardinal Abruzzo et l'informer de son plan.

— COMME LE LAISSENT ENTENDRE les notes de Vivaldi, mon père, le journal du cardinal Coscia est la clé de cette histoire, expliqua Dario Contini, assis dans le salon du Ca' Sagredo en compagnie de Dominic. Nous devons absolument mettre la main dessus. Ce registre retraçant toutes les ventes de contrefaçons au cours des siècles passés nous fournirait des pistes précieuses pour tenter de retrouver ces trésors inestimables. Et je ne doute pas un seul instant qu'il soit encore tenu à jour. Je dirais même que ce journal est peut-être bien le document le plus important de l'histoire de l'art à l'échelle planétaire. Je n'en connais pas de semblable. Certes, beaucoup de tableaux sont probablement perdus à ce jour, mais étant donné que les nobles de l'époque – les seuls, en dehors du clergé, qui pouvaient se permettre un tel luxe – étaient probablement les acquéreurs de ces biens, les coutumes laisseraient à penser qu'ils se sont transmis de génération en génération à travers les âges. Sans parler du Vatican, qui aurait tout intérêt à mettre la main sur ce genre d'informations, puisque l'Église elle-même a commandé un grand nombre d'œuvres.

— Et comment comptez-vous obtenir le journal, Dario ? s'enquit Dominic.

— Vous faites bien de me poser la question, dit Contini, un

sourire mystérieux aux lèvres. Compte tenu de nos lois ésotériques, je ne peux rien faire pour l'instant sans élément plus convaincant. Mais ce journal serait une preuve irréfutable. Vous avez des ressources remarquables sous la main – *Signor* Picard, les deux gardes suisses et vous-même, bien sûr – alors avec un peu de bonne volonté, vous pourriez peut-être agir là où moi, j'ai les mains liées.

Il laissa la suggestion en suspens, espérant que Dominic comprendrait qu'il faisait référence à une activité extralégale. Ce dernier se mordilla la lèvre inférieure en réfléchissant.

— Je comprends votre situation délicate, dit le prêtre, mais il vaudrait mieux vous adresser à Marco, qui, disons-le, a moins de restrictions que moi en matière de solutions créatives pour ce genre de questions. Je lui en toucherai deux mots.

— *Bene ! Molto bene*, s'exclama Contini avec un grand sourire.

DANS LA SUITE d'Hana au Ca' Sagredo, Marco était allongé torse nu sur le lit pendant qu'elle changeait le pansement de sa blessure à l'épaule. Comme la balle n'avait traversé que le tissu musculaire du deltoïde – au-dessus du biceps, à l'extrémité de la bourse subdeltoïdienne – la blessure n'était pas très grave ; elle avait juste besoin de temps pour guérir. Il garderait des cicatrices, mais visiblement, ce ne serait pas la première, constata Hana en admirant son corps musclé portant des traces d'affrontements antérieurs.

— Tu te mets souvent en danger, non ? demanda-t-elle avec un mélange d'inquiétude et d'admiration.

— C'est mon travail, répondit-il en riant. Je suis soldat, après tout. Tu t'attendais à quoi ?

Il plongea un regard affectueux dans les yeux vert pâle d'Hana, sans attendre de réponse. Elle se pencha lentement et l'embrassa longuement et passionnément avec douceur, puis se redressa et fit courir ses doigts sur son torse en silence sans le lâcher du regard. Seul le chant d'une voix de baryton d'un gondolier sur le Grand Canal leur parvenait de l'extérieur, à travers la fenêtre ouverte.

Cela faisait longtemps qu'Hana n'avait pas eu de tels sentiments pour quelqu'un, et elle savourait chaque instant passé avec cet homme qu'elle avait autrefois repoussé parce qu'il s'obstinait à vouloir la protéger. Son grand-père voulait bien faire en confiant à Marco le soin de veiller à son bien-être, et elle en avait conscience, mais il lui avait fallu un certain temps pour l'accepter. Désormais, les choses avaient changé. Leur relation avait évolué. Beaucoup évolué.

QUARANTE-CINQ

Depuis la mort de Valentina Calabrese, et puisque personne n'avait encore été habilité à tenir la comptabilité confidentielle, cette mission incombait désormais à Giuseppe Franco, comme cela avait été le cas de temps à autre par le passé.

Il redoutait cette tâche banale, si peu en accord avec ses talents de peintre, mais comme son travail était toujours effectué en secret – la plupart des employés n'étaient pas au courant des activités illégales du Feudatario – il était le seul à pouvoir gérer les aspects sensibles de l'entreprise. Et il restait encore plusieurs tableaux à noter dans l'antique journal Coscia. Giuseppe se consolait donc en considérant cette mission comme un privilège historique.

Le précédent *capintesta*, Don Lucio Gambarini, avait voué une confiance aveugle à Giuseppe et le considérait comme un frère. D'ailleurs, Giuseppe était le seul administrateur, à part Gambarini et maintenant Gallucci, à connaître la combinaison du coffre-fort Gardall dans le bureau du *padrino*.

Gallucci étant occupé en réunion avec le cardinal Abruzzo, il n'y avait personne d'autre dans le bâtiment. Giuseppe entra donc dans le bureau, se dirigea vers le grand coffre-fort noir et l'ouvrit. À l'intérieur, il trouva les habituelles liasses de billets d'euros empilées d'un côté, un petit paquet de bons au porteur italiens, un Glock 19 et, sur une étagère dédiée, une sacoche en cuir marron contenant le journal Coscia relié en cuir.

Il sortit la mallette, la posa sur le bureau du Don et s'assit. Cela faisait au moins un an, voire plus, qu'il n'avait pas eu à s'occuper de ce genre de tâche, mais cette expérience lui procurait toujours un certain émoi. Plus on remontait dans le temps, plus les épaisses pages du journal arboraient une écriture manuscrite raffinée, datant d'une époque où la calligraphie était prise au sérieux et considérée comme une forme d'art à part entière. Chaque page était remplie d'informations complexes relatives aux tableaux et aux transactions effectuées par les restaurateurs ou copistes qui s'étaient succédé depuis le XVIIIe siècle. Tant de maîtres l'avaient précédé ; Giuseppe était le dernier d'une très longue lignée des faussaires parmi les meilleurs que le monde ait jamais connus, même si c'était dans l'anonymat le plus complet, et il en tirait une grande fierté. Ce carnet était le seul à renfermer les noms des véritables peintres, des noms que personne ne connaîtrait jamais. À cette pensée, Giuseppe ressentit une pointe de tristesse.

Il nota dans le journal les informations du Raphaël et de deux autres tableaux sur lesquels il avait travaillé récemment et qui n'avaient pas encore été enregistrés : les noms des artistes, ceux des tableaux, le sujet de chacun d'eux, leurs dimensions et le type de travail effectué. Il ne lui manquait plus que les données relatives aux transactions, également conservées dans le coffre.

De retour devant le Gardall, il en sortit un dossier rouge foncé contenant le détail des ventes. Il s'assit et l'ouvrit pour en extraire le formulaire du transfert de la propriété du Raphaël à Eldon Villard.

Giuseppe fut impressionné, mais pas étonné, par le nom de l'acheteur. Il savait bien sûr qui était Villard. Qui ne le connaissait pas ? Mais ce qui choqua Giuseppe, ce fut le prix déboursé pour son œuvre : vingt-cinq millions d'euros !

Et comme il s'agissait de transactions privées, effectuées sous le manteau, aucun impôt n'avait été versé, il s'agissait donc d'un bénéfice pur.

Il songea à son propre salaire, soixante-dix mille euros par an, soit près de trois fois le salaire moyen en Italie. Et même s'il vivait confortablement, sa première pensée fut qu'il s'agissait d'une bouchée de pain, comparé au prix exorbitant du faux Raphaël. Son Raphaël à lui, qu'il avait créé de ses mains !

Comment n'avait-il pas réalisé que les tableaux se vendaient pour des sommes aussi extravagantes ? Il repensa à toutes les toiles qu'il avait peintes à grand-peine par le passé. La Camorra faisait fortune sur son dos !

Cela ne pouvait plus continuer ! En tant qu'artiste, il était normal qu'il reçoive un pourcentage des recettes ! Même un pour cent, ce n'était pas trop demander. Personne d'autre n'était capable d'un tel exploit. Son rôle était indispensable dans cette opération. La Camorra avait besoin de lui !

Il allait devoir en discuter avec Don Gallucci.

Silvia Vecchio était une figure de renom dans le monde restreint des beaux-arts. Surnommée la « chasseuse de faux », son expertise était convoitée tout autour du globe par d'éminents musées, galeries d'art, maisons de vente aux enchères et institutions privées, dont les collections d'œuvres d'art, qui représentaient un montant significatif dans leurs bilans financiers, étaient considérées comme des investissements réfléchis par leurs actionnaires. Au moindre soupçon de fraude ou de tromperie, les analyses minutieuses de Silvia Vecchio permettaient souvent de faire la différence entre une authenticité irréfutable et une œuvre prétendument née de la main d'un vieux maître, mais s'avérant n'être qu'une excellente contrefaçon, et dont la valeur était donc déclarée nulle. Silvia Vecchio procédait à l'œil et à l'instinct ; si des doutes subsistaient sur une peinture en cours d'inspection, elle la soumettait aux tests scientifiques traditionnels. Et son instinct s'avérait généralement correct.

Associée depuis des années à Eldon Villard par une rémunération confortable, elle dégagea immédiatement du temps sur son emploi du temps lorsqu'elle reçut son appel pour inspecter le Raphaël, comme le prévoyait le contrat qui la liait au milliardaire. Après avoir demandé à son assistante de transmettre à Silvia le rapport d'état du tableau et la documentation associée par courriel, Villard envoya son jet privé à Rome le lendemain pour aller la chercher et la conduire au port franc du Luxembourg.

À son arrivée en limousine, elle fut accueillie par l'assistante de Villard, puis escortée jusqu'à la chambre forte numéro 42. Elle avait pris avec elle une mallette Pélican contenant les outils spécialisés et les solutions indispensables à ses analyses.

— C'est un plaisir de vous revoir, Monsieur Villard, salua-t-elle sans la moindre émotion visible en lui serrant la main.

Son regard se porta immédiatement sur l'objet de sa visite, accroché à sa place d'honneur sous un éclairage parfait. Après avoir posé la mallette sur une table en bois contre le mur, elle s'approcha du tableau.

— Puis-je vous offrir une coupe de champagne, Silvia ? demanda Villard.

— Non, merci, monsieur. Je préfère avoir l'esprit clair pour travailler. Plutôt après, quand j'aurai passé un peu de temps avec votre *Vierge de Foligno*.

Il n'échappa pas à Villard qu'elle n'avait pas dit « la » *Vierge*. Vecchio était précise, dans son langage comme dans son analyse, et dotée d'une capacité de reconnaissance presque instantanée de l'authenticité (ou non) d'une œuvre. Son commentaire inquiéta Villard.

Vecchio sortit de sa mallette Pélican un MacBook Pro et un microscope optique USB portable équipé d'un objectif macro. Une fois l'appareil monté, elle choisit plusieurs zones du tableau et les examina sur l'écran à travers l'objectif, s'arrêtant sur la granularité des pigments minéraux, tout en cherchant d'éventuelles traces de retouches entre les craquelures.

Reculant de temps à autre pour examiner l'ensemble du tableau, elle scruta les parties qu'elle venait d'analyser, balaya l'ensemble de la toile du regard, observa à l'œil nu les zones adjacentes, avant de se rapprocher de nouveau pour un examen microscopique plus approfondi.

Revenant à ses outils, elle en extirpa un pistolet à fluorescence à rayons X, un dispositif ingénieux et non invasif permettant d'analyser des éléments spécifiques sur des objets appartenant à un patrimoine culturel précieux, comme c'était supposément le cas de celui-ci. En quelques fractions de microseconde à chaque salve, le faisceau de rayons X réagissait aux atomes des pigments en déplaçant les électrons des orbites internes de l'atome. Sur plusieurs échantillons, Vecchio ne détecta aucune présence de plomb, signe évident de l'utilisation de colorants synthétiques modernes. L'artiste – un très bon artiste, auquel elle vouait une réelle admiration – avait dû être contraint de produire cette œuvre rapidement et de faire des économies en n'utilisant pas les matériaux d'époque appropriés qu'il devait pourtant certainement posséder.

Comme elle tournait le dos à Villard, ce dernier ne la vit pas froncer les sourcils devant les résultats. Elle se retourna, le visage impassible, rangea soigneusement ses outils dans la mallette Pélican et la ferma d'un coup sec.

Plongeant le regard dans les yeux bleus de Villard qui patientait, elle sourit d'un air sinistre.

— C'est le bon moment pour une coupe de champagne, monsieur. On pourra discuter de votre contrefaçon.

QUARANTE-SIX

Le soleil sur Venise était couché depuis longtemps. Le sirocco, une masse d'air chaude et humide en provenance du désert du Sahara, soufflait sur les eaux froides de la lagune et un brouillard humide s'était abattu sur la Sérénissime à mesure que la température avait chuté. Les *palazzi* qui bordaient le Grand Canal ne formaient plus que de vagues ombres dans l'obscurité. Hormis la plainte des cornes de brume au loin, tous les autres sons étaient étouffés.

Hana et Marco étaient sortis pour un dîner tardif. Bien que son bras ne soit plus en écharpe, Marco continuait à l'utiliser en priorité, serrant les dents malgré la douleur pour stimuler le tissu musculaire endommagé.

Karl et Lukas décidèrent de se rendre au Lupo's Pub, leur nouveau lieu de rendez-vous favori près du Harry's Bar, où ils pouvaient boire quelques bières et jouer aux fléchettes. Ils avaient invité Dominic, mais celui-ci avait déclaré préférer rester dans sa chambre pour lire et prier.

Même s'il était habitué à la récollection, et qu'il l'appréciait la plupart du temps, un sentiment de solitude avait envahi Dominic, ces derniers jours. Alors que ses amis étaient en couple et profitaient de la compagnie de leur âme sœur, la réalité de la profession de prêtre – surtout un prêtre jeune et plein de vitalité, à la personnalité dynamique – pesait particulièrement lourd sur ses épaules dans cette ville enchantée connue pour son romantisme. Ces moments étaient rares mais ils le mettaient à l'épreuve, et il priait très fort pour ne pas se laisser absorber par ses pensées errantes.

Le moment était bien choisi pour aller courir.

Enfiler son survêtement et ses chaussures de sport Saucony lui remonta déjà le moral. Il avait décidé d'agir, de faire autre chose que de rester assis dans sa chambre à broyer du noir.

En guise d'échauffement, il emprunta l'escalier au lieu de l'ascenseur et lorsqu'il atteignit le hall d'entrée, il remit à zéro le compteur de pas de sa montre TAG Heuer – un cadeau du cardinal Petrini pour fêter son ordination – et après une série d'étirements, il prit la direction du Rialto et du *Sestiere* San Marco.

Une cigarette entre les lèvres, un homme tapi dans l'ombre à l'extérieur du Ca' Sagredo regarda le prêtre sortir de l'hôtel, faire quelques échauffements sur un banc, puis partir en courant vers le pont Rialto. Il sortit son portable et appuya sur une touche de numérotation rapide qui composa un numéro spécial.

LE CHEMIN qu'emprunta Dominic le conduisit à travers un petit pont qui enjambait le Rio dei Santi Apostoli et menait au quartier San Marco.

Plutôt que de courir sur la *fondamenta* le long du front de mer, il opta pour les ruelles et les petites allées. Il y aurait moins de circulation et il pourrait profiter des charmes intérieurs de Venise, où les gens habitaient et faisaient leurs courses, loin des zones touristiques.

Courir sur les pavés n'était pas une mince affaire, mais ses Saucony étaient faites pour les sentiers accidentés, et il n'eut aucun mal à les fouler. En prenant un virage vers le nord, il tomba sur Santa Maria dei Miracoli, une église de toute beauté dotée d'une colonnade de marbre coloré et d'un fronton semi-circulaire au-dessus de sa façade. C'était à n'en pas douter l'un des plus beaux lieux de culte de la Renaissance vénitienne qu'il ait jamais vus. Il s'arrêta, reprit son souffle, remarqua un petit panneau indiquant que l'église était ouverte jusqu'à 22 heures et entra dans l'édifice.

Une fois à l'intérieur, Dominic traversa le narthex et arriva dans la nef, où il resta subjugué par sa beauté paisible. De part et d'autre, d'imposants vitraux voûtés stratégiquement éclairés de l'extérieur projetaient des faisceaux de couleur rayonnants qui embellissaient le vaste espace intérieur, tel un spectacle de lumière statique.

Au fond, dans une allée latérale, Dominic remarqua un présentoir de bougies votives. Après avoir fait une génuflexion sur le sol en marbre et un signe de croix, il se tourna vers le bougeoir, y déposa une petite poignée d'euros, puis alluma l'une des bougies en récitant une prière silencieuse pour ses amis disparus, Carlo et Livia.

Après quelques minutes supplémentaires à admirer cet endroit sacré, Dominic poussa la lourde porte pour ressortir du sanctuaire et poursuivre sa course.

— Père Dominic, je présume ? hasarda une voix dans le brouillard.

Dominic leva la tête et distingua la silhouette floue d'un homme qui se tenait à une dizaine de mètres de lui. L'inconnu serrait un objet métallique dans sa main droite ; un éclat de lumière scintilla quand il le fit passer dans sa paume gauche avec assurance.

C'était une dague, courte mais dangereuse.

Dominic identifia immédiatement le type de l'Altamonte Suites à Florence, celui que Karl avait appelé Faustino.

— Je vous avais dit qu'on se reverrait, lança-t-il, un sourire malicieux visible même à travers la purée de pois.

Dominic calcula rapidement sa trajectoire et son timing.

L'homme portait des bottes à semelles dures ; Dominic était convaincu de pouvoir le distancer. Il lui fallait juste éviter la dague. Avec un peu de chance, l'assassin n'était pas très habile au lancer de couteaux.

— Pourquoi ne pas vous approcher un peu pour qu'on puisse papoter ? suggéra Perez pour l'amadouer.

— Je suis bien ici, merci, répondit Dominic, prêt à s'enfuir, d'un côté ou de l'autre, si l'homme se jetait sur lui.

Il fit quelques pas sur la droite, sans se presser ; Perez l'imita tout en restant en face de lui pour lui bloquer le passage.

— Vous vouliez discuter d'un truc en particulier ? s'enquit Dominic.

— Oh, je suis certain que nous pourrons trouver un terrain d'entente. Mais je doute que vous appréciiez la conversation autant que m…

Avant qu'il ne finisse sa phrase, Dominic bondit sur la gauche et partit en courant aussi vite que possible. Perez lui emboîta le pas, mais ce dernier n'était manifestement pas habillé pour faire de la course à pied.

Dominic fila vers le nord sur le chemin longeant l'église, en zigzaguant tous les deux mètres dans l'espoir d'éviter un éventuel lancer de couteau. Arrivé au niveau d'une fourche, il bifurqua vers le quartier résidentiel de San Marco, ses pas le propulsant énergiquement sur les pavés à chaque foulée.

Perez était toujours derrière lui, à environ huit mètres de distance.

Dominic chercha une ruelle sombre dans laquelle s'engouffrer. N'importe quel endroit à l'abri de la lumière et facile d'accès ferait l'affaire. Il en repéra une et s'y faufila à toute vitesse. Au bout, il tourna à droite et s'enfuit par un autre chemin pavé à travers l'épais brouillard. Dans son dos, les pas de Perez à ses trousses résonnaient toujours, rebondissant en écho étouffé sur les façades des bâtiments rapprochés qui bordaient les allées étroites.

Tout en courant vers le sud, Dominic vit les lumières de la

place Saint-Marc projeter un halo lumineux trouble autour de la vaste *piazza*, quelque part devant lui. Fonçant dans cette direction – où, même à cette heure-ci, il y aurait des passants – il réalisa sa meilleure performance à ce jour. Son cœur battait la chamade, les effets de la peur combinés à l'effort ayant eu raison de son endurance.

Il atteignit la *piazza* et jeta un coup d'œil en arrière. Étonnamment, Perez était toujours à sa poursuite, mais la distance qui les séparait s'était allongée. L'assassin se trouvait maintenant à une bonne centaine de mètres, mais courait toujours avec détermination, son couteau en main.

Dominic fila à travers la *piazza* et descendit vers le front de mer, une foulée après l'autre, puis vira à droite vers le Harry's Bar et longea la *fondamenta*.

Au moment où il passait devant le bar, Karl et Lukas sortaient du Lupo's Pub en riant, bras dessus, bras dessous. Ils furent surpris de voir Michael se précipiter vers eux, essoufflé, trempé de sueur, le visage ravagé par la peur et le désespoir.

— Karl ! haleta Dominic, en s'arrêtant pour s'accrocher à l'épaule de son ami. Le gars de Florence... Faustino ! Il me poursuit avec un couteau ! Il devrait arriver d'une seconde à l'autre !

Karl réagit instantanément, sans poser de questions.

— On s'en occupe. Lukas, viens.

Ils partirent tous les deux, trottinant tête baissée dans la direction d'où était venu Dominic, et Karl en profita pour expliquer sa stratégie à son partenaire. Sept secondes plus tard, Perez tournait au coin de la rue. Voyant Dominic au loin, arrêté sur la *fondamenta* et plié en deux, le souffle court, il accéléra le pas, avec pour idée de contourner les deux hommes qui approchaient en sens inverse.

À sa grande surprise, les deux coureurs se séparèrent légèrement à son approche pour le laisser passer entre eux. *Parfait*, pensa-t-il en souriant.

L'instant d'après, Faustino Perez trébuchait et s'envolait, les deux joggeurs lui ayant fait un croche-pied à chaque jambe.

Comme au ralenti, Perez vit les pavés se rapprocher de son visage et agita désespérément les bras et les jambes. Il tourna instinctivement la tête sur le côté, mais n'eut pas le temps de tendre les mains devant lui.

Son visage s'écrasa face contre terre. Le reste de son corps partit en avant en s'enroulant sur lui-même. Tout son poids reposait désormais sur sa nuque qui se brisa dans un craquement sonore.

Sa mort fut instantanée.

Voyant l'homme tomber, Dominic se précipita vers Karl et Lukas, qui observaient le corps de Faustino Perez à terre, surpris par l'efficacité de leur plan mais satisfaits du résultat.

— Nous ferions mieux de partir d'ici avant que quelqu'un nous voie, dit Dominic. Mais d'abord…

Malgré les intentions de l'assassin et les circonstances, le prêtre prononça une rapide prière pour l'âme de Faustino. Puis, tous trois s'élancèrent en courant vers la place Saint-Marc et disparurent dans le brouillard.

Une fois loin de la scène, ils ralentirent le pas.

— Alors, que s'est-il passé ? demanda Lukas. Qu'est-ce qu'il te voulait ?

— Me tuer, je suppose ! souffla Dominic. Tu n'as pas vu le couteau qu'il tenait dans la main ? Ce salaud m'a poursuivi dans tout le *Sestiere* de San Marco, de l'église des Miracoli jusqu'ici. On a dû parcourir près d'un kilomètre à travers les ruelles étroites et tortueuses, les *campi* et les *piazze*. Ce type était infatigable.

— Heureusement que tu es un coureur aguerri, Michael, le félicita Karl en administrant une tape dans le dos de son ami. À ce rythme, la Camorra n'aura bientôt plus personne à envoyer à nos trousses. Marco serait fier de toi !

— Il faut trouver un moyen de récupérer le journal Coscia et de ficher le camp de cette ville, dit Dominic. Je n'aurais jamais pensé dire ça un jour, mais Venise commence à perdre de son charme.

QUARANTE-SEPT

Assis dans le studio du Palazzo Feudatario, Giuseppe Franco se torturait les méninges à la recherche du meilleur moyen de présenter son idée à Don Gallucci. Il n'avait jamais demandé d'augmentation, encore moins une commission, aussi modeste soit-elle, sur les bénéfices que son employeur dégageait grâce à son travail. Sa demande n'était que justice, après tout. Don Gallucci était un homme intelligent ; il comprendrait sûrement sa démarche.

Il avait aperçu le *padrino* dans son bureau, en arrivant ce matin-là. C'était le moment ou jamais, décida-t-il en descendant les marches conduisant au rez-de-chaussée, le cœur battant un peu plus fort dans sa poitrine à mesure qu'il se rapprochait de la pièce. *Allez ! Tu peux le faire ! Ils ont besoin de toi...*

Il gratta légèrement à la porte ouverte du parrain. Gallucci releva la tête de ses papiers.

— *Sì*, Giuseppe. Qu'y a-t-il ?

— *Buongiorno*, Don Gallucci, commença Giuseppe. Auriez-vous un moment ? J'aimerais vous parler de quelque chose d'important à mes yeux.

Gallucci se tendit. Il connaissait ce ton, il savait quelle question allait suivre. « À mes yeux » était un signe avant-coureur qui ne trompait pas. Il reposa son stylo, s'adossa dans son siège et alluma une cigarette.

— Bien sûr. Venez, prenez une chaise.

Giuseppe s'assit. Son visage luisant de sueur malgré la température fraîche dans la pièce trahissait son manque de confiance.

— Moi aussi, j'ai quelque chose à vous dire, Giuseppe, annonça Gallucci. J'imagine que le moment est bien choisi. Vous faites un travail exemplaire chez nous et je tiens à vous témoigner de ma reconnaissance personnelle et de celle du clan. C'est pourquoi j'ai décidé d'augmenter votre salaire à 85 000 euros, avec prise d'effet immédiate.

Il se tut et attendit la réaction de son employé.

Giuseppe était choqué. Don Gallucci avait-il lu dans ses pensées ? Il n'était pas loin, mais ce n'était pas exactement ce qu'il avait à l'esprit. Bien que ravi que le Don ait décidé de l'augmenter, il n'arrivait pas à se défaire de l'idée que ses services valaient bien plus que cela.

— Don Gallucci, c'est… c'est très aimable à vous, balbutia-t-il en sentant une goutte de sueur couler sur son front. Toutefois, j'aimerais vous faire une proposition. J'étais en train de remplir le registre du journal Coscia, l'autre jour, et je n'ai pu m'empêcher de remarquer que mon Raphaël a été vendu vingt-cinq millions d'euros ! C'est beaucoup d'argent, tout ça. Je me suis dit que le *padrino* serait certainement enclin à me verser un pourcentage des ventes de mes tableaux, à compter de ce jour, en récompense de mes bons et loyaux services. J'ai pensé qu'un pourcent serait une somme raisonnable, vous en conviendrez certainement.

Il posa ses mains tremblantes sur ses genoux en se frottant les pouces.

Gallucci se pencha lentement vers l'avant et souffla un nuage de fumée au visage de Giuseppe.

— J'ai bien peur que nous ne nous entendions pas sur ce qui représente une somme raisonnable, Giuseppe. Ce n'est pas vous qui encourez les risques, dans ce business. Tout ce que vous faites, c'est poser vos fesses sur une chaise dans le confort de votre studio et vous adonner à votre passion. Et vous en tirez une fierté tout à fait méritée, certes, mais le risque repose sur mes épaules et sur celles de notre clan. Avez-vous la moindre idée de ce que cela implique, lorsque quelqu'un achète ces œuvres ? Surtout celles venues d'institutions de renom comme le Vatican ou les Offices ? On parle de risques incommensurables ! Et aucun d'entre eux ne repose sur vous. Alors non, je ne peux pas accéder à votre demande et vous m'en voyez navré. Vous venez de recevoir une augmentation à laquelle vous ne vous attendiez probablement pas. Cela devrait vous suffire. Un peu de reconnaissance, tout de même. Y avait-il autre chose dont vous souhaitiez me parler ?

— N... non, *padrino*, s'empressa-t-il de répondre. Merci de m'avoir accordé de votre temps. Oh, et merci pour euh... pour l'augmentation, aussi.

Giuseppe se leva pour prendre congé mais ses jambes se dérobèrent sous son poids. Il trébucha et se rattrapa de justesse, se retourna pour remettre la chaise en place, jeta un dernier coup d'œil à Gallucci et sortit du bureau.

De retour dans son studio à l'étage, il fulminait. *Merda ! Il aurait dû accepter ma proposition. Je ne suis pas du genre envieux, mais qu'est-ce qu'ils se font comme fric grâce à moi ! Personne ne me respecte ici ! Surtout pas ces gros radins !*

Peut-être est-il temps d'aller toucher deux mots au prêtre que j'ai rencontré à la soirée de la comtesse. Je pourrais peut-être travailler directement pour le Vatican. Je suis sûr qu'ils me rémunéreraient bien plus pour mes services que cette maigre « augmentation » qu'on vient de me proposer. Après tout, je pourrais restaurer les œuvres sans avoir besoin d'externaliser quoi que ce soit ni de faire sortir les tableaux. Et contrairement à ici, je ne prendrais pas de risque. Comment il s'appelait, déjà ? Ah oui, le père Dominic.

QUARANTE-HUIT

Cela faisait tout juste dix-huit heures que Silvia Vecchio avait confirmé à Eldon Villard que le Raphaël n'était pas, de ce fait, un Raphaël, comme elle le lui avait déclaré de but en blanc.

Villard n'avait qu'un seul bouc émissaire à qui faire porter le chapeau : Renzo Farelli. Farelli était l'homme qui organisait les marchés, celui qui se portait garant de l'authenticité et de la provenance des tableaux. C'était donc auprès de Farelli que Villard irait présenter ses doléances. Il allait récupérer ses vingt-cinq millions et ne ferait plus jamais affaire avec cet homme. Et quand on apprendrait que Farelli était un arnaqueur – et Villard ferait en sorte que la nouvelle se répande haut et fort – plus personne ne ferait confiance à ce type. La répudiation de Villard suffirait à le ruiner.

Son assistante s'était arrangée pour programmer une visioconférence via Zoom avec l'homme en question. Le rendez-vous était prévu dans quelques minutes. En attendant l'heure fatidique, Villard se fit amener une tasse de café et il était en train de se servir en crème et en sucre lorsque la conférence commença.

Renzo Farelli apparut sur l'ordinateur au moment où Villard buvait sa première gorgée.

— Bonjour, *Signor* Villard, le salua Farelli tout sourire, assis à son bureau. Comment allez-vous, ce matin ?

Villard reposa sa tasse, posa lentement les paumes de ses mains sur le bureau et se pencha en avant vers la caméra jusqu'à ce que son visage remplisse l'intégralité de l'écran de Farelli, qui ne put réprimer un mouvement de recul, intimidé par le milliardaire.

— Mal, Renzo. Très mal, et c'est à cause de vous. Je suis sûr que vous connaissez Silvia Vecchio et ses remarquables talents de détection de contrefaçons. Je l'ai invitée à me rendre une petite visite, hier, et elle a passé une bonne partie de la soirée à examiner le soi-disant Raphaël que vous m'avez vendu. Il s'avère que c'est un faux, Renzo. De qualité, certes, mais un faux néanmoins. J'attends de vous que vous fassiez le nécessaire pour venir le récupérer et me rembourser l'intégralité de la somme versée. Je suis d'humeur généreuse, aujourd'hui, alors je vais vous laisser un délai de quarante-huit heures.

Le pire cauchemar de Farelli venait de se réaliser. Partagé entre la consternation et la panique, il s'efforça tant bien que mal de renforcer sa position éminemment instable.

— Mais *signore*, plaida-t-il. C'est impossible ! La provenance de cette œuvre est avérée et nous la tenons de source sûre. Se pourrait-il que madame Vecchio se soit trompée, cette fois-ci ?

— Non, répondit Villard d'un ton laconique. Je suis persuadé qu'elle a raison. Votre source a dû renvoyer l'original au Vatican et vous m'avez vendu le faux.

L'esprit en ébullition, Farelli réfléchit à cent à l'heure pour essayer de sauver ce marché. Il décida d'opter pour une approche différente.

— Quoi qu'il en soit, *Signor* Villard, en supposant que ce soit le cas, et que même après un examen minutieux, l'authenticité de ce tableau reste discutable, ne trouvez-vous pas qu'il s'agit d'une peinture parfaitement présentable, autant que le serait un véritable original ?

Villard réfléchit un instant à la logique tordue de Farelli. Il devait reconnaître que cet homme avait au moins le mérite d'essayer.

— C'est un argument intéressant, Renzo, mais qui ne suffit pas à me convaincre. Comment osez-vous essayer de vendre un faux pour une telle somme ! J'ai payé pour un vrai Raphaël. Je m'attends donc à recevoir un vrai Raphaël. La discussion est close. Merci de faire le nécessaire au plus vite. Et vous pouvez faire une croix sur toute collaboration future avec mes services et ceux de ma sphère d'influence. Bonne journée.

Villard cliqua sur le bouton « Finir la réunion » et la fenêtre Zoom disparut.

Dévasté, Farelli baissa la tête et se prit le visage entre les mains. Vingt-cinq millions d'euros envolés, parmi lesquels cinq devaient lui revenir ! Sa réputation serait irréparable, après cette histoire. *Merda !* Il arracha l'écharpe qu'il portait autour du cou et qui le faisait désormais suffoquer.

Sans parler de Don Gallucci, avec qui il allait devoir composer. Le *padrino* allait être vert de rage, surtout que le clan ne cessait d'essuyer des échecs, ces derniers temps. Mais après tout, était-il obligé d'en parler au *capintesta* ?

Non ! Il pouvait encore s'enfuir. Prendre l'argent et disparaître. Il n'avait plus aucune perspective d'avenir, après l'affaire Eldon Villard. Quel autre choix lui restait-il ?

À son âge, et avec l'argent en sa possession, il pouvait prendre une retraite confortable. Hors de question de rendre ces cinq millions. Il allait devoir les placer hors de portée de la Camorra, et de Villard aussi, dans un pays dépourvu d'extradition. Le Vanuatu, peut-être. Ou les îles Samoa, voire les îles Salomon. Quelque part sous le soleil des tropiques.

Malheureusement, il devrait dire adieu à sa bien-aimée Sérénissime.

Mais c'était le prix à payer s'il voulait rester riche. Et en vie.

CHAPITRE

QUARANTE-NEUF

Depuis la mort du père Carlo Rinaldo, la basilique Saint-Marc cherchait désespérément un prêtre pour célébrer la messe en attendant de trouver un remplaçant pérenne. Très populaire, l'église la plus visitée de tout Venise proposait une multitude de sermons : prières matinales, adoration eucharistique, récitation du chapelet, vêpres et trois messes. Il n'y avait pas assez de clergé pour répondre aux demandes du quotidien.

Voilà pourquoi la Procuratoria de Saint-Marc avait contacté le père Dominic, en espérant que ce dernier pourrait faire office de célébrant principal pour la messe dominicale à midi. Comme par le passé, Dominic accepta l'opportunité de bonne grâce, surtout qu'il venait de passer une semaine sombre et difficile. Il aspirait à la tranquillité, au renouveau spirituel que la messe lui apportait sans faille, et voulait se libérer l'esprit des préoccupations séculières qui l'avaient accablé, ces derniers jours.

Il était en train de présider les liturgies dans la superbe basilique, au son des notes polyphoniques de l'orgue à tuyaux qui accompagnait la cérémonie, lorsqu'il remarqua qu'il y avait plus de fidèles que d'ordinaire, dont plusieurs têtes qu'il avait croisées ces deux dernières semaines à Venise, des sympathiques comme des moins sympathiques.

Mais en l'occurrence, tous étaient des enfants de Dieu, il ne porta donc aucun jugement.

LA MESSE TERMINÉE, Dominic retourna dans la sacristie pour se changer, pendant que ses assistants et le sacristain s'occupaient de nettoyer et de ranger les vases sacrés et les vêtements liturgiques.

Quelqu'un frappa à la porte. L'un des jeunes garçons qui l'assistaient alla ouvrir.

— *Buongiorno, ragazzo*, le salua un homme à lunettes plutôt âgé. J'aimerais parler au père Dominic.

En entendant son nom, Dominic releva la tête et s'approcha du visiteur.

— Je suis le père Dominic. Que puis-je faire pour vous ?

— Désolé de vous déranger, mon père. Je m'appelle Giuseppe Franco. Est-ce qu'on pourrait… (il balaya la pièce du regard et baissa la voix) discuter en privé ? C'est important.

— Bien sûr ! Que diriez-vous d'aller marcher un peu ? On se connaît ? Votre tête me dit quelque chose.

— *Sì, padre*. On a échangé rapidement à la soirée de carnaval de la *contessa* Vivaldi.

— Ah, oui. Je me souviens. Vous travaillez au Palazzo Feudatario.

— C'est cela. Depuis un moment, d'ailleurs, précisa Giuseppe d'un ton incertain.

L'employeur de Giuseppe ayant attenté à sa vie, Dominic restait sur ses gardes. Qu'est-ce que cet homme pouvait bien lui vouloir ? Et surtout, devait-il s'alarmer de cette prise de contact ? D'un autre côté, il ne pouvait passer outre le fait que ce type était le restaurateur en chef du Feudatario. Malgré les risques, Dominic avait une myriade de questions à lui poser.

— Si cela ne vous embête pas, *padre*, plutôt que d'aller

dehors, où l'on ne manquerait pas de nous voir ensemble, ce qui risque de nous attirer des soucis à tous les deux, pourrions-nous trouver un endroit moins… public ?

Dominic réfléchit un instant.

— Que diriez-vous du confessionnal ?

— *Perfetto !* répondit Giuseppe, visiblement soulagé.

Il fut soudain beaucoup plus détendu en apprenant que les informations sensibles qu'il s'apprêtait à lui révéler, et dont il ne pouvait parler à personne d'autre, seraient protégées par le sceau de la confession et resteraient entre eux.

Dominic escorta Giuseppe hors de la sacristie et regagna la basilique, avant de traverser le transept jusqu'au confessionnal en chêne orné contre le mur du fond. Le prêtre entra dans le compartiment central et referma la porte en bois, tandis que Giuseppe pénétrait dans le box du pénitent et tirait le rideau. Puis, Dominic ouvrit la cloison grillagée qui séparait les deux espaces.

— *Padre*, je pense qu'il vaut mieux que je me confesse entièrement avant que nous discutions de la situation plus en détail, car ce que je suis sur le point de confesser nécessitera sans aucun doute l'absolution du Seigneur.

La remarque ne surprit pas Dominic, qui suspectait Giuseppe de faire partie du stratagème de contrefaçon. Aussi accepta-t-il volontiers la confession. Il était grand temps que leur enquête avance.

— Bien sûr, l'encouragea-t-il. Je suis tout ouïe.

Giuseppe se signa.

— Pardonnez-moi, mon père, car j'ai péché…

LA LITANIE de péchés que Giuseppe lui avait confiés jusqu'à présent était plutôt de nature vénielle : rien qui ne puisse priver son âme de la grâce divine, mais rien de très utile non plus pour la mission de Dominic. Et bien que le prêtre ressente une pointe de duplicité à l'idée de se servir d'un rituel sacré pour parvenir à ses desseins, il était impatient d'entendre Giuseppe révéler ses péchés mortels, en particulier ceux liés aux activités de trafic d'œuvres d'art dans lesquelles – il en était persuadé – l'homme était impliqué.

— Et pour finir, mon père, la raison qui m'amène ici aujourd'hui : je suis pleinement complice dans la création de copies contrefaites de tableaux de vieux maîtres aussi rares que coûteux pour le compte de mon employeur qui, au choix, les vend comme des originaux ou substitue les copies contrefaites aux originaux sous couvert de restauration. Je vous assure que j'ignorais l'ampleur de cette activité jusqu'à encore très récemment, lorsque j'ai dû tenir les comptes. Bien que je n'aie pas participé directement à cette pratique commerciale, elle a cours depuis de nombreuses années et je regrette sincèrement le rôle que j'ai joué dans cette combine honteuse.

Et voilà ! La voie était désormais ouverte à une discussion plus poussée, une fois le sacrement de la confession terminé. Dominic imposa sa pénitence du pécheur et l'invita à sortir du confessionnal pour aller s'asseoir sur le banc et se repentir, avant de revenir pour continuer leur conversation en toute intimité. Giuseppe récita un acte de contrition, reçut l'absolution du prêtre, puis ouvrit le rideau et sortit du confessionnal pour aller faire pénitence.

Assis dans l'isolement sombre du confessionnal, Dominic réfléchit. Pourquoi Giuseppe était-il venu se confier à lui ? Qu'est-ce qui l'avait poussé à entamer une telle démarche et à l'entreprendre de cette manière ? Qu'est-ce qui l'avait incité à prendre part à cette escroquerie ? Et surtout, où se trouvait le journal Coscia et Giuseppe serait-il capable de le lui procurer ?

Il allait enfin obtenir les réponses à ses questions. Dominic se recueillit à son tour, remerciant Dieu d'avoir guidé cet homme repentant jusqu'à lui, au moment opportun pour lui comme pour Giuseppe.

Quand il eut fini, Dominic baissa le regard sur sa montre. Quinze minutes s'étaient écoulées depuis que Giuseppe était sorti. Il avait dû terminer la modeste pénitence qui lui avait été prescrite. Dominic se pencha en avant et entrouvrit la porte pour s'assurer que le pénitent était toujours là. Il l'aperçut sur le banc, à quelques mètres de là, la tête inclinée dans une prière.

Mais il y avait quelque chose d'étrange dans sa posture, comme s'il était en train de dormir.

Dominic se leva, ouvrit la porte et s'approcha de lui.

— Giuseppe ? appela-t-il à voix basse.

Pas de réponse.

Il s'avança un peu plus, réticent à l'idée d'interrompre la prière de son ouaille mais perturbé par quelque chose sur lequel il n'arrivait pas à mettre le doigt, dans la pénombre de la basilique.

Ce fut alors qu'il vit le sang.

La gorge de Giuseppe avait été tranchée d'une oreille à l'autre et autour de son cou pendait un crucifix à l'envers.

CHAPITRE

CINQUANTE

près avoir informé les *carabinieri* du meurtre de Giuseppe, Dominic administra à l'homme les derniers sacrements dans le calme de l'église qui se remplirait bientôt de policiers en uniforme. Il resta sur la scène du crime jusqu'à ce que les autorités aient fini de l'interroger.

Dominic ne pouvait bien évidemment pas divulguer ce que la victime avait dit pendant sa confession, et, bien que les officiers soient eux-mêmes catholiques et respectent le sacrement et les vœux du prêtre, il ne put s'empêcher de remarquer leur irritation. Les forces de l'ordre soupçonnaient, et à raison, que les réponses à certaines de leurs questions se trouvaient dans les confessions du défunt.

Pendant ce temps, Dominic avait envoyé un message à Karl et Hana pour dire à tout le monde de le rejoindre à la basilique Saint-Marc. Il fallait qu'ils parlent.

Ils arrivèrent au compte-goutte et se retrouvèrent au pied de l'édifice. Dominic suggéra d'aller manger un morceau au Quadri, un restaurant de l'autre côté de la *piazza*, où il pourrait leur raconter les dernières nouvelles, du moins celles qu'il était en mesure de leur révéler sans pour autant briser le sceau de la confession.

275

Une fois attablés en terrasse sous un grand parasol, les cinq amis commandèrent une bière tout en consultant la carte du déjeuner.

En attendant que le serveur prenne leur commande, Dominic leur transmit le peu d'informations dont il disposait sur la mort du peintre, à savoir qu'il l'avait trouvé sans vie alors qu'il attendait de poursuivre leur discussion après l'avoir entendu se confesser.

— La police dit que la croix à l'envers est sûrement un signe de l'implication de la Camorra, ce qui n'a rien de surprenant, relata-t-il. Avec le recul, je me dis que j'aurais probablement dû l'inciter à se confier à moi avant la confession, mais c'est trop tard, maintenant. Quoi qu'il en soit, on est sur la bonne voie. J'ai aussi parlé à Dario Contini, l'autre soir. Il a laissé entendre qu'il nous soutiendrait et que l'on pouvait employer tous les moyens nécessaires pour mettre la main sur le journal Coscia. J'imagine que ça veut dire que tous les coups sont permis, même ceux qui sont un peu limite et qu'il ne peut se permettre d'entreprendre lui-même.

— C'est bien les paroles d'un flic, ça. Un vrai de vrai, qui prend son travail au sérieux. Bravo à lui, salua Marco, toujours dans son rôle de commando. Alors, qu'est-ce qu'on fait ?

Tout le monde se tut et sirota sa bière en réfléchissant aux possibilités qui s'offraient à eux.

— Pourquoi ne pas pénétrer par effraction, armés jusqu'aux dents, et exiger qu'ils nous remettent le journal ? proposa Karl. On a déjà éliminé une grande partie de leur équipe, donc leurs effectifs sont probablement réduits.

— C'est trop risqué, dit Hana. Ce serait perçu comme un braquage, et filmé en plus de cela. Sans compter que quelqu'un pourrait se faire tirer dessus.

— D'où l'intérêt d'amener des armes, rétorqua Karl avec un petit sourire en coin.

Assise à côté de lui, Hana lui décocha un coup de poing amical dans l'épaule.

— Pourquoi ne pas mettre le feu ? suggéra Marco en haussant les sourcils. J'imagine que Don Gallucci ferait tout et n'importe quoi pour protéger ce journal. Jamais il ne sortirait du bâtiment sans l'avoir sur lui. On l'intercepte à la sortie et on l'en déleste. Cette option aurait aussi le mérite de mettre des bâtons dans les roues à leur activité illicite.

Autour de la table, ses compagnons échangèrent un regard en évaluant sa suggestion. Personne ne s'y opposa.

— Intéressant, comme idée, déclara Dominic, non sans une pointe de culpabilité pour ne serait-ce que considérer un acte aussi drastique qu'un incendie volontaire. Peut-être que si tu le limitais à l'enceinte de son bureau…

Marco ne manqua pas de remarquer que Dominic avait utilisé le pronom « tu », ce qui n'était pas étonnant étant donné sa profession.

— Pour des raisons évidentes, je suggère que Michael soit dispensé de toute prise de décision dans le déroulé de cette opération, offrit-il avec galanterie. Je serai personnellement responsable de nos actions. Karl, Lukas et moi, on s'occupera de la mise en œuvre.

— Et vu que je suis une femme, je n'ai pas ma place, c'est ça ? lança Hana d'un ton revendicateur en relevant le menton.

Marco fut incapable de résister à la perche qu'elle lui tendait.

— Tu pourrais servir le champagne quand les hommes rentreront vainqueurs de leur mission…

La réflexion lui valut un coup dans l'épaule, lui aussi. Et celle qui se remettait encore de sa blessure, par-dessus le marché. Il grimaça puis s'esclaffa et se pencha pour embrasser Hana.

— Finalement, je ne cracherais pas sur un pilote pour notre bateau, ajouta-t-il avec sérieux. L'Aquariva est toujours amarré et on aura besoin de ton aide.

— Alors vous pouvez compter sur moi, annonça Hana avec un sourire satisfait.

Le serveur s'approcha de leur table pour prendre les

commandes. Une fois que tout le monde eut annoncé son choix, Marco poursuivit.

— Voici ce que je propose…

CINQUANTE-ET-UN

Le soleil s'était couché quelques heures plus tôt et la circulation maritime s'était calmée pour la journée. Le peu d'embarcations encore de sortie étaient des gondoles éclairées à la bougie, glissant sous le clair de lune romantique par cette chaude soirée de printemps avec à leur bord des touristes qui se prélassaient.

Marco, Hana, Karl et Lukas étaient assis dans l'Aquariva qui flottait sur les eaux enfin calmes du Grand Canal ; cela faisait une heure qu'ils observaient le Palazzo Feudatario avec des jumelles. Il n'y avait pas de garde posté à l'entrée à cette heure-ci, et à première vue, Angelo Gallucci était dans sa chambre au troisième étage, juste en dessous du studio. Visiblement, il était en train de lire et ne dormait pas encore. Le groupe remarqua tout de même un garde occupé sur son ordinateur à l'accueil, mais il devait y en avoir d'autres à l'intérieur ou aux abords du bâtiment. Ils n'avaient aperçu personne d'autre à travers les hautes fenêtres voûtées du *palazzo* de quatre étages. Le studio, par le plafond duquel ils avaient prévu de pénétrer, était vide et plongé dans la pénombre.

Comme la première fois, Marco guida silencieusement l'Aquariva à travers le canal et amarra le bateau deux *palazzi* plus loin. Les trois hommes sautèrent sur le quai, équipement et sac à dos parés, et remontèrent à pied le chemin menant à l'arrière du bâtiment tout en restant dans l'ombre. Pendant ce temps, Hana manœuvra le bateau en sens inverse le long du canal pour aller retrouver leur poste d'observation précédent et s'apprêta à réceptionner le groupe, le moment venu.

Pendant que Marco et Karl préparaient le matériel et étudiaient leur trajectoire, Lukas monta la garde derrière le *palazzo*. Ayant déjà escaladé la façade du bâtiment, ils savaient où se trouvaient les gouttières et les rebords de fenêtre qui leur permettraient de prendre appui sans danger. Une fois sur le toit, ils se serviraient des cordes pour descendre en rappel dans le studio et des produits inflammables pour déclencher l'incendie.

L'ascension ne leur prit que quelques minutes, puis ils se reposèrent un instant sur le toit avant d'ouvrir la lucarne. L'épaule de Marco était endolorie, mais rien d'alarmant. Il n'était pas étranger à la souffrance physique ; il se contentait de l'endurer.

Karl longea le toit pas à pas en silence pour aller crocheter la serrure, Marco sur ses talons. Même si le quatrième étage paraissait vide, ils ne pouvaient pas prendre le risque qu'on les entende.

Mais cette fois-ci, ils firent face à un problème d'un nouveau genre. Vraisemblablement à cause de leur dernière effraction, les agents de Gallucci avaient corsé l'accès via la lucarne en y installant des barreaux en métal qui sillonnaient les huit panneaux du toit en verre. Impossible de s'infiltrer de ce côté-ci.

Ils allaient devoir pénétrer par l'une des fenêtres voûtées à l'arrière du bâtiment, une prouesse bien plus complexe étant donné que les prises y étaient plus minces. Malgré leur expérience en escalade, les deux hommes n'étaient pas certains d'y arriver sans encombre.

Par mesure de précaution, ils nouèrent leur corde à une cheminée à l'aide d'une boucle en huit. Un descendeur accroché à sa ceinture, Karl passa en premier et descendit en rappel jusqu'à une fenêtre du studio. Elle était fermée à clé.

Levant la tête au-dessus de lui, il aperçut à l'autre extrémité du bâtiment une fenêtre qui était légèrement entrouverte vers l'extérieur. Il sortit une paire de bloqueurs de son sac d'escalade et se hissa de nouveau sur le toit.

— Il y a une fenêtre ouverte en bas, chuchota-t-il à Marco en désignant l'autre côté du bâtiment. On devrait pouvoir rentrer par là.

Les trois hommes dénouèrent les cordes de la cheminée et se dirigèrent de l'autre côté du toit en prenant garde où ils mettaient les pieds sur les tuiles de brique rouge fragiles et incurvées qui menaçaient de craquer à tout moment et d'alerter quelqu'un à l'intérieur de leur présence. Sans compter que la pente du toit formait un angle raide, et ils n'étaient pas à l'abri d'une chute.

Après avoir renoué les cordes autour d'une cheminée à l'autre extrémité, Karl passa de nouveau en premier, équipé de descendeurs et de mousquetons pour freiner sa progression. Une fois près de la fenêtre entrouverte, il jeta un coup d'œil à l'intérieur. Personne.

Relevant les yeux, il leva un pouce en l'air à l'intention de Marco puis se faufila à travers l'interstice. Quelques instants après, Marco le rejoignit.

Une fois à l'intérieur, tous deux s'immobilisèrent, les oreilles aux aguets. Dans la pénombre éclairée par le clair de lune, il distinguèrent des caisses en bois empilées ça-et-là et des étagères contenant divers pots et petites boîtes. Marco sortit une lampe-stylo de sa poche pour inspecter la pièce.

Le faisceau illumina un symbole d'avertissement familier sur le dessus d'une caisse. Il étouffa une exclamation de surprise. *Des explosifs !* Ils étaient entourés de caisses de dynamite, de blocs de Semtex et de C-4, et de bouteilles d'acétone, de peroxyde d'hydrogène et autres substances inflammables. Il y avait là de quoi incendier une bonne partie de la ville de Venise. Voilà qui expliquait la fenêtre laissée ouverte pour aérer.

Les deux hommes échangèrent un regard.

À quoi tout ceci allait-il bien pouvoir servir ?

Finalement, mettre le feu au studio n'était peut-être pas une si bonne idée.

Il leur fallait un nouveau plan.

CINQUANTE-DEUX

— **L**e plus simple, ce serait de kidnapper Gallucci et de l'obliger à ouvrir le coffre, suggéra Marco dans un murmure.

— Je suis d'accord, acquiesça Karl. Mais il y a certainement d'autres gardes dans les parages, alors on devra se faire discret. Je doute que le gars au rez-de-chaussée nous entende, mais il a peut-être accès à des caméras de surveillance. Qu'est-ce qu'on fait, si c'est le cas ?

— Il va falloir prendre le risque. Et nous préparer au pire.

Ils vérifièrent leur arme dans leur étui à l'épaule – balles dans le chargeur, cran de sûreté désactivé – et se délestèrent de leur sac à dos. Devant la porte, ils tendirent l'oreille à l'écoute de tout bruit suspect, puis ouvrirent doucement.

Le couloir était plongé dans la pénombre et le silence. La chambre de Gallucci se trouvait à l'étage du dessous, de l'autre côté de l'édifice.

À pas feutrés sur le tapis oriental recouvrant le parquet, ils se dirigèrent vers l'escalier qui donnait sur un atrium ouvert haut de quatre étages au centre du *palazzo* ; le moindre bruit se répercuterait en écho sur les façades et le garde à l'accueil risquait de les entendre.

Néanmoins, ils descendirent au troisième étage sans encombre. Si caméras de surveillance il y avait, soit le garde ne les regardait pas, soit elles ne servaient que d'enregistrement et n'étaient pas retransmises en direct. Étant donné l'heure tardive et le fait que seul Gallucci se trouvait sur les lieux, le deuxième scénario était le plus probable.

Sur la pointe des pieds, les deux hommes approchèrent de la chambre de Gallucci en longeant le mur pour éviter de faire craquer les lattes de la vieille demeure. Deux interminables minutes plus tard, ils se trouvaient devant la chambre du *capintesta*. Ils sortirent leur arme et se préparèrent à affronter ce qui les attendait de l'autre côté.

Après une grande inspiration, Marco tourna la poignée le plus lentement et le plus silencieusement possible pour entrouvrir la porte. La pièce était plongée dans le noir. Gallucci devait être endormi.

Marco poussa un peu plus la porte et se faufila à l'intérieur, suivi de près par Karl qui referma doucement derrière eux.

Soudain, une lumière aveuglante s'alluma, illuminant tout l'espace. Angelo Gallucci se tenait debout au centre de la pièce, un fusil de chasse à double canon braqué sur eux. Instinctivement Karl et Marco pointèrent leur pistolet sur Gallucci.

— Je vous attendais, messieurs, dit le parrain en dévoilant une rangée de dents noircies par le tabac. Vous en avez mis, du temps. Quelle situation embarrassante. Maintenant, baissez vos armes, je vous prie.

Marco ne se laissa pas intimider.

— Vous d'abord, *padrino*.

— Au moins, vous avez la politesse de me vouvoyer et de m'appeler par mon titre, c'est déjà cela, remarqua le Don. Vous et vos amis ne cessez de me causer du souci, vous savez. Qu'est-ce que vous voulez, exactement ?

— Le carnet, répondit Marco avec calme. Le journal Coscia.

— Désolé de vous décevoir, mais je ne vois pas de quoi vous parlez.

— Et vous parlez de politesse ? railla Karl. Arrêtez de mentir. On sait qu'il est dans votre coffre. Giuseppe nous l'a avoué avant que vous ne le fassiez assassiner.

C'était une supposition, mais la logique voulait qu'elle soit vraie. Et la réaction de Gallucci le confirma.

Il écarquilla les yeux, son visage se durcit.

— Ce *bastardo* de mes deux. Il n'a pas eu ce qu'il voulait alors il est allé bavasser sur tous les toits. Il n'aurait pas pu la fermer ? Enfin bref, peu importe. Ce qui est fait est fait. J'ai déjà prévenu le vigile. Je vous conseille de laisser tomber.

À cet instant, le garde ouvrit précautionneusement la porte dans leur dos, son pistolet pointé devant lui.

— Baissez vos armes, gronda-t-il.

Marco eut une idée de génie. Elle ne marcherait pas si le parrain parlait allemand, mais il prit le risque. Il se tourna vers Gallucci et prétendit l'invectiver en allemand.

— *Karl, lass dich nach rechts fallen lassen !*

Comprenant le message subtil de Marco, Karl se baissa immédiatement sur sa droite et pivota pour viser l'agent de sécurité de son SIG. En parallèle, Marco tomba sur la gauche et appuya sur la détente de son Glock d'une main experte, touchant Gallucci à l'épaule gauche. Le Don rétorqua en faisant feu. La décharge de chevrotine passa au-dessus de Marco et de Karl pour aller se ficher en pleine face du vigile. Son corps fut projeté en arrière dans le couloir. La force du recul du fusil fit basculer Gallucci qui tomba sur le lit derrière lui.

Karl bondit sur le vieil homme et lui arracha son arme des mains pendant que Marco sortait dans le couloir, arme levée, pour vérifier s'il y avait d'autres ennemis. L'endroit était vide.

Tout en fouillant Gallucci au cas où il aurait une autre arme sur lui, Karl en profita pour examiner la blessure du *capintesta*. Il allait avoir besoin de soins mais serait parfaitement capable d'ouvrir son coffre.

— Allez, debout, ordonna-t-il. Il y a quelqu'un d'autre dans la maison ?

Ignorant la question, le vieil homme gémit de douleur, sa main gauche pressée sur sa blessure. Il la retira pour inspecter son épaule ensanglantée.

— Qu'est-ce que vous m'avez fait ? cria-t-il. J'ai besoin d'un docteur !

— Avant ça, vous allez m'ouvrir ce coffre et me donner le journal, dit Marco en forçant l'homme à se lever. Allez.

— Je peux pas faire ça ! geignit-il d'une voix apeurée. Il se transmet de main en main depuis des centaines d'années ! C'est notre héritage.

— La direction a changé, railla Marco. Je vous le répéterai pas deux fois. Est-ce qu'il y a quelqu'un d'autre dans la maison ?

— Non, juste moi et le garde. Je n'ai pas eu le temps de trouver un remplaçant pour celui que vous avez tué.

Karl d'un côté, Marco de l'autre, les deux hommes escortèrent Gallucci en haut de l'escalier jusqu'à son bureau attenant au studio, tout en restant à l'affût d'autres gardes, au cas où le *capintesta* aurait menti.

Une fois devant le coffre, Gallucci leva des yeux implorants vers Marco.

— Je ne peux pas vous filer autre chose, à la place ? Qu'est-ce que vous voulez ? De l'argent ? Je vous en donnerai autant que vous voulez.

— Non, merci. Juste le journal.

Gallucci soupira, puis fit tourner le cadran du coffre Gardall d'un côté, puis de l'autre, pour composer le code que Marco s'empressa de mémoriser. Un quart de tour de poignée plus tard, le coffre s'entrouvrit. Gallucci plongea la main à l'intérieur et tâtonna à la recherche du Glock, mais Karl, qui s'attendait à une telle manœuvre, lui enserra le bras. Il récupéra le pistolet, enclencha la sécurité et glissa l'arme dans sa ceinture.

— Bien essayé, salua-t-il. Tenez, venez donc vous asseoir par ici. Après ça, on vous trouvera un médecin.

Gallucci se laissa choir sur sa chaise, la main serrée sur le bord de son bureau comme pour soutenir son poids, et en profita pour appuyer discrètement du pouce sur un bouton caché sous le meuble.

Pendant que Karl gardait un œil sur Gallucci, Marco s'intéressa au contenu du coffre. Sur l'étagère du haut, il trouva une sacoche en cuir qu'il sortit et posa sur le bureau. Il l'ouvrit et en extirpa un épais carnet relié en cuir visiblement très vieux. Derrière la première de couverture, la page de titre indiquait « *Il giornale Coscia della Camorra in Veneto* ».

Il feuilleta rapidement l'ouvrage et fut stupéfait devant la quantité faramineuse de tableaux célèbres enregistrés au fil des siècles. Il aurait le temps de se pencher là-dessus plus tard. Gallucci avait besoin d'un médecin et il leur fallait déguerpir au plus vite.

— Plus un geste, s'écrièrent deux voix d'homme à l'unisson. Lâchez vos armes !

Deux gardes entrèrent en trombe dans la pièce, un pistolet-mitrailleur Uzi en main.

Pris par surprise, Marco et Karl laissèrent tomber leur arme à contrecœur et levèrent les mains en l'air. Deux autres gardes se trouvaient dans le couloir. Marco et Karl étaient en infériorité numérique.

Gallucci se tourna vers ses prisonniers.

— Je n'ai pas menti, expliqua-t-il. Ils n'étaient pas dans la maison mais dans un appartement adjacent équipé d'un système d'alerte d'urgence que j'ai déclenché.

Nouveau sourire noirci.

— Récupérez-moi ce journal et trouvez-moi un médecin ! cria-t-il à ses hommes. Et emmenez-moi ces deux enfoirés au sous-sol et tuez-les.

Les deux derniers arrivants glissèrent le journal Coscia dans la sacoche en cuir, puis soulevèrent Gallucci par les épaules pour l'aider à descendre l'escalier et l'escorter jusqu'à la porte d'entrée, derrière laquelle l'attendait un bateau. Pour un homme âgé et blessé, Gallucci se déplaçait étonnamment vite, tout impatient qu'il était de sauver sa peau malgré la douleur et le sang qu'il perdait en flux continu.

Marco et Karl, en revanche, descendirent les marches en traînant des pieds, tout en se creusant la tête pour trouver une solution. Le bruit du bateau à moteur ronflant leur parvint aux oreilles, puis s'éloigna, emportant avec lui Gallucci et le journal. Leurs ravisseurs n'avaient pas encore confisqué le Glock du Don coincé dans la ceinture de Karl, sous sa veste.

Soudain, deux coups de feu retentirent dans leur dos et les gardes s'écroulèrent. Karl releva les yeux. Lukas se tenait en haut de l'escalier, son SIG Sauer brandi devant lui, au cas où d'autres ennemis feraient leur apparition. Après avoir vérifié que les agents de sécurité étaient décédés, ou du moins hors d'état de nuire, Karl grimpa les marches deux par deux pour prendre son partenaire dans ses bras.

— Tu arrives à pic ! souffla-t-il avec soulagement. Comment tu as su ?

— J'ai vu quatre hommes sortir de l'appartement voisin et se précipiter à l'intérieur. Je me suis dit que vous aviez certainement besoin d'aide.

Marco avait déjà pris les devants et était en train d'écrire un message à Hana pour lui demander d'amener le bateau sur le pas de la porte du Feudatario au plus vite. Après quoi, il se précipita à l'étage, passa sans s'arrêter devant Karl et Lukas, et retourna dans la pièce remplie d'explosifs pour récupérer leurs affaires. Au passage, il fourra deux bâtons de dynamite dans son sac. Puis, direction le bureau de Gallucci où il reprit leurs pistolets qui étaient toujours sur la table.

Au pas de course, il redescendit au rez-de-chaussée et jeta un regard aux deux gardes suisses en se dirigeant vers la sortie.

— Allez, on file récupérer le journal. Hana nous attend.

CINQUANTE-TROIS

À peine eut-elle reçu le message de Marco qu'Hana alluma le moteur de l'Aquariva et traversa le large canal en direction du Palazzo Feudatario. Ce faisant, elle remarqua une vedette Invictus 280 rouge s'éloigner du palais à toute vitesse avec trois hommes à son bord, direction le sud.

Au même instant, Marco, Karl et Lukas sortirent du bâtiment et coururent vers elle. Elle arrêta l'embarcation devant eux et les trois amis lancèrent leur sac sur le pont arrière et sautèrent à bord.

— Accrochez-vous ! s'écria Marco en prenant la barre.

Il mit les gaz et le nez de l'Aquariva s'éleva au-dessus de l'eau. Les puissants moteurs Lamborghini V-12 rugirent et toute l'équipe s'élança à la poursuite du bateau de Gallucci.

— C'est le rouge, là-bas, lança Hana en désignant les fuyards d'une main tout en s'accrochant fermement à Marco de l'autre. J'ai vu trois hommes y monter avec un sac.

— C'est Gallucci et ses deux gardes, l'informa Marco. Ils ont pris le journal Coscia avec eux. Gallucci est blessé, donc ils vont certainement se rendre chez un médecin privé, ou du moins dans une planque. Ces types sont armés de pistolets-mitrailleurs

Uzi. Si jamais il y a des coups de feu, je veux que tu t'allonges à plat ventre sur le pont. Et mets un gilet de sauvetage, s'il te plaît.

Il posa sur elle un regard aimant. D'abord hésitante, Hana accepta et enfila un gilet orange.

Les deux bateaux étaient rendus au milieu du canal et venaient de passer sous le pont Rialto, entre les *Sestieri* San Polo et San Marco, créant de grosses vagues dans leur sillage. Les quelques gondoliers sur l'eau à cette heure de la nuit levèrent la tête en entendant le rugissement des moteurs et, voyant les deux bateaux qui approchaient à toute vitesse, ils se préparèrent à affronter les turbulences qui ne manqueraient pas de les secouer. Sur leur passage, ils invectivèrent d'une voix forte les pilotes malotrus en agitant furieusement les mains dans leur direction. L'une des gondoles chavira, projetant son chauffeur et ses passagers dans l'eau froide.

L'Aquariva de Marco était puissant et il gagnait peu à peu du terrain sur l'Invictus. Poursuivants et poursuivis atteignirent la lagune à l'embouchure du canal et passèrent devant la jetée de Dorsoduro. Dans moins d'une minute, ils seraient en pleine mer.

Au détour de la confluence du Grand Canal, près de la place Saint-Marc, deux bateaux des *carabinieri* se joignirent à la poursuite, gyrophares et sirènes allumés. À bord du bateau de police qui se trouvait en tête de file, à une petite centaine de mètres derrière eux, Marco aperçut Dominic et Dario Contini.

Quand le staccato des coups de feu provenant des Uzi retentit, tout le monde se mit à couvert. Quelques balles ricochèrent sur la coque de l'Aquariva ; les autres finirent leur course dans le canal en projetant des gerbes d'eau. Les pilotes des trois bateaux de poursuivants se mirent à zigzaguer, ce qui eut pour effet de ralentir leur course, mais avait au moins le mérite de faire d'eux une cible moins facile.

— Il faut mettre le tireur hors d'état de nuire ! cria Marco à l'intention de Karl et Lukas. Je vais essayer de me rapprocher pour que vous puissiez le descendre. Baissez-vous.

Lukas et Karl prirent position derrière le pare-brise, l'un à tribord, l'autre à bâbord, leurs SIG prêts à tirer sur le plat-bord. Profitant de la visibilité que leur offraient les feux des véhicules de police derrière eux, les deux gardes suisses repérèrent le tireur, perché sur un siège à la poupe.

Mais viser n'était pas une mince affaire. Karl et Lukas tirèrent l'un après l'autre et manquèrent leur coup.

— Tu peux te rapprocher ? cria Karl.

Marco poussa la manivelle des gaz jusqu'à la butée.

— Hana ! Mets-toi à plat ventre sur le pont et ne bouge pas de là ! ordonna-t-il en baissant la tête.

Cette dernière obtempéra et s'accrocha au dossier de la chaise de Marco pour ne pas être secouée par les rebonds de leur embarcation.

Les deux véhicules des *carabinieri* se séparèrent ; le premier, avec à son bord Dominic et Contini, partit sur la droite de l'Invictus, le second sur la gauche, tandis que l'Aquariva restait derrière les fuyards. Gallucci était cerné. Loin de se décourager, l'Invictus continuait de filer comme l'éclair.

Debout contre la paroi latérale de l'Aquariva, Lukas visa de nouveau, brandissant désormais son arme à bout de bras devant lui. Il raffermit sa prise et tira un coup, puis un second, et un troisième. L'Invictus glissait sans encombre sur les eaux du canal, mais l'Aquariva était malmené par les turbulences dans son sillage, ce qui rendait la tâche difficile.

— Marco ! cria-t-il. Tu peux te rapprocher et ralentir pour stabiliser le bateau ? Je n'y arriverai pas, sinon.

Il jeta un coup d'œil à Karl qui, comprenant sa stratégie, se tint prêt.

Marco réfléchit un instant. Malgré le risque d'être touché, cela valait la peine d'essayer. Il accéléra jusqu'à se retrouver à une vingtaine de mètres de l'Invictus et s'accroupit derrière le pare-brise pour éviter les balles des Uzi qui transpercèrent l'air autour d'eux.

Puis, il passa au point mort. L'embarcation ralentit brusquement tout en continuant sa route, gentiment bercée par les flots. Karl et Lukas se redressèrent, s'appuyèrent contre la paroi latérale du bateau et firent feu. L'un d'entre eux fit mouche. Le tireur s'écroula. Son Uzi rebondit sur le rebord de l'Invictus et tomba dans l'eau en éclaboussant.

Il ne restait plus que Gallucci, blessé, et le pilote qui, bien qu'occupé à la barre, avait aussi un Uzi sur lui. Marco remit les gaz et le nez de l'Aquariva s'éleva dans les airs sous l'effet des puissants moteurs Lamborghini.

Une voix sévère s'éleva du haut-parleur de l'un des bateaux de police : « Ici les *carabinieri* ! Arrêtez immédiatement votre véhicule et préparez-vous à l'abordage. Nous ne le répéterons pas deux fois. »

L'Invictus continua sa route à plein régime, ses deux moteurs Volvo Penta filant à 40 nœuds, la vitesse maximale de l'Aquariva.

Marco fit signe à Karl de le rejoindre à la barre.

— Faut que tu descendes le pilote, l'enjoignit-il. On va utiliser la même tactique.

Karl leva un pouce en l'air pour signifier son accord, puis se rapprocha de Lukas pour lui expliquer le plan.

Au même instant, Marco vit un objet s'élever dans les airs et tracer un arc de cercle lumineux dans leur direction. Il distingua une mèche et des étincelles.

Un explosif !

Il vira brusquement à tribord.

— Tout le monde à couvert !

La dynamite explosa dans l'océan à bâbord avec une telle force qu'une couronne d'eau de cinquante mètres de haut s'éleva dans les airs, avant de redescendre s'écraser. L'onde de choc les frôla de peu mais ne manqua pas de tremper tous les passagers de l'Aquariva. Ils n'étaient pas passés loin.

— Espèces d'enfoirés ! jura Marco. Lukas ! Il y a deux bâtons de dynamite dans mon sac. Prends-en un et allume-le. À mon signal, tu le lances !

— Mais… et le journal Coscia ? plaida Hana. Il ne vaut mieux pas les laisser s'échapper plutôt que de tout détruire ?

Marco fit une pause et dut convenir que ce n'était pas la meilleure des idées, étant donné leur objectif principal.

— Tu as raison, admit-il. Oublie ce que j'ai dit, Lukas. Descends-moi ce pilote.

Karl et Lukas étaient en train de reprendre place pour faire feu quand l'Invictus ralentit soudainement, puis s'arrêta et éteignit son moteur. Sur ses gardes, Marco décéléra également tout en gardant ses distances, prêt à repartir de plus belle si de nouveaux bâtons de dynamite se mettaient à voler vers eux. Les *carabinieri* tempérèrent aussi leur allure, avec prudence.

Une voix masculine, probablement celle du pilote, s'éleva dans la nuit.

— Je me rends ! cria-t-il en levant les mains en l'air bien en évidence à bord de son bateau qui tanguait gentiment sur les flots calmes. Don Gallucci est mort. Plus besoin de fuir.

Le bateau de police sur lequel se trouvaient Dominic et Contini s'approcha lentement à bâbord, les pistolets des deux officiers braqués sur l'homme. Quand l'embarcation fut à proximité, les policiers sautèrent à bord de l'Invictus et passèrent les menottes au malfrat.

Marco guida l'Aquariva jusqu'au flanc tribord de l'Invictus, et Karl fixa un cordage d'un taquet à l'autre pour relier les deux embarcations.

De son côté, Dominic bondit du bateau de police pour atterrir sur le pont de l'Invictus, où il se mit en quête du journal Coscia. Il sonda le plancher sombre des yeux, près de là où gisait Gallucci. Rien. Après une rapide prière, il retourna le corps avec précaution. Il était là ! Le journal secret qui promettait de dévoiler trois siècles de larcins. Il l'empocha et rejoignit l'Aquariva, où il échangea une poignée de main avec Marco, Karl et Lukas, et serra Hana dans ses bras. L'adrénaline coulait encore dans toutes les veines, au rythme des gyrophares bleus qui illuminaient par intermittences les quatre embarcations flottant au milieu des eaux sombres de la lagune.

Marco se rendit à bord de l'Invictus pour s'assurer que Gallucci était bel et bien décédé. Étant donné la gravité de sa blessure, il était même étonnant qu'il ait survécu aussi longtemps. Mais la perte de sang, accentuée par les remous du bateau en fuite, avait fini par avoir raison de lui.

La Camorra allait avoir besoin d'un nouveau chef.

CHAPITRE
CINQUANTE-QUATRE

L'aéroport Marco Polo de Venise grouillait de touristes lorsque Renzo Farelli acheta son billet en première classe auprès de la compagnie British Airways : un aller simple pour l'île de Vanuatu au sud du Pacifique.

Il avait discrètement réglé deux ou trois affaires professionnelles à la Sérénissime et empaqueté le peu de biens qu'ils souhaitaient emporter avec lui, sans parler à personne de son plan. Il avait annoncé prendre quelques jours de vacances aux États-Unis. À New York, pour être exact, où il pourrait visiter certains des plus beaux musées du monde. Oui, oui, il reviendrait vite, avait-il affirmé à son entourage.

Il avait deux heures à tuer avant le vol et décida de pousser les portes dorées du salon Executive Club de la compagnie aérienne pour siroter un bloody mary et calmer ses nerfs.

Farelli avait été informé de la mort soudaine de Don Gallucci, la veille au soir, et conclu que sa vie n'était pas en danger, étant donné le tumulte que créerait la passation de pouvoir à un nouveau *capintesta*.

C'était le moment idéal pour prendre les voiles. Il avait huit millions d'euros sur son compte bancaire en Suisse – dont il devait plus de la moitié à Eldon Villard – et était bien décidé à récolter les fruits de son dur labeur de toute une vie.

Le salon était plein, ce matin-là, et la plupart des tables étaient déjà occupées. Farelli opta pour un banc en cuir capitonné contre un mur intérieur, avec vue sur le tarmac où il pourrait regarder les avions aller et venir en provenance et à destination de pays inconnus. Que le monde était grand, rempli de lieux à découvrir. Il visiterait peut-être New York pour de vrai, un jour, quand les choses se seraient calmées.

Un homme à la carrure imposante s'approcha d'un pas nonchalant. Il prit place sur le banc à sa droite – pas trop près, à une distance convenable – et ouvrit son journal en grand pour parcourir les titres. Quelques minutes plus tard, un deuxième homme s'assit à droite de Farelli et posa son café sur la table basse en verre devant lui.

Farelli n'était pas du genre misanthrope, mais il aimait bien son intimité. Aussi décida-t-il d'aller trouver un autre siège.

Mais avant qu'il n'ait pu se lever, l'homme sur sa droite l'attrapa par le bras et le força à se rasseoir.

— Pardon, dit l'inconnu. Vous êtes bien Renzo Farelli ?

L'homme au journal referma son quotidien, son imposante carrure désormais collée contre le flanc du Vénitien.

— Et vous êtes ? rétorqua Farelli d'un ton indigné. Si vous voulez bien m'excusez, *signore*, j'étais sur le point de partir.

L'individu sur sa droite sortit de sa veste un pistolet israélien Masada équipé d'un silencieux et le pressa contre les côtes de Farelli.

— Rasseyez-vous, je vous prie.

— Comment avez-vous réussi à introduire une arme ici ? s'exclama Farelli, paniqué.

— Facile, murmura l'homme. Il suffit d'un badge et d'un grade de policier. Baissez la voix, *Signor* Farelli. Monsieur Villard voulait vous souhaiter bon voyage et vous faire part de ses meilleurs sentiments.

L'homme à sa gauche se pencha vers lui et plaça son journal

devant le visage et le haut du buste de Farelli, pendant que son complice sortait une petite seringue hypodermique chargée d'un mélange précis de bromure de pancuronium, de pentothal de sodium et de chlorure de potassium. Avant même que Farelli n'ait eu le temps de comprendre ce qui lui arrivait, l'aiguille s'enfonça dans son cou.

Quelques minutes plus tard, sa tête roula sur le côté et il cessa de respirer. L'homme au journal le positionna bien droit contre le mur, comme s'il était en train de dormir, pendant que le policier à la seringue récupérait son café pour boire une dernière gorgée. Puis, les deux hommes se levèrent et s'éloignèrent dans des directions opposées.

Assis dans le fauteuil Queen Anne de la bibliothèque de sa villa dans le quartier parisien de La Muette, Eldon Villard fulminait à l'idée qu'on ait pu le flouer de vingt-cinq millions d'euros. Il avait passé la nuit à se retourner dans son lit en essayant de se convaincre qu'il ne s'agissait là que d'une infime fraction de sa fortune, mais un homme aussi riche que lui n'avait pas amassé un tel capital en se laissant berner par autrui – sauf lorsqu'il estimait que c'était une stratégie cohérente pour faire fructifier ses investissements à long terme. Et même alors, c'était lui qui contrôlait la situation, ce qui était loin d'être le cas avec l'entreprise de restauration Feudatario et l'issue désastreuse dans laquelle il s'était retrouvé à cause de ces imbéciles, qui avaient maintenant passé l'arme à gauche.

Il ne pouvait bien évidemment pas se plaindre auprès des autorités, puisqu'il était personnellement mouillé dans ces activités illégales jusqu'au cou et voulait éviter toute publicité négative. Non, c'était tout bonnement impensable.

Pourtant, plus il y repensait, plus cette tromperie l'irritait. C'était lui qui profitait des autres, pas l'inverse, bon sang ! Il tendit la main droite pour masser son bras gauche engourdi, une autre source d'agacement.

Les yeux perdus dans les flammes de l'âtre, il finit son demi-verre de cognac tout en repensant à sa cachette secrète remplie de tableaux en zone franche. Un bref sourire illumina son visage, l'espace d'une seconde, avant de disparaître devant le souvenir de la perte du Raphaël et de son argent.

Son irritation grimpa d'un cran. Qu'est-ce qui n'allait pas avec son bras ? Il n'arrivait presque plus à le bouger.

Soudain, la poitrine de Villard fit un bond en avant, ses yeux s'écarquillèrent et il retomba lourdement sur le Queen Anne en cuir. Terrorisé et incapable de comprendre ce qui lui arrivait, il resta avachi dans son siège.

Une autre crise survint, plus forte que la première, et quand il s'écroula de nouveau sur le fauteuil, il n'arrivait plus à respirer.

L'esprit en ébullition, il tenta tant bien que mal de mettre de l'ordre dans ses idées, mais son corps ne répondait plus à sa volonté. Il ne parvint à prononcer qu'un seul mot avant que la mort ne l'emporte.

« Luxembourg. »

CHAPITRE

CINQUANTE-CINQ

Dans son bureau au quatrième étage du palais du Secrétariat d'État, juste en face du dôme de la basilique Saint-Pierre, le cardinal Enrico Petrini venait de finir de lire le journal Coscia gracieusement fourni par le père Dominic.

— C'est une accusation sérieuse Michael, fit remarquer Petrini d'un ton préoccupé. Il reste encore beaucoup à faire pour retrouver toutes les œuvres d'art appartenant à l'Église, en espérant qu'elles soient encore accessibles malgré la situation.

— Je suis d'accord avec vous, Votre Éminence, acquiesça Dominic. C'est une terrible nouvelle pour beaucoup d'entre nous, surtout pour Marcello Sabatini. Ce sera à lui de prendre cette mission en main, bien sûr, mais je ne lui envie ni le temps ni les ressources nécessaires pour la mener à bien.

— Oh, je lui fournirai tout ce dont il a besoin pour ramener ces trésors inestimables en lieu sûr. Il faudra certainement mettre la pression à tous ces grands musées qui n'ont encore aucune idée qu'ils « possèdent » des tableaux appartenant à l'Église. On va se retrouver un paquet d'années devant les tribunaux à cause de ça, mais les preuves penchent très clairement en notre faveur.

Comment puis-je te remercier, Michael ? Notre nation toute entière t'est redevable.

— Je n'étais pas seul, contra Dominic. Marco Picard a joué un rôle essentiel dans notre mission. C'est lui qui mérite le plus d'éloges.

— Alors peut-être que Sa Sainteté pourrait l'honorer en le nommant chevalier papal, suggéra Petrini avant de renchérir. Oui, c'est une excellente idée. Je vais m'en occuper sur-le-champ.

— Si je puis me permettre, on pourrait aussi envisager un acte de reconnaissance pour le sergent Karl Dengler et le caporal Lukas Bischoff, suggéra-t-il. Ils se sont vraiment dépassés, dans cette histoire, et ont risqué leur vie à plusieurs reprises.

— Oui, il faut faire quelque chose pour eux aussi. Et j'ai aussi l'intention de m'expliquer fermement avec l'évêque Torricelli et le cardinal Abruzzo, puisque leurs noms apparaissent noir sur blanc dans ce journal. Je pensais qu'Abruzzo serait intouchable en tant que patriarche de Venise, mais avec ce genre de preuves, le pape n'hésitera pas à le destituer pour corruption. Sans oublier cette cache d'explosifs trouvée dans la propriété d'Abruzzo. Marco en a informé les *carabinieri*. Ça sera ajouté aux charges lors du procès.

Dominic parut pensif un instant, puis leva les yeux.

— Une question me tracasse depuis quelques temps, Votre Éminence. Comment une escroquerie aussi élaborée a-t-elle pu perdurer si longtemps au Vatican sans que personne n'en parle ?

— Je me suis aussi posé la question, répondit Petrini, un voile de tristesse sur le visage. Je suppose que les hommes, d'aussi bonne volonté soient-ils, se laissent trop facilement tenter par l'appât du gain. Surtout avec la Camorra qui dispose de l'argent et de la main d'œuvre nécessaires pour vous faire taire à tout jamais si vous décidez d'aller à leur encontre. Même avec de bonnes intentions, la peur et la cupidité forment un duo dévastateur qui sévit depuis des siècles. Je suis sûr que la Camorra a recruté et formé des gens dans le but de servir leurs intérêts au sein du Vatican, et qu'elle a veillé à ce que leurs successeurs fassent de même, de génération en génération. Et comme tu le sais sûrement, une fois dans l'engrenage, il n'existe plus de retour en arrière possible, surtout dans la Mafia. Une fois qu'Ève a croqué la pomme, elle était condamnée.

— Oui, je comprends votre raisonnement, confessa Dominic. En parlant du passé, nous n'aurions jamais pu aller aussi loin sans l'aide d'Antonio Vivaldi qui nous a mis sur la piste il y a des siècles. Nous lui devons également notre gratitude.

— C'est vrai. Peut-être que le Saint-Père pourrait dire une messe en son honneur, suggéra Petrini. Après tout, lui aussi était prêtre.

ÉPILOGUE

Par un beau jour de printemps, les *sampietrini* installèrent le stand de cérémonie et les chaises destinées aux invités dans la cour Saint-Damase du Vatican. Sous les drapeaux alignés en toile de fond aux couleurs du Vatican, de la Garde suisse, de l'Italie, de la Suisse et de la France, les fleuristes étalaient une douzaine de compositions florales pour embellir la scène.

Deux gardes suisses – Karl Dengler et Lukas Bischoff – avaient pris place sur la scène dans des sièges bien en vue, pendant que les 133 autres, vêtus de casques rouges et de leur uniforme de gala coloré à rayures de l'époque Renaissance, défilaient dans la cour en formation, au son des hymnes du Vatican et de la Garde suisse joués par l'orchestre militaire pontifical.

Le père Michael Dominic, Marco Picard et Hana Sinclair étaient également présents, tout comme l'agent Dario Contini, le cardinal Enrico Petrini et quelques autres cardinaux et évêques du musée du Vatican et des Archives apostoliques. Au milieu de la scène se dressait un trône blanc pour Sa Sainteté.

En musique, on fit entrer plusieurs invités d'honneur qui s'installèrent parmi le public. Une fois que tout le monde eut regagné sa place, l'orchestre des Gardes suisses entonna l'hymne pontifical tandis que l'on escortait le pape jusqu'à son siège. Les spectateurs restèrent debout jusqu'à ce que le Saint-Père s'installe et bénisse la foule, puis le maître de cérémonie s'approcha du microphone.

— Votre Sainteté, chers invités d'honneur, mesdames et messieurs…

S'ensuivit une présentation des personnes à l'honneur, ainsi que du courage et de la vertu dont elles avaient fait preuve en retournant de précieuses œuvres d'art entre les mains du musée du Vatican. Le présentateur enjoignit les six personnes intéressées à se lever et à venir se placer auprès de Sa Sainteté, à côté duquel se tenait le commandant de la Garde suisse, avec entre les mains un coussin sur lequel étaient disposées diverses décorations.

Le pape se vit confier les prestigieuses médailles Benerementi qu'il remit à Hana, Karl, Lukas et Contini. Après avoir noué le ruban autour de leur cou, il les embrassa chacun sur les deux joues, les bénit et les remercia personnellement.

Marco se leva alors devant Sa Sainteté qui lui remit la médaille la plus prestigieuse, celle de l'Ordre de Saint-Grégoire-le-Grand, faisant de lui un chevalier officier de la papauté en reconnaissance de son service personnel pour le Saint-Siège et l'Église catholique romaine.

Ce fut ensuite au tour de Michael Dominic d'être appelé. Le pape lui remit l'Ordre de Pie IX – l'ordre le plus important décerné à ce jour – pour sa direction de l'opération.

Le commandant de la Garde suisse lança un ordre et ses subalternes se mirent tous au garde-à-vous, claquant bruyamment des talons avant de saluer les lauréats pour leur bravoure. Sous les drapeaux qui flottaient dans la brise tiède, l'orchestre entama une autre mélodie, ce qui déclencha les applaudissements du public.

Hana leva un regard admiratif sur Marco.

— Ça veut dire que je dois t'appeler « *Sir* Marco », maintenant ?

— Il me semble que ça ne marche que pour les Anglais, répondit-il en souriant. Mais comme je suis français, tu peux m'appeler monseigneur…

— Je vais m'en tenir à Marco, répondit Hana en rougissant.

Le cardinal Petrini s'approcha de Dominic sous les applaudissements du public. Il le saisit par les épaules et le regarda dans les yeux, au bord des larmes.

— Je n'ai jamais été aussi fier de toi de toute ma vie… mon fils.

Les émotions de Dominic eurent raison de lui et il serra Petrini dans ses bras, avant de se détourner pour ne pas se mettre à pleurer. Il étreignit ensuite Hana et serra la main de tous ses amis pendant que le pape se faisait escorter hors de la scène pour retourner au Palais apostolique.

— Alors, vous deux ? Des plans pour la suite ? demanda Dominic à Hana et Marco pendant qu'ils déambulaient dans les jardins pontificaux.

Hana se tourna vers Marco qui irradiait de bonheur.

— On va retourner à Paris, bien sûr. J'ai de quoi écrire une sacrée histoire, donc j'imagine que je vais passer un bout de temps sur mon ordinateur. Et toi ?

— J'ai beaucoup de travail en retard aux archives, déclara Dominic en posant sur Hana un regard nostalgique. En tous cas, je suis heureux que vous vous soyez trouvés ; vous allez très bien ensemble.

Il s'essuya les yeux et Hana s'approcha pour le serrer dans ses bras avec affection.

— Prends soin de toi, Michael, lui dit-elle. Je penserai à toi.

— Moi aussi, répondit-il en séchant de nouveau ses larmes avant de se tourner vers Marco. Marco, je n'aurais pas pu rêver d'un meilleur compagnon à mes côtés dans toute cette histoire. Je te dois la vie, d'une certaine manière. Occupe-toi bien d'Hana ; on se reverra, j'en suis sûr.

— Tu es vraiment un bon gars, Michael. Je serai toujours à tes côtés. Au revoir, mon frère.

Dominic esquissa un sourire, tourna les talons, puis s'éloigna, tête baissée, en caressant au passage le bord en buis qui encadrait la grotte de Lourdes, et s'en retourna à sa vie de dévotion et à son engagement envers la protection – et la découverte – des trésors des Archives secrètes du Vatican.

Notes de l'auteur

Merci d'avoir lu *Le Mystère de Vivaldi*. J'espère que vous l'avez apprécié et, si ce n'est pas déjà fait, je vous suggère de lire les histoires des livres précédents : *Le secret de Madeleine, Le reliquaire de Madeleine* et *Le voile de Madeleine.*

Lorsque vous aurez un moment, pourriez-vous publier un commentaire sur Amazon, voire sur Goodreads ? Les avis des lecteurs jouent un rôle fondamental dans le succès d'un livre et je souhaite faire vivre cette série le plus longtemps possible, pour le plaisir de tous.

Pour laisser un avis, c'est très simple : rendez-vous sur la page Amazon de mon livre *Le mystère de Vivaldi.*

Si vous souhaitez me contacter pour quelque raison que ce soit, je suis joignable par e-mail à gary@garymcavoy.com. Pour en savoir plus sur mon compte et mes autres livres, n'hésitez pas à consulter mon site internet à l'adresse www.garymcavoy.com, où vous pourrez également vous inscrire à ma newsletter qui vous permettra de connaître les dernières actualités, de recevoir des cadeaux et d'être parmi les premiers à être informés de mes prochaines sorties.

Amicalement,

Gary McAvoy

FICTION, FAITS OU FUSION ?

Nombre de mes lecteurs m'ont demandé de distinguer la fiction de la réalité dans mes livres. En général, j'aime me baser sur des événements factuels et des personnalités historiques réelles pour ensuite développer mes histoires de manière créative. Cependant, une grande partie de ce que j'écris est historiquement exact. Dans cette section, je vais passer en revue certains chapitres pouvant susciter des interrogations, dans l'espoir d'aider ceux qui le souhaitent à démêler le vrai du faux.

PROLOGUE :

Le cardinal Pietro Ottoboni était une véritable personnalité de l'Église, tel que décrit dans ce livre, et un grand mécène dans le domaine des arts. Et oui, il a engendré entre soixante et soixante-dix enfants avec ses maîtresses ; c'était une autre époque. Il est tombé malade et est mort pendant l'élection du nouveau pape en 1740, mais pour autant que je sache, il est décédé de causes naturelles. C'est moi qui ai décidé de l'empoisonner dans le livre. Je ne sais pas s'il connaissait Antonio Vivaldi, bien que cela soit très probable.

L'infâme cardinal Niccolò Coscia a également existé et a été lourdement sanctionné pour détournement de fonds de la trésorerie du Vatican. Et oui, sa peine a effectivement été mystérieusement réduite.

Antonio Vivaldi était bien prêtre et catholique, ce qui a fortement surpris l'admirateur de longue date de l'œuvre de Vivaldi que je suis, lorsque j'ai découvert ce fait dans le cadre de mes recherches. Il a passé plusieurs décennies de sa vie à enseigner le violon aux jeunes filles de l'orphelinat Pio Ospedale della Pietà (Pieux hôpital de la Miséricorde) à Venise, en Italie.

CHAPITRE 1 :

La prolifération des pigeons et les dommages sévères qu'ils causent aux édifices de la place Saint-Marc sont décrits conformément à la réalité. Ces volatiles sont devenus une véritable menace et les touristes sont priés de ne pas les nourrir car ils font leurs nids dans les bâtiments et attendent qu'on leur donne à manger, ce qui engendre d'innombrables dégâts à ces bâtiments historiques.

Située à Venise, la Biblioteca Marciana (la Bibliothèque de Saint-Marc ou la Marcienne) est réellement en possession des plus anciens textes de l'*Iliade* d'Homère, ainsi que du seul commentaire en autographe (c'est-à-dire écrit à la main par l'auteur), datant du XIIe siècle, de l'autre œuvre d'Homère : l'*Odyssée*. Toutes les descriptions de ces œuvres sont conformes à la réalité.

CHAPITRES 2 ET 8 :

Les images des documents de Vivaldi ne sont pas authentiques et ont été préparées numériquement pour ce livre par mes soins et ceux de mon collaborateur musical, le Dr David Loberg Code, directeur adjoint de l'École de musique et professeur de théorie et de technologie musicales à l'Université de Western Michigan. Cependant, étant moi-même un collectionneur de manuscrits invétéré, j'ai eu l'occasion d'en voir des authentiques de mes propres yeux, et les images présentes dans ce livre sont inspirées de la réalité. Elles ont été réalisées grâce à un logiciel qui leur donne un aspect vieilli, même si je n'ai pas totalement réussi à obtenir l'effet désiré.

CHAPITRE 3 :

J'ai passé beaucoup de temps à Venise et, tout comme Michael Dominic, c'est ma ville préférée en ce bas-monde. (Si seulement les bateaux de croisière pouvaient la laisser tranquille…) Les magnifiques *palazzi* du Grand Canal occupent une place capitale dans cet ouvrage, et les descriptions que j'en fais sont tirées de mes souvenirs et de mes photos.

La Camorra, comme beaucoup de lecteurs le savent certainement, est une véritable organisation mafieuse présente dans plusieurs régions d'Italie. Son organigramme est moins pyramidal que celui des autres clans mafieux, mais elle mène le même genre d'activités criminelles. Je doute qu'elle ait beaucoup d'influence à la Sérénissime, puisque Venise dispose de sa propre organisation criminelle, la Mala del Brenta, mais la présence de la Camorra en dehors de Venise et son passé de longue date se sont révélés très utiles pour l'histoire de ce livre. Toutefois, mes descriptions du clan de la Camorra dans le roman sont principalement fictives.

CHAPITRE 6 :

J'ai eu la chance de rencontrer le Dr David Loberg Code et son ingénieux code Solfa (voir la partie remerciements), qui a été l'inspiration première de ce livre. J'ai toujours aimé les codes, les cryptogrammes et la cryptologie de manière générale, qui représentaient une part considérable de mon travail dans l'armée américaine, il y a de cela plusieurs décennies. Mêler Vivaldi au monde des codes secrets était une évidence à mes yeux et constituait une bonne base pour ce travail.

CHAPITRE 7 :

Le Palazzo Grimaldi et son histoire sont entièrement fictifs.

Excepté le fait que l'illustre Maison Grimaldi existe depuis plus de huit cents ans, je ne sais rien des biens immobiliers de la famille au fil des siècles, ni même si elle a jamais été en possession d'un *palazzo* à Venise.

Giulia Lama était effectivement une peintre remarquable, femme dans le monde majoritairement masculin des artistes vénitiens du XVIIIe siècle. Elle s'est battue pour maintenir sa notoriété malgré le fait que les hommes s'attribuaient (ou plutôt volaient) ses œuvres.

CHAPITRE 8 :

Le comte Giacomo Durazzo était bien le propriétaire des manuscrits de Vivaldi (quelque trois cents concertos et une vingtaine d'opéras) vers la fin du XVIIIe siècle. Il les avait achetés à un sénateur vénitien du nom de Jacopo Soranzo, qui lui-même les avait acquis auprès du frère d'Antonio Vivaldi, Francesco, après la mort d'Antonio en 1741. Deux frères de la famille Durazzo en ont hérité à la fin du XIXe siècle, et ils ont fini par être vendus à des musées.

CHAPITRE 10 :

Le Harry's Bar est l'un des lieux les plus populaires de Venise, ayant été le repaire d'Ernest Hemingway et d'autres personnalités mentionnées dans mon livre, mais c'est aussi celui de nombreuses célébrités, ainsi que de gens du commun comme vous et moi. Mes lecteurs de longue date le savent : les plats dont je parle proviennent tous des véritables menus des restaurants mentionnés, et j'ai mangé dans nombre d'entre eux au fil des ans. Ah, si seulement Venise n'était pas aussi loin de Seattle…

CHAPITRE 11 :

Oui, le Vatican possède effectivement 70 000 œuvres inestimables dans son inventaire, dont la majorité (environ 50 000) restent la plupart du temps rangées au fond d'un entrepôt. C'est d'ailleurs regrettable que si peu de personnes y aient accès.

Les œuvres d'art que je décris ici sont toutes des pièces authentiques créées par les artistes mentionnés ; aucune d'entre elle n'est fictive, hormis les contrefaçons que j'ai inventées.

CHAPITRE 12 :

Le *carnevale* est une fête vénitienne annuelle qui se déroule sur plusieurs mois et présente des similitudes avec Mardi Gras. Les costumes font partie intégrante de la célébration et sont pris très au sérieux. Les traditions relatées à leur sujet sont exactes. Le célèbre atelier d'Antonia Sauter est le lieu de prédilection pour acheter un costume sur mesure, tout comme l'est le Ca' Macana pour dénicher les plus beaux masques historiquement authentiques de Venise. Je suis presque sûr que les membres de la Garde suisse ne seraient jamais autorisés à porter leur uniforme officiel de gala lors d'une fête costumée, mais c'est mon livre donc, je fais ce que je veux.

CHAPITRE 18 :

Les processus de vérification de l'authenticité d'un tableau sont tous représentés avec précision dans ce livre. Il y en a bien sûr de nombreux autres, mais par souci de concision et pour éviter d'ennuyer mon lectorat, je les ai omis.

CHAPITRE 20 :

Il est fort probable que le Vatican dispose de sa propre équipe de restaurateurs et que les tableaux ne soient jamais confiés à un prestataire extérieur, mais l'existence d'une entreprise vénitienne de longue date était cruciale pour l'intrigue ; d'où la présence du Palazzo Feudatario, qui est un établissement fictif.

CHAPITRE 27 :

Aussi choquant que cela puisse paraître, c'est pourtant vrai : en moyenne, douze voitures sont volées en Italie par heure, de jour comme de nuit ! Et la Fiat Panda est la proie la plus populaire des voleurs. Ayant personnellement loué une Fiat Panda pour me rendre de Milan au lac de Côme, j'ai du mal à comprendre pourquoi celle-ci en particulier.

Le processus décrit dans ce chapitre pour vieillir les toiles est réel, et c'est la méthode prédominante utilisée par les faussaires. Parfaitement : « un peu d'eau de pluie dans laquelle de vieux mégots de cigarette ont trempé plusieurs jours ».

CHAPITRE 28 :

Je ne suis pas un adepte de la course à pied, mais pour les coureurs parmi vous, il paraît que cet itinéraire à travers Venise est l'un des trajets les plus plébiscités pour découvrir la ville en transpirant. Si l'idée vous vient, un jour où vous êtes de passage à Venise, de parcourir la Sérénissime tout en faisant du sport, vous savez par où commencer.

CHAPITRE 31 :

Pour la petite histoire, j'ai utilisé une véritable carte détaillée des canaux de l'île de Burano au moment d'élaborer le plan de Marco pour sauter sur les méchants depuis un pont, pendant qu'Hana tenait la barre. Imaginez ma surprise lorsque j'ai découvert que le pont que j'avais choisi par hasard (le seul qui convenait à la scène) enjambait le Rio Assassini, soit le canal des assassins ! Sacrée coïncidence !

CHAPITRE 34 :

Les méthodes décrites ici sont celles utilisées par les faussaires pour créer leurs contrefaçons. De nos jours, les experts en détection savent analyser scrupuleusement les pigments, comme je le décris dans cet ouvrage. Thomas Hoving, ancien directeur du Metropolitan Museum of Art de New York, a un jour écrit que près de la moitié des œuvres d'art qu'il a eu l'occasion d'évaluer pour le compte de divers musées au cours de sa longue carrière étaient des fausses. *Caveat emptor !*

CHAPITRE 39 :

Les trains italiens proposent deux catégories de voitures : première classe et deuxième classe. La différence de coût est minime (seulement quelques euros) mais les places en première sont plus spacieuses, avec moins de sièges par compartiment, et généralement plus calmes. Il y a plus de place pour les bagages et la voiture est souvent moins bondée, car la plupart des passagers voyagent en deuxième. Si jamais vous avez à choisir entre les deux, pensez-y.

Tout comme le Vatican, la galerie des Offices à Florence procède probablement à ses restaurations en interne et n'a pas besoin de les envoyer dans un *palazzo* à Venise.

CHAPITRE 41 :

Sachez que vingt-cinq millions d'euros pour un Raphaël se situe très certainement dans la fourchette de prix habituelle pour un tableau de ce genre. Il n'existe aujourd'hui que 184 Raphaël connus, mais étant donné que l'artiste est l'un des plus éminents et des plus distingués de tous les temps, ses œuvres sont très convoitées (par les rares personnes qui peuvent se permettre d'en acheter une).

CHAPITRE 42 :

Lorsque j'ai introduit pour la première fois les AirTag d'Apple dans *Le secret de Madeleine* (longtemps avant leur sortie officielle et uniquement sur la base des rumeurs de l'époque), j'ai prié très fort pour que l'entreprise ne change pas d'avis, ou pire encore, qu'elle modifie le nom du produit. Heureusement, les AirTag sont sortis mi-2021 (j'ai écrit *Le secret de Madeleine* fin 2019) et ils ont une fois de plus sauvé la vie d'Hana dans ce livre.

ÉPILOGUE :

Les médailles et récompenses du Vatican décrites dans l'épilogue sont réellement utilisées par le pape en remerciement de services précieux rendus à l'Église.

GÉNÉRALITÉS :

J'ai vraiment pris plaisir à développer le personnage de Marco Picard et sa relation avec Hana. Quand il a fait son apparition dans *Le voile de Madeleine,* je ne savais pas encore qu'il prendrait une place aussi importante dans la suite de l'histoire, mais j'apprécie particulièrement la manière dont Dominic lutte contre les sentiments qu'il éprouve pour Hana et affronte les défis que lui impose sa vocation. Toutefois, certains bêta-lecteurs m'informent qu'ils ont de la peine pour Michael et sont contrariés que Marco et Hana soient en couple. Ce à quoi je réponds : affaire à suivre…

Toutes les armes à feu mentionnées dans ce livre sont conformes à la réalité. Les Glock sont fabriqués dans un plastique ultrarésistant et sont appréciés par les forces de l'ordre du monde entier pour leur légèreté. L'arme de prédilection de la Garde suisse est le SIG Sauer, bien que leur arsenal soit plus large et dépende des exigences de chaque mission.

REMERCIEMENTS

Je tiens à remercier les nombreux amis et collègues qui m'ont aidé dans l'écriture de ce livre, et sans lesquels ce projet aurait été bien plus complexe qu'il ne l'a été.

Un grand merci au Dr David Loberg Code, directeur adjoint de l'École de musique et professeur de théorie et de technologie musicales à l'Université Western Michigan, pour son aide brillante et créative sur les codes Solfa et la cryptographie musicale, qui ont été une source d'inspiration précieuse pour ce livre. Pour plus d'informations sur le code Solfa, consultez le site : https://wmich.edu/mus-theo/solfa-cipher/secrets/

Merci également à Greg McDonald, homme à l'esprit brillant qui a toujours été présent – et j'en suis honoré – lorsque j'en avais besoin, notamment au moment de naviguer à travers les intrigues complexes de ce livre. Greg a une manière d'aborder les choses qui complète merveilleusement la mienne, et l'aide qu'il m'apporte à chaque livre est inestimable.

Merci à Yale Lewis, mon ami et avocat désormais à la retraite (il a conservé ses fonctions d'ami, je vous rassure), qui a apporté à ce livre son sens inouï du détail, tant par ses relectures régulières que par son « analyse » de mes écrits, ce qui m'a aidé à les remodeler pour le mieux.

Merci à mon amie de longue date (depuis plus de quarante ans), Kathleen Costello, qui a répondu présent chaque fois que je l'ai sollicitée, guidant mes pas vers une meilleure grammaire, une intrigue plus poignante ou le complot parfait. Et merci à mes amies de toujours, Renée Bell et Karen Flannery, pour leurs conseils sur la mode vestimentaire du moment (pour les personnages, pas pour moi).

Je me dois aussi de remercier mon équipe de lancement, ce courageux groupe de bêta-lecteurs qui a contribué à remodeler ce livre en sa version finale actuelle, en particulier Ron Moore, dont les connaissances et l'expertise dans plusieurs domaines ont clarifié de nombreuses zones d'ombre.

Et merci à ma chère éditrice, Sandra Haven, sans la sagesse expérimentée et les critiques franches de laquelle je serais bien incapable de trouver les mots justes, et bien plus encore.

Enfin, je tiens à remercier tous les lecteurs de mes œuvres, dont les critiques admirablement positives et les encouragements indéfectibles donnent un sens à l'écriture de ces aventures historiques.

www.ingramcontent.com/pod-product-compliance
Lightning Source LLC
Chambersburg PA
CBHW060650190726
48289CB00002B/341